깡통집

깡통집

레슬리 코너 지음 l 김경희 옮김

생각과느낌

✦ 차 례

1. 아스팔트 쪽마당 위 깡통집

엄마와 나는 놀라지 말았어야 했다. 짐 가방을 싸기 전에 이미 드와이트 아저씨는 트레일러라고 말했다. 그러나 나는 공원에 있는 트레일러를 상상했다. 50번 국도를 타고 가다 보면 볼 수 있는 공원의 트레일러. 난 트레일러란 건 당연히 캠핑장에 있는 거라 생각했다. 내가 기대한 것은, 트레일러 앞쪽에는 조그마한 잔디밭이 있고, 땅에 데이지꽃 모양 바람개비가 꽂혀 있고, 나지막한 하얀 담장에 난쟁이 요정 장식이 있는 모습이었다.

드와이트 아저씨는 도로를 가로질러 트럭을 길가 갓돌 위에 세웠다. 트럭이 멈춰 섰을 때 엄마는 창문에 머리를 콩 박고 말았다.

엄마가 물었다.

"여기서 지금 뭐 하는 거야?"

나는 대답을 들으려고 아저씨 얼굴을 바라보았다. 드와이트 아저씨는 내 새아버지이다. 음, 정확히 하자면 이제는 엄마와 갈라섰으니 예전 새아버지이다. 이 년 전 일이었다.(처음부터 제대로 알아 두는 게 좋다. 우리 가족은 따라가기 쉽지 않다. 꼬불꼬불 돌아가는 길처럼.) 하지만 드와이트 아저씨는 늘 나한테 말하길, 나와 아저씨 사이에 '예전'이라는 말은 없을 거라고 했다. 그리고 나는 아저씨를 믿었다.

"여기서 지금 뭐 하는 거냐고?"

엄마가 되풀이해서 물었다.

"이게 그 집이야."

아저씨가 웅얼거렸다.

엄마는 자세를 고쳐 앉더니, 눈을 크게 뜨고서 차 앞 유리 너머를 뚫어지게 바라보았다. 그러고는 소리를 빽 질렀다.

"드와이트! 지금 장난해! 여긴 도시 한가운데라고!"

아저씨는 귀를 막으며 멀찍하니 몸을 피했다. 그리고 차분하지만 단호한 태도로 엄마에게 말했다.

"이봐, 데니즈, 같은 이야기 또 되풀이하지 말자고. 내게 남은 건 이게 전부라는 거 당신도 알잖아. 여기로 이사 오든지, 아니면 잭 할아버지네로 가든지 해."

드와이트 아저씨는 트럭에서 내려 버렸다.

엄마는 차 문을 힘껏 열었다. 하도 세게 열어 젖혀서 차 문이 엄마 쪽으로 다시 돌아왔다. 엄마는 문을 걷어찼다. 차 문이 경첩에 매달린 채 잉잉 우는 소리를 냈다.

"그 영감이랑은 같이 못 살아!"

엄마가 말하는 사람은 내 친할아버지이다. 나는 할아버지를 그란디오 할아버지라 부른다. 그란디오란 애칭은 아주 오래전에 아빠한테 배웠다. 하지만 그것도 아빠가 나한테 뭔가 가르쳐 줄 수 있었을 때 일이다. 아빠는 내가 세 살이 채 되기도 전에 세상을 떠났으니까. 나는 늘 아빠가 그란디오 할아버지를 내게 남겨 주었다고, 아니면 그러려고 시도는 했다고 느꼈다. 내게 가능한 한 가족을 많이 만들어 주려고 할아버지를 남기고 간 거라고 말이다. 문제는 아빠가 엄마에게도 그란디오 할아버지를 남겨 주고 갔다는 거다. 나는 엄마와 그란디오 할아버지처럼 앙숙인 사람들을 본 적이 없다.

엄마가 드와이트 아저씨에게 고함을 질러 댔다.

"난 그 영감탱이가 싫어! 드와이트 당신도 싫긴 매한가지야!"

"알고 있어."

아저씨는 이미 오래전에 그 사실을 받아들인 것처럼 보였다.

나는 운전석 뒤 좁은 보조석에 내내 처박혀 있다가 드디어 밖으로 나왔다. 드와이트 아저씨는 트럭 뒤에서 우리 가방을 내리고서 엄마에게 열쇠를 건네주었다.

"들어가서 한번 둘러봐. 당신이 원하면 손을 좀 보자고. 그리고 당신이랑 애디 쓰라고 컴퓨터도 갖다 놨어."

아저씨는 긍정적인 목소리로 말하려 애썼다. 아저씨는 늘 그랬다.

그러나 엄마는 열쇠를 있는 힘껏 바닥에 내동댕이쳤다. 열쇠가 바닥에 부딪히자 조그만 종처럼 희미하게 땡그랑거렸다.

"지금 내가 고마워서 어쩔 줄 몰라 하길 바라는 거지!"

엄마가 소리를 질렀다.

"구질구질한 깡통집에 고물단지 컴퓨터라니! 참, 복도 많지! 드와이트 당신, 왜 그 복층 아파트 있잖아? 그걸 주면 되잖아!"

"데니즈, 그 아파트는 집값 치르려고 벌써 팔았잖아."

아저씨가 입을 앙다물었다.

엄마는 짐으로 터질 듯한 가방에 연거푸 발길질을 했다. 그러고는 온갖 소리를 내뱉었는데 굳이 밝히지는 않겠다. 그저 어지간한 욕지거리가 들렸을 뿐이다.

드와이트 아저씨는 엄마를 그냥 놓아두고 걸어갔다. 그날 일을 누군가가 우연히 보았다면 아저씨를 나쁜 사람으로 여겼을 거다. 하지만 나는 아저씨를 탓하지 않았다. 아저씨는 내 두 여동생을 돌봐야 했다. 정확히 말하자면 엄마만 같은 이부동생들이다. 그 아이들은 드와이트 아저씨의 자식이고, 나는 아니다.(아까 말한 것처럼, 우리 가족에게는 꼬불꼬불 돌아가는 사연이 가득하다.) 아저씨는 내 쪽으로 몸을 숙이더니 떨리는 손으로 나를 안았다. 나도 아저씨를 꼭 감싸 안으며 마른침을 꿀꺽 삼켰다. 아저씨가 내 어깨 쪽에 대고 속삭였다.

"애디, 얘야, 정말 미안하다."

그러고서 아저씨는 내 눈을 들여다보며 말했다.

"아저씨가 들를게. 무슨 말인지 알지?"

나는 고개를 끄덕였다.

"브리나하고 케이티도 데리고 올 거죠, 그렇죠?"

"물론이지. 가능한 한 자주 올게."

"그럼 됐어요."

나는 억지로 크게 미소를 지어 보였다.

아저씨는 트럭에 오르더니 한 손을 들어 작별 인사를 했다. 차는 끼익 하는 소리와 함께 휘청거리더니 점점 멀어져 갔다. 드와이트 아저씨는 그렇게 떠나갔다.

나는 엄마 곁에 서서, 엄마랑 같이 트레일러를 바라보았다. 트레일러는 우중충하고 색깔도 바래 있었다. 하지만 한때는 햇살 색깔이었다는 걸 알 수 있었다. 트레일러는 뉴욕 주 스키넥터디 시의 프리맨스 다리 길과 노트 거리가 만나는 모퉁이 콘크리트 더미 위에 대충 박혀 있었다. 그곳은 붐비는 동네였다. 정확히는 약간 붐비는 곳이었다. 집 앞 쪽마당이라고는 늦여름 무더위에 부글부글 끓는 아스팔트뿐이었다. 바람개비도, 난쟁이 요정 장식도 없었다.

"애디슨, 도대체 이게 뭔 일이라니?"

엄마는 이렇게 말하고는 트레일러 문을 쏘아보았다.

"타락한 인간 같으니라고."

"타락요? 단어장에 쓸 말이 하나 생겼네요."

"그래, 애디, 단어 뜻으로는 그냥 드와이트라고 써넣어!"

엄마는 철퍼덕 주저앉아 엉엉 울기 시작했다. 나는 엄마 곁에 서 있었다. 나는 엄마 어깨를 토닥이며 내 쪽을 보게 하려고 애썼다. 하지만 엄마는 나를 쳐다보지 않았다. 그때 은빛으로 반짝이는 물건이 눈에 들어왔다. 나는 몸을 숙여 열쇠를 집어 들었다.

2. 작아도 좋아

나는 늘 텐트나 이층침대처럼 좁은 곳을 좋아했다. 거기서는 그저 누워서 공간을 채우는 것만으로 모든 게 내 것이 될 수 있었다. 손에 쥔 열쇠를 이리저리 굴려 보았다. 저 트레일러 안을 들여다보고 싶었다.

금속 계단을 올랐다. 계단은 꽤 튼튼했다. 자물쇠에 열쇠를 꽂고 돌렸다. 갑자기 엄청난 소음이 일어났다! 우르릉우르릉 쉭쉭대는 소리에 귀가 먹먹해지고 다리가 후들거렸다. 열쇠가 트레일러의 자물쇠 안에서 바르르 떨고 있었다.

"우아!"

나는 계단에서 풀쩍 뛰어내려 엄마에게 달려가 소리쳤다.

"시동이 걸렸어요!"

하지만 덜커덩덜커덩 뒤에서 울리는 시끄러운 소리에 내 목소리는 묻혀 버렸다. 엄마는 두 손으로 귀를 틀어막고, 입을 벌린 채 소리 없는 비명을 질렀다. 엄마는 두 눈을 똥그랗게 뜨고 내 머리 너머로 무언가를 뚫어져라 쳐다보고 있었다. 나는 트레일러가 슬슬 미끄러져 가다가 곧 어딘가에 쾅 부딪히리라 확신했다. 고개를 돌리자 뭔가 흐릿한 형체가 보였다. 은색 기차가 우리 새집 바로 너머에 있는 선로를 쏜살같이 달려가고 있었다.

고요함이 뒤따랐다. 그러자 엄마가 고래고래 소리를 질렀다.

"세상에, 기찻길 밑에 살게 되다니!"

"어, 정확히 말하면 기찻길 앞이에요."

나는 텅 빈 선로로 눈길을 돌렸다. 아직도 가슴이 쿵쾅거렸다.

"그게 그거 아냐?"

나는 다시 용기를 내서 금속 계단을 올랐다. 깊이 숨을 한 번 들이쉬고서 트레일러의 문을 밀었다.

그 안에는 작기는 해도 진짜 집이 들어서 있었다. 정말이지 캠핑용이라기보다는 집에 더 가까웠다. 뭔가가 와서 끌어 주지 않으면 트레일러는 어디에도 갈 수 없었다. 운전대는 아예 붙어 있지도 않았다. 그걸 모르고 지나가는 기차 때문에 엄마랑 같이 밖에 서서 비명을 질러 댄 걸 생각하니 쿡쿡 웃음이 터져 나왔다.

내가 엄마에게 말했다.

"부엌 좀 봐요. 완벽하지 않아요?"

엄마는 나를 보고 눈동자를 굴렸다. 어른보다는 초등학교 육학년 아이에게나 어울릴 만한 유치한 행동이었지만, 그 모습에 나는 살짝 웃음이 났다. 일주일 뒤면 나는 육학년이 된다. 스위치를 딸깍 올려 보았다. 설거지대 위에 달린 전구에 불이 들어왔다. 전등갓은 달려 있지 않았다.

엄마가 인상을 찌푸리며 웅얼거렸다.

"참 고급스럽기도 하다."

"엄마, 이것 봐요. 모든 게 여섯 걸음이에요."

나는 현관문에서 아장걸음으로 여섯 발을 뗐다. 그러자 부엌 설거지대 앞에 딱 다다랐다. 다시 여섯을 세자 거실에 이르렀다. 거실은 식당이기도 했고, 여분 침대도 하나 더 있었다. 자리가 모자라면 식탁을 낮추어서 그 위에 방석을 깔고 앉을 수 있었다. 다시 여섯 걸음을 떼자 나는 침실 앞에 서 있었다. 제대로 된 침실이라고는 그 방 하나뿐이었다.

"이 방이 엄마 방이에요."

"우아, 접이문이 다 있네. 게다가 창밖으로 보이는 건, 도대체 저게 뭐야? 빨래방?"

엄마의 입술 사이로 한숨이 파르르 새어나왔다.

"이런 평범하기 짝이 없는 고급 스위트룸이 생기다니. 참, 그렇지, 화장실도 가깝고 말이야. 뭘 더 바라겠어?"

엄마는 짐이 줄줄 삐져나오는 가방을 새 침대 위에 휙 던졌다. 그러다 문설주에 팔꿈치를 찧고 말았다. 엄마는 꿍얼꿍얼 욕을 했다.

고급 스위트룸이 엄마 차지가 되는 게 속상하지는 않았다. 나는 트레일러 반대편 다락에 꾸겨 넣은 침대칸을 쓰기로 했다. 나는 사다리를 올라갔다. 이번에도 여섯 단이었다. 그리고 방에 들어가 보려고 커튼을 열어젖혔다. 무릎을 구부리고 앉은 채 몸을 조금 더 일으켜 세워서 머리로 천장을 몇 번 쿵쿵 쳐 보았다. 나는 깔깔거리며 앞으로 꼬꾸라졌다. 조그만 네모 창에 코를 들이대자 아스팔트 쪽마당과 잡초가 무성하고 가파른 둔덕이 눈에 들어왔다. 둔덕 너머에는 기찻길이 펼쳐져 있었다. 비탈에는 이름 모를 꽃들이 활짝 피어 있었다. 프리맨스 다리 건너에 있는 그란디오 할아버지 농장에서 같은 꽃을 본 적이 있었다.

나는 몸을 돌려 침대칸 커튼을 닫았다. 그리고 커튼 사이로 고개를 쏙 내밀었다.

"엄마, 이것 봐요. 취침용 선반이에요!"

엄마가 고개만 돌려 힐끗 쳐다보았다.

"옷장 위에다 싸구려 매트리스를 얹어 놓은 것처럼 보이는데."

"옷장도 있어요?"

나는 침대 밑을 보려고 고개를 숙였다가 하마터면 침대칸에서 떨어질 뻔했다.

엄마가 쿡쿡 웃었다.

"넌 여기가 마음에 드나 봐?"

나는 침대칸에서 내려와 옷장 안으로 기어 들어갔다. 무릎을 얼싸안고 앉아 미니 부엌 쪽을 바라보았다. 씩 웃음이 났다.

"그다지 나쁘지는 않아요. 난 작은 것들 좋아하잖아요. 오늘 저녁은 내가 차릴게요."

엄마는 짐 정리를 하러 스위트룸으로 들어갔다. 나는 소매를 걷어붙이고 부엌일을 시작했다.

엄마와 내가 트레일러에서 첫 저녁 식사를 하는 동안, 바깥 프리맨스 다리 길에서는 승용차와 화물차 들이 울퉁불퉁한 도로 위를 쿵쿵거리며 지나다녔다. 저녁 메뉴는 완두콩이 들어간 치즈 마카로니였다. 드와이트 아저씨가 우리를 위해 재료를 미리 마련해 두었다. 엄마는 턱을 괴고 창밖만 바라보았다. 나는 엄마가 한두 번인가 냅킨에 얼굴을 묻고 훌쩍이는 것을 보았다.

저녁을 먹고 나자 엄마가 말했다.

"저 구닥다리 컴퓨터가 돌아가기는 하는지 좀 봐야겠어."

내가 말했다.

"설거지는 내가 할게요."

엄마는 컴퓨터를 켜고 곧바로 인터넷을 시작했다.

"드와이트 아저씨가 컴퓨터도 챙겨 주다니 정말 좋아요. 게다가 인터넷도 되고요."

나는 이렇게 말하고 한마디를 덧붙였다.

"엄마, 웹사이트 열었어요?"

엄마가 말했다.

"채팅이나 해 볼까 하고."

나는 최대한 완벽하게 설거지를 했다. 접시를 마른 수건으로 하나하나 닦고 조그만 찬장에 차곡차곡 챙겨 넣었다. 나는 우리 새 집을 근사하게 꾸려 가고 싶었다.

전에 우리 가족에게 집이 있었을 때, 우리 집은 나날이 더러워졌다. 드와이트 아저씨는 애를 썼었다. 아저씨는 일터에서 돌아오면 세탁기를 돌리고 진공청소기를 끌고 다녔다. 꼬맹이들과 — 아저씨와 나는 두 여동생을 한 번에 일컬을 때 꼬맹이들이라고 불렀다. — 나는 욕실 바닥을 싹싹 문지르거나 양말을 돌돌 말아 정리했다. 다 같이 장난감을 줍고, 엄마가 늘어놓은 잡지를 한 곳에 쌓고, 엄마의 재떨이를 비웠다. 그러나 드와이트 아저씨가 이사를 나간 후 집은 엉망이 되었다. 진짜 엉망진창이었다. 엄마는 아침 식사 시간에 일어난 적이 없었고, 내가 꼬맹이들에게 토스트를 해 주고 나면 온통 난장판이 되었다.(그리고 나는 만날 학교 버스 시간에 늦어서 뛰어가야 했다.) 꼬맹이들과 나는 접시 대신에 냅킨을 썼다. 그러자 설거지거리가 좀 줄었다. 하지만 얼마 지나지 않아 쓰레기를 감당할 수가 없었다. 쓰레기 수거 회사는 더 이상 우리 집 쓰레기통을 비우러 오지 않았다. 요금을 내지 않았기 때문이다. 그건 드와이트 아저씨가 싫어하는 일 가운데 하나였다.

이제는 엄마랑 나랑 둘밖에 없어서 설거지할 접시가 그다지 많지 않았다. 나는 서둘러 설거지를 마무리했다. 아주 작은 트레일러 안이었는데도, 나는 그날 밤 어느 곳에 있으면 좋을지 알 수가 없었다. 새로운 곳에 가면 항상 그랬다. 아주 어렸을 때지만, 엄마가 드와이트 아저씨랑 결혼해서 아저씨네 집으로 이사했을 때에도 나는 이 방 저 방을 계속 옮겨 다녔다. 그 집에 적응하려면 방마다 하룻밤씩은 다 지내 봐야 할 것 같았기 때문이다. 얼마 지나지 않아 브리나가 태어났고, 이어서 케이티가 태어났다. 시간이 흐르자 우리는 그 집에서 모두 잘 지내게 되었고 자리를 꽉꽉 채워 나갔다. 그러나 이제 다 옛날 일이다.

"애디야! 왜 이렇게 서성대?"

엄마가 뒤쪽으로 손을 내저어 나를 쫓아냈다.

"오줌 마려운 거야?"

엄마는 깔깔거리더니 키보드에 바짝 다가앉아 글을 치기 시작했다.

나도 따라 웃었다. 하지만 나는 오늘 밤에는 더 이상 엄마가 내게 말을 걸지 않으리란 걸 알았다. 엄마는 컴퓨터 채팅에 빠져들었다. 나는 책을 집어 들고 내 선반으로 갔다.

트레일러에서 보내는 첫날 밤, 나는 싸구려 매트리스 위에 몸을 누이고 바깥 소리에 귀를 기울여 보았다. 자동차와 트럭이 지나갔다. 무엇보다 기차 소리가 귀에 들어왔다. 브리나와 케이티가 지금 무엇을 하고 있을지 궁금했다. 물론 자고 있을 것이다. 자야 할 시간이다. 케이티가 입술 앞에 분홍빛 주먹을 그러쥔 모습, 브리나가 살포시 포갠 두 손 위에 뺨을 대고 누워 있는 모습을 그려 보았다. 그리고 드와이트 아저씨가 그 큰 키로 침실 문을 가득 채우고 서 있는 모습을 떠올렸다.

"애디야, 꼬맹이들은 잠들었니?"

아저씨가 이렇게 물어보면, 나는 조용히 속삭인다.

"잠든 지 한 시간쯤 됐어요."

그런 다음 나는 아저씨가 날려 보낸 입맞춤을 잡아챈 뒤 주먹을 베개 밑에 쑤셔 넣고서 잠을 청한다. 나는 트레일러에 누워 입맞춤을 잡는 시늉을 했다. 브리나, 케이티, 드와이트 아저씨 모두 가까이에 두고 싶었다.

한밤중에 잠에서 깼다. 덜커덩덜커덩 쿵쿵거리는 소리와, 엄마가 주먹으로 탁자를 내리치며 바깥 소음에 욕을 퍼붓는 소리 때문이었다. 나는 눈을 뜨고 엄마가 컴퓨터 화면의 푸르스름한 빛 속으로 몸을 숙이는 걸 보았다. 다시 잠에 빠져들다가 문득 궁금해졌다. 기차가 언제 또 오려나? 여객 기차가 쌩 하고 지나갈까? 아니면 화물 열차가 덜컹이며 지나갈까? 며칠 밤이 지나자 더 이상 기차 소리에 잠을 깨지 않았다. 나, 애디는 무엇에든 곧잘 익숙해진다. 지금껏 사는 동안 내내 해 온 일이다.

3. 환영 파이!

 나는 트레일러 길 건너편을 '텅 빈 에이커'*라고 불렀다.(진짜 1에이커인지는 모르겠다. 그냥 나 혼자 그렇게 불렀다.) 그곳은 커다란 주차장인데, 여기저기 땅이 움푹 파여 있었다. 그래도 행여 차가 구멍에 빠질까 봐 걱정할 필요는 없었다. 이제 어떤 차도 그곳을 지나갈 이유가 없기 때문이다. 주차장 뒤편에 자리한 오래된 잡화점도 비어 있었다. 엄마 말로는 거기서 싸구려 물건을 사거나 호기 샌드위치를 살 수 있었다고 한다.(호기 샌드위치는 흔히 먹는 커다란 샌드위치이다. 출신 동네에 따라 푸어 보이나 히어로, 또는 그라인더 샌드위치라고도 부른다. 나 같은 경우는 부모님의 출신 동네에 따라 부르는 이름이 결정되었다. 엄마는 오하이오에서 자랐고, 그곳 사람들은 커다란 샌드위치를 호기라고 불렀다.)
 빈 에이커 앞에는 주유소와 편의점이 있었다. 처음으로 학교에 간 날 집에 오다가 가게 뒤쪽으로 온실처럼 생긴 커다란 유리 집이 있는 걸 발견했다. 경사진 지붕이 기다랗게 튀어나와 금방이라도 울퉁불퉁한 땅에 닿을 것만 같았다. 유리 안쪽에는 나뭇잎들이 촘촘히 들어서서 창밖을 내다보고 있었다. 하지만 그 사이로 알록달록한 색깔들과 커튼, 대나무 가구도 보였다. 누군가 살고 있는 게 틀림없었다.

그날 오후 나는 이것저것 알아보러 곧장 작은 편의점으로 향했다. 이웃을 알아 두면 좋으니까. 재미있게도 그 동네는 주택보다 상점이 더 많았다. 사실 나는 벌써 꽤 오래전부터 내가 이 길모퉁이에 사는 유일한 꼬마 아이라는 사실을 눈치채고 있었다.

　나는 편의점 진열대를 찬찬히 살펴보았다. 마시멜로와 양파 수프 믹스부터 선글라스와 기저귀까지 온갖 상품이 다 있었다. 이런 조그만 가게에 그렇게 많은 물건이 있다는 사실이 놀라울 따름이었다. 나는 커피 판매대를 돌아 도넛 상자에 눈도장을 찍었다. 전자레인지, 아이스크림이 가득한 작은 냉장고, 심심풀이 과자도 있었다. 어떤 아저씨가 날 밀고 지나가 전자레인지 안에 소고기와 콩이 든 부리토**를 휙 던져 넣었다. 그 아저씨에게 담배 냄새가 났다. 엄마가 피우는 거랑은 다른 상표였지만 싫기는 매한가지였다. 나는 코로 숨쉬기를 멈추고 입으로 숨을 쉬기 시작했다.

　"믹, 점심이 늦었구먼?"

　전자레인지가 윙윙 돌아가는 소리 위로 여자 목소리가 크게 울려 퍼졌다. 나는 고개를 돌려 처음으로 소울라 할머니의 모습을 힐끗 보았다. 소울라 할머니는 내 바로 몇 발자국 뒤 야외용 접이식 의자에 앉아 있었다. 이런저런 음식 구경을 하면서, 부리토 사

---

* 1에이커는 약 4,050제곱미터이며 축구장 두 개만 한 크기이다.
** 얇은 빵에 고기나 콩과 소스를 넣고 싸 먹는 멕시코 요리.

나이의 담배 냄새를 맡지 않으려 애쓰느라 정신이 없어서 미처 할머니를 보지 못했다. 소울라 할머니는 진열된 물건들 사이에 한데 섞여 있었다. 할머니 주변에는 선탠 오일과 카메라 필름이 놓여 있고, 하와이 여행권 추첨 행사 광고지가 붙어 있었다. 할머니는 커다란 꽃무늬가 그려진 파티 드레스를 입은 거대한 인형 같았다. 물론 할머니한테 조그마한 드레스가 맞을 리도 없었겠지만 할머니 옷은 풍선처럼 크게 부풀려져 있었다. 분홍색 발가락 슬리퍼가 발톱에 칠한 색깔과 잘 어울렸다. 할머니는 가게 뒤편 온실 집과 딱 어울렸다. 틀림없이 이 할머니네 집이야, 하고 나는 속으로 생각했다.

"아이고, 소울라 할머니! 좀 어떠세요?"

부리토 사나이가 할머니를 향해 씩 웃어 보였다.

"오늘은 좀 낫네."

할머니가 대답했다. 소울라 할머니는 모자를 고쳐 쓰듯이 까만 머리 한쪽 끝을 매만졌다.

"넷 끝났고, 이제 넷 남았지."

할머니는 부리토 사나이에게 이렇게 말하면서 곱게 화장한 눈으로 찡긋 윙크를 했다.

'뭐가 넷이란 거지?' 나는 궁금해졌다.

계산대에 있던 빼빼 마른 남자가 입을 열었다.

"믹, 할머니한테 속지 말아요. 아주 고약한 환자라니까요."

계산대 남자는 앞에 놓인 투명한 통에 성냥갑을 채우며 소울라 할머니를 향해 일부러 싱글싱글 웃어 보였다.

"엘리엇, 그렇게 일러바치기냐?"

"스스로를 좀 잘 돌보라고요. 그럼 내가 이러지 않죠."

엘리엇이라는 아저씨는 활짝 웃으며 할머니에게 손가락을 까딱해 보였다.

믹 아저씨가 음식 값을 내는 동안 모두 껄껄거리고 웃었다. 믹 아저씨가 나가자마자 소울라 할머니는 발을 앞으로 내밀어 톡톡 바닥을 두드리며 물었다.

"그래, 아가, 뭘 좀 알아냈니?"

할머니는 나를 똑바로 바라보고 있었다.

나는 침을 꼴딱 삼켰다. 그리고 아는 것을 늘어놓았다.

"어, 그게, 할머니 이름이 소울라고, 저 아저씨는 엘리엇이라는 거요. 그리고 아까 부리토를 산 아저씨는 이름이 믹이고, 담배를 피워요. 제가 눈치가 좀 빨라요."

소울라 할머니와 엘리엇 아저씨는 배꼽을 잡고 웃어 댔다. 나는 어리둥절해서 두 사람을 번갈아 쳐다보았다. 엘리엇 아저씨는 고개를 뒤로 젖히고 입을 쩍 벌리고 웃었다. 입속의 금니가 왼쪽 귓불에 달린 작고 둥근 귀고리랑 어울렸다. 주근깨는 어찌나 많은지 짧은 빨강 머리 아래까지 주근깨가 빽빽했다. 내가 그렇게 웃긴 이야기를 한 것 같지는 않았다. 아마도 할머니와 아저씨는 그저 웃을 거리를 찾고 있었는지도 모른다. 가끔 그런 사람들이 있으니까.

드디어 엘리엇 아저씨가 나에게 물었다.

"그럼 넌 누구니?"

"애디슨 슈미터예요. 그냥 애디라고도 불러요."

소울라 할머니가 물었다.

"애디야, 길 건너 새로 이사 온 집은 마음에 드니?"

나는 고개를 끄덕였다. 사람들이 내가 이사를 온 걸 알고 있다니 기분이 좋았다.

"좀 놀라기는 했어요. 어, 그러니까 기차 때문에요."

할머니와 아저씨는 다시 껄껄 웃었다. 이사하던 날 두 사람이 아마도 엄마와 나를 지켜보고 있었으리란 걸 깨닫고 나도 따라 웃기 시작했다. 소울라 할머니는 눈물을 훔치고서 밝은 분홍색 입술을 동그랗게 오므리며 이를 악물었다. 웃음을 멈춰 보려고 그러는 것 같았다. 그래도 몇 번인가 피식피식 웃음이 새어나왔다.

"하지만 난 이 동네가 마음에 들어요. 생각해 보면 필요한 게 다 모여 있거든요. 이 가게에서 세탁 말고는 필요한 걸 다 해결할 수 있고, 빨래방은 집 바로 옆에 있어요. 참, 그런데요, 왜 빨래방 이름이 '머리와 장미' 빨래방이에요? 진열대에 있는 마네킹 머리들이랑 플라스틱 장미는 뭐 하는 거예요?"

엘리엇 아저씨가 고개를 갸웃거렸다.

"글쎄……, 가게 주인이 로즈 씨 내외니까 장미는 그렇다 치고.

마네킹 머리는……."

엘리엇 아저씨는 소울라 할머니에게 윙크를 하고 말을 이었다.

"우리 생각으로는, 아무렴 어떠냐?"

두 사람은 세 번째로 웃음을 터트렸다. 그 모습에 나까지 웃음이 났다.

한참 뒤 소울라 할머니의 웃음소리가 잦아들었다.

"아가, 우리한테 신경 쓰지 마라. 엘리엇과 난 깔깔대고 웃는 걸 무척 좋아한단다. 그리고 네 말이 맞아. 이 동네에는 없는 게 없단다. 필요한 게 있으면 물어보기만 하면 돼. 자, 환영 파이 하나 골라 보렴."

"환영 파이요?"

"그래."

소울라 할머니는 전자레인지 곁에 놓인 유리 상자를 가리켰다.

"하나 골라서 전자레인지에 돌리려무나."

그러자 엘리엇 아저씨가 말했다.

"사과 파이가 가장 맛있단다."

"돈 안 가지고 왔어요."

소울라 할머니는 곱게 화장한 눈으로 찡긋 윙크를 했다.

"그냥 주는 거야. 이사 온 걸 환영한다, 아가."

"그래, 그 뚱뚱한 여자는 누구야?"

엄마가 물었다. 엄마는 내가 프리맨스 다리 길을 건너오는 걸 지켜보고 있었다.

"소울라 할머니요. 오늘 학교 끝나자마자 인사하러 들렀거든요. 할머니가 이걸 줬어요. 공짜로요."

나는 사과 파이를 한 입 깨물었다. 파이 내용물이 옆으로 삐져나오자 땅에 떨어지기 전에 얼른 또 한 입 우걱우걱 베어 물었다.

"아유, 먹는 꼴 하고는."

엄마가 중얼거렸다.

따뜻한 사과즙이 손가락 사이에 주르륵 흘러내리며 자국을 남겼다. 나는 사과즙을 싹싹 핥아먹었다.

엄마는 우중충한 티셔츠 위에 목욕 가운을 헐렁하게 걸치고 있었다. 머리 한쪽은 눌려 있고 다른 쪽은 삐죽 서 있었다. 눈 아래는 마스카라가 번져 거무죽죽했다. 엄마는 손가락으로 다이어트 콜라 캔을 툭툭 치고 있었다. 오후 4시인데 이제 막 일어난 모양이었다.

나는 엄마한테 주절주절 늘어놓았다.

"어쨌거나 소울라 할머니는 가게 뒤편에 살아요. 집을 봤거든요.

집 이름은 온실이에요. 온실처럼 보이기도 하고 나무가 굉장히 많거든요. 할머니가 우리 이사 온 걸 환영한대요."

엄마가 중얼거렸다.

"대단한 이웃사촌 나셨네."

"나쁠 거 없잖아요. 그런데, 오늘 저녁에 우리 뭐 먹어요?"

"저녁?"

엄마가 어깨를 으쓱해 보였다.

"난 지금 막 일어났는걸."

나는 엄마가 낡은 컴퓨터 앞에 앉는 모습을 지켜보았다. 엄마는 담배에 불을 붙이고 인터넷이 연결되기를 기다렸다.

"완전 고물단지라니까."

엄마는 손가락으로 마우스를 세게 눌러 댔다.

"애디슨, 저 냄새나는 주유소 주변에 불쌍한 강아지 새끼마냥 얼쩡대지 않았으면 좋겠는데. 내 말 알아들었어?"

"네."

대답은 그렇게 했지만 나는 이미 주유소에 가기로 마음먹었다. 소울라 할머니와 엘리엇 아저씨가 좋았고 사과 파이도 좋았다.

엄마는 매연이 건강에 나쁘니 어쩌니 혼잣말을 했다.

나는 손으로 담배 연기를 쫓으며 엄마를 쳐다보고는 한쪽 눈썹을 추켜세웠다. 나는 그 표정을 아주 잘 지었다.

"아유, 그러지 마."

엄마는 말은 그렇게 했지만, 킥킥대다가 나를 보고 씩 웃어 주었다.

나는 엄마가 그렇게 웃어 줄 때가 무척 좋았다. 그 짧은 순간에는 우리 생활도 정상처럼 느껴졌다.

나는 단어장을 쓰려고 침대칸에 자리를 잡았다. 어느 날 엄마는 아이들 언어 능력을 키우는 방법에 대한 텔레비전 프로그램을 보고 나서 나더러 단어장을 쓰게 했다. 음, 그러니까 엄마는 학구열이 있었다. 나는 그러지 않았다. 엄마 말로는 아빠도 그러지 않았고, 두 사람 사이에 그게 문제가 되어 결혼 생활이 엉망이 되었다고 했다. 엄마 말이 다 맞는지는 모르겠다. 말했다시피 아빠가 세상을 일찍 떠나서 내게는 아빠에 대한 기억이 얼마 없다. 하지만 그란디오 할아버지가 늘 말하기로는, 아빠가 천재였으며, 특히 기계는 다루지 못하는 게 없었다고 했다. 아빠는 뭐든 움직이게 만드는 걸 좋아했다. 결국 아빠는 모호크 강에서 모터보트 경주를 하다가 돌아가셨다. 모호크 강은 프리맨스 다리 아래를 흐르는 강이다.

아빠가 천재였다고 해도 나한테 그 재능을 물려주지는 않았나 보다. 나는 학교에 관련된 건 엉망이었다. 엄마는 그냥 똑똑한 척하고 있으면 사람들이 그런 줄 안다고 말하곤 했다. 시간이 지나 엄마는 단어장에 더 이상 신경을 쓰지 않았지만 나는 계속해서 단어장을 써 갔다. 단어장이 도움이 되리라는 엄마 생각이 옳다고 여겼기 때문이다. 사람들이 직접 단어 뜻을 알려 줄 때가 가장 좋았다. 사전은 이런저런 뜻이 많아서 헷갈렸고, 알파벳순으로 나열된 단어를 찾다 보면 짜증이 치밀어 올랐다.

우선 '대출 상환'을 썼다. 트레일러로 이사한 후부터 그 낱말을 써넣으려고 쭉 마음먹고 있었다. 그게 무슨 말인지 드와이트 아저씨가 알려 줬다. 대출 상환이란 집을 살 때 은행에서 빌린 돈을 갚는 걸 말한다. 그렇게 하기로 계약했기 때문에 반드시 지켜야 한다. 드와이트 아저씨는 대출 상환할 돈을 엄마한테 보냈고, 엄마는 그 돈을 다른 데 썼다.(쓰레기 수거 회사에 낼 돈에도 비슷한 일이 일어났다.) 그러자 은행에서 드와이트 아저씨네 집을 가져가 버렸다. 그건 계약이 깨졌다는 뜻이었고, 우리는 그 집에서 나와야 했다. 물론 드와이트 아저씨는 그보다 훨씬 전에 이사를 나갔다. 엄마는 아저씨에게 이혼하자고 했다. 드와이트 아저씨는 이혼을 원하지 않았지만 결국 엄마에게 손들고 말았다. 우리는 아저씨네 집에서 계속 살았다. 엄마가 일을 엉망으로, 어마어마하게 엉망으로 만들기 전까지 말이다. 법원에서 이런저런 일이 있고 나서, 케이티와 브리나는 드와이트 아저씨네로 가게 되었다. 아저씨가 꼬맹이들의 친아빠였기 때문이다.

판사가 내 동생들은 드와이트 아저씨와 함께 살도록 결정했을 때 나는 내 삶이 변하게 되리라는 걸 알아차렸다. 내 이름은 법정에서 한 번도 오르내리지 않았다. 하지만 그 판결은 곧 내 주소와 학교

와 친구를 바꾸어야 한다는 걸 뜻했다. 무엇보다 우리 가족의 모양새가 바뀌는 게 가장 나빴다. 꼬불꼬불하게 말이다.

그 다음에는 '타락'이라는 단어를 썼다. 엄마는 그 단어의 뜻이 드와이트 아저씨라고 했지만, 그게 아니라는 것쯤은 나도 알았다. 또 웹스터 사전의 악몽이 시작되었다. 참 고맙게도 '타락'은 사전 맨 아래에 있었다. 그 단어를 겨우 찾아낸 다음, 나는 깨알 같은 글자를 읽으려고 눈을 부릅떠야 했다. 그러고 나서 다시 '도덕적'이라는 말과 '지조'라는 말을 찾아야 했다. 나는 글자들이 가만히 있도록 낱말 아래에다 작은 마분지를 댔다. 찾은 뜻을 다 합해 보니 타락한 사람은 밑바닥 생활을 하는 실패자, 원칙을 따르지 않는 사람을 말했다. 그건 절대로 드와이트 아저씨를 나타내는 말이 아니었다.

내 생각에 드와이트 아저씨는 누구보다도 열심히 살았다.

마음은 굴뚝같다는 말이 있다. 그래서 아저씨가 엄마와 나를 트레일러에서 살게 한 것을 서운하게 생각하지 않았다. 아저씨도 마음대로 할 수 없는 일이라는 게 있으니까. 아저씨는 내게 이렇게 말했다.

"애디야, 내가 모든 걸 바로잡을 수는 없단다. 그래서 내가 할 수 있는 부분을 바로잡으려는 거야."

아저씨의 눈시울이 붉어졌다. 금방이라도 눈물이 뚝 떨어질 것만 같았다.

"애디야, 뭐 하고 있니?"

엄마가 갑자기 물었다.

"단어장에 낱말을 두 개 썼어요. '대출 상환'이랑 '타락'요."

엄마는 키보드에서 눈을 떼고 나를 쳐다보았다.

"흠. 두 개 다 이번 달에 지겹도록 듣는 말이네."

엄마가 한숨을 푹 쉬었다.

"그 낱말로 문장을 만들어 볼래?"

나는 잠깐 생각했다. 떠오르는 문장들은 죄다 한 소리를 들을 만한 것들이었다.

'엄마가 대출 상환 할 돈을 날려 버리지 않았더라면 좋았을 텐데. 내 생각으로는 드와이트 아저씨는 타락한 인간과는 가장 거리가 먼 사람이다.'

엄마에게 그런 문장을 말하는 건 좋은 생각이 아닌 것 같았다.

"대출 상환을 마쳐 은행 사람들이 기뻐했다. 그리고, 우리 반에는 타락한 남자아이가 있다."

엄마가 코웃음을 쳤다.

"그래? 너네 반에 얼간이 같은 녀석이 있어?"

나는 고개를 끄덕였다.

"점심시간에 식당에서 자기 아이스크림 샌드위치를 발로 콱 밟는 거예요. 그러더니 전학 온 기념 선물이라며 나한테 들이밀었어요."

엄마가 컴퓨터 화면 쪽으로 몸을 숙였다.

"맞아, 그런 녀석이 타락한 인간이야."

"아이스크림을 밟는 건 정말 못된 짓이에요. 멀쩡한 음식을 못 먹게 만들면 안 되잖아요."

"흠. 참, 너 숙제는 했니?"

"오늘 개학날이었잖아요. 숙제 없어요."

"플루트 연습은?"

"네, 이제 하려고요."

어떤 걸 지지리 못하는데도 여전히 그걸 좋아한다는 건 신기한 일이다. 책장 위에 늘어선 글자보다도 더 고약한 게 있다면 그건 바로 악보 위에서 춤을 추는 음표들이다. 악기를 다루느라 열 손가락을 다 써야 할 때는 작은 마분지로 음표들을 잠잠하게 할 수도 없었다. 나는 거의 악보를 안 보고 소리에 의지해서 연주했다.

내가 진짜 연주하고 싶었던 건 피콜로였다. 하지만 그러려면 먼저 플루트부터 배워야 했다. 여태껏 나는 플루트에서 한 발짝도 벗어 나지 못했다. 게다가 이번에 이사를 하게 되면서 새로운 문제마저 생겼다. 엄밀히 말하자면 엄마와 나는 옛날 학교에서 이 플루트를 훔쳤다. 나는 학교 악기를 빌려 쓰고 있었다. 음악 선생님이 여름 방학 동안 집에서 연습하라며 플루트를 가지고 있도록 해 주었다. 그러니 이사를 해야 한다는 걸 알았을 때 바로 보든 초등학교에 플루트를 돌려줘야 했다. 이제 까만색 작은 상자를 볼 때마다 불편한 마음이 파도처럼 나를 에워쌌다.

　새 학교 음악 선생님은 이미 만났다. 리베라 선생님은 다음 주나 그 다음 주쯤에 새로 온 학생들의 연주 실력을 가늠해 볼 거라고 했다. 그런 다음 어느 반에 들어가야 할지 알려 준다고 했다. 영 마음이 불편했다. 보나마나 선생님한테 내가 학구열이 없다는 걸 설명해야만 할 테니까.

5. 고가 지하도

기차가 지나가는 그곳을 뭐라고 불러야 할지 모르겠다. 그건 고가 도로이기도 하고, 지하도이기도 했다. 아마 보는 사람이 어디에 서 있는지에 따라 다를 거다. 웹스터 사전도 그렇게까지 자세한 설명은 없어서 도움이 되지 못했다. 고가 도로 쪽은 그 위로 기차가 지나간다는 목적이 있었다. 그러니까 고가 도로가 가장 맞는 말인 것 같다. 반면에 지하도 쪽은 더 이상 사용하지 않았다. 빈 에이커랑 비슷한 셈이었다.

소울라 할머니가 말했다.

"예전에는 저 길이 우리 동네 교차로로 들어오는 큰길이었단다. 그런데 시에서 새 길을 뚫어서 차들을 우회시켰지. 한번 보렴, 옛날 길은 재개발 지역을 따라 나 있단다."

소울라 할머니는 길 건너를 가리키며 말을 이었다.

"저 넓은 지역이 다 낡고 오염된 땅이란다. 아가, 공장이 떠나고 뒤처리를 안 하면 저렇게 되는 거야. 얼마나 고약한 냄새가 나는지 몰라."

소울라 할머니는 그 사건을 다룬 신문 기사들을 편의점 입구 근처의 알림판에 붙여 두었다. 알림판에는 스키넥터디 시—특히 우리 동네 주변—에 대한 다른 기사들도 있었다. 전에는 벽보를 읽느라 그렇게 시간을 들인 적이 없었다. 나에게 신문 읽기란 힘든 일이었다. 가만히 서서 한 줄 한 줄 마분지를 대어 가면서 신문을 읽다 보면 스스로가 멍청이처럼 느껴졌기 때문이다. 하지만 사진은 늘 자세히 들여다보았다.

어쨌든 이제 그 밑으로 아무도 지나다니지 않는다고 해도 지하도 쪽을 기억하는 건 중요한 일이라는 생각이 들었다. 과거를 부정할 수는 없다. 그래서 나는 그 길을 굳이 고가 지하도라고 부르기로 했다.

트레일러로 이사하고 첫 일요일을 맞았을 때 드와이트 아저씨가 찾아왔다. 브리나와 케이티도 데리고 왔다. 비가 세차게 퍼붓고 있어서 아저씨는 동생들을 얼른 트레일러 안으로 들여보냈다. 꼬맹이들은 강아지처럼 꼼지락거리며 엄마와 나 사이를 번갈아 오갔다. 만약 꼬맹이들에게 꼬리가 달려 있었다면 살랑살랑 흔들어 댔을지도 모른다. 우리는 계속 서로를 꼭 끌어안았다. 사람들로 북적이는 트레일러 안에서 하기에 딱 맞는 일이었다. 엄마는 줄곧 케이티를 무릎 위에 앉히고는 케이티의 곱슬머리에 코를 파묻었다.

"드와이트, 당신은 자기 볼일 보러 가. 내가 애들 볼 테니까."

엄마의 말에 아저씨가 대답했다.

"됐어."

엄마는 한숨을 푹 쉬었다. 거의 울먹이는 소리였다.

"드와이트, 애들은 내 자식이야! 내가 뭘 어쩌겠어? 데리고 도망이라도 칠 것 같아? 난 차도 없다고!"

"그냥 원래 계획대로 하자고."

아저씨다운 차분한 말투였다.

"뉴욕 주가 우리 아이들 일에 이래라저래라 참견하게 두자는 말이지?"

엄마가 투덜거렸다. 엄마는 커피 잔을 밀어 놓고 냅킨을 꼬깃꼬깃 구겼다.

드와이트 아저씨는 내가 엄마와 아저씨를 바라보며 이야기를 듣고 있다는 걸 알아차렸다. 아저씨는 깊게 한숨을 쉬더니 눈을 감았다.

"그만 하자, 데니즈. 응?"

우리는 드와이트 아저씨가 가져온 도넛을 먹었다. 바깥 날씨가 후덥지근했지만 나는 전자레인지로 코코아를 끓였다. 11시쯤에 비가 그치자 드와이트 아저씨가 우리 모두를 밖에 데리고 나가겠다고 했다.

"어 그래, 그것 참 좋은 생각이네. 여기 마당은 아이들이 놀기에 아주아주 좋은 곳이거든."

엄마는 이렇게 말을 던지고는 컴퓨터 전원을 켰다.

케이티와 브리나는 나와 함께 부서진 길바닥에서 올라오는 수증기 사이를 지나다니며 유령 놀이를 했다. 나는 꼬맹이들에게 아스팔트에서 솟아오르는 거품을 엄지로 퐁 터트리는 법을 알려 주었다. 빗물을 머금은 거품에서 뜨거운 물방울이 찍 터져 나오면 우리는 펄쩍 뛰어 달아났다. 드와이트 아저씨는 트레일러에 필요한 것들을 살펴보았다. 옆집 '머리와 장미' 빨래방에서 끌어오는 전기선이나 가스레인지용 프로판가스 통 같은 것들 말이다. 아저씨는 트럭에서 밧줄 한 묶음을 집어 들고서 잠시 고가 지하도를 쳐다보았다.

"생각해 봤는데……. 여기 그네를 달 방법이 틀림없이 있을 것 같단 말이야."

"좋아요! 좋아요!"

우리는 아우성치며 막다른 길 입구까지 드와이트 아저씨 뒤를 졸랑졸랑 따라갔다. 길 입구에는 갈라진 아스팔트 틈 사이로 잡초들이 자라 있었다. 동생들과 나는 드와이트 아저씨가 십자가 모양 쇠막대를 올라 고가 지하도 안으로 들어가는 걸 지켜보았다. 우리는 녹 가루가 눈에 들어가지 않도록 계속 눈을 깜박여야 했다. 아저씨가 거꾸로 매달려 그림자 사이로 나타났다 사라지는 모습이 꼭 스파이더맨 같았다. 아저씨는 끙끙거리며 쇠 대들보에 밧줄 고리를 걸었다.

"얘들아, 나 잘하고 있니?"

아저씨 목소리가 우렁우렁 메아리쳤다. 우리는 아저씨를 응원했다. 마침내 아저씨가 어깨춤을 추며 밧줄을 타고 내려왔다. 얼굴에는 함박웃음과 땀이 가득했다. 아저씨는 그네가 완성된 것을 기뻐하며 한쪽 팔을 쭉 펴들었다.

처음에는 그네에 이런저런 문제가 있었다. 몇 번 타고 나면 밧줄 끝에 달린 커다란 매듭이 불편하게 느껴졌다. 게다가 케이티는 발로 매듭에 지탱해서 그네를 탈 만큼 힘이 세지 않았다. 다음 주에 드와이트 아저씨는 동그란 나무판을 가져왔다. 나무판은 매끈하게 구석구석 사포질이 되어 있고 가운데에는 드릴로 뚫은 구멍이 있었다. 아저씨는 나무판 구멍에 밧줄을 끼우고 새 그네 의자 밑에다 두 번 매듭을 지었다.

아저씨가 우렁우렁한 목소리로 말했다.

"딸내미들, 여기 있다! 세계 최고의 그네가 완성됐구나!"

그날 이후로 브리나와 케이티는 들르러 올 때마다 가장 먼저 그네부터 타고 싶어 했다. 토요일마다 나는 브리나가 그네를 타고 횡횡 날아올랐다가 다시 나한테 돌아오게 그네를 밀어 주었다. 그네가 생기면서 가장 좋았던 점은 드와이트 아저씨가 "딸내미들, 여기 있다!"라고 말했던 거다. 그 말을 들었을 때 나도 아저씨 딸이 된 것 같았다.

6. 집수리

드와이트 아저씨가 조지 호수*에서 집수리 일을 맡게 되자 힘든 시간이 찾아왔다. 트레일러에 들어서는 아저씨 모습이 너무 심각해 보여서 나는 뭔가 변화가 생겼다는 걸 알아차렸다. 아저씨는 이야기 좀 하자며 엄마를 밖으로 데리고 나갔다. 나는 침대칸으로 올라가 작은 네모 창으로 밖을 내다보며 아저씨와 엄마가 하는 이야기에 귀를 기울였다.

엄마가 악을 썼다.

"미리 좀 알려 주면 안 돼?"

"몇 시간이나 전화를 걸었어. 당신, 인터넷 하느라 계속 전화선을 쓰고 있었지?** 일이 이렇게 돼서 미안해. 그래도 이 일거리는 잡아야 해. 그동안 밀린 고지서를 다 해결할 수 있는 기회야. 애들 맡길 괜찮은 놀이방도 찾아 놓았어."

심장이 철렁했다. 그래, 당연히 브리나와 케이티도 아저씨와 함께 떠나겠지.

엄마가 고래고래 소리를 질렀다.

---

* 뉴욕 주 북쪽 애디론댁 산맥에 있는 호수. 휴양지로 유명하다.
** 초고속 통신망이 깔리지 않은 지역은 일반 전화선을 이용하여 인터넷을 사용하기도
　한다. 이럴 경우 전화와 인터넷을 동시에 할 수 없다.

"그 애들한테는 엄마가 필요하다고! 나한테서 애들을 떼어 놓으려는 거지! 당신은 늘 이렇게 되기를 바랐잖아! 당신이랑 잭 영감 둘이서 꾸민 일이지, 그렇지?"

엄마가 말하는 사람은 그란디오 할아버지이다. 엄마는 이제 그란디오 할아버지랑 한마디도 하지 않는다. 사실 두 사람 사이는 그게 오히려 나아진 셈이었다. 엄마랑 그란디오 할아버지 둘이서 하는 거라고는 말싸움밖에 없었다.

"아니야, 나도 이러고 싶지 않아."

드와이트 아저씨가 고개를 저었다.

"하지만 지금으로서는 이 방법밖에 없어. 두 주에 한 번씩 들를게. 아마 일요일에 올 거야. 어떻게든 해 볼게."

"참 나, 드와이트, 차라리 솔직하기나 해. 당신 이 상황을 즐기고 있잖아!"

드와이트 아저씨가 참지 못하고 분통을 터트렸다.

"데니즈, 똑바로 알아 둬! 애디만 아니었으면 나도 좋아했을지도 몰라. 나도 애들 떼어 놓기 정말 싫다고!"

그러고는 아저씨가 엄마에게 욕을 했다. 아저씨가 욕을 하는 건 처음 들었다.

엄마가 아저씨에게 달려들어 주먹으로 퍽퍽 쳤다. 드와이트 아저씨는 손목을 잡아채서 엄마를 돌려세우고는, 주먹질을 하지 못하도록 바짝 붙어 다잡았다. 엄마는 거대한 물고기처럼 몸부림쳤다. 엄마 뒤통수가 아저씨 입술에 쾅 부딪혔다. 아저씨는 흐르는 피를 삼키며 잠자코 서 있었다. 마침내 엄마가 아저씨 팔에 축 늘어졌다. 드와이트 아저씨가 속삭였다.

"미안해, 미안해."

엄마와 아저씨는 그 자리에 못 박힌 것처럼 한참을 그렇게 서 있었다. 엄마가 돌아서서 아저씨 티셔츠에 얼굴을 비볐다. 드와이트 아저씨는 청바지 뒷주머니에서 손수건과 작고 까만 빗을 꺼내 엄마에게 건넸다. 엄마는 뒤돌아서서 뭔가를 떨어내기라도 하듯 몸을 떨었다. 그러고는 빗으로 머리를 빗기 시작했다.

드와이트 아저씨 혼자 안으로 들어왔다. 아저씨는 나한테 이사를 가게 되었다고 알렸다. 나는 이미 알고 있다고, 침대칸에서 이미 들었다고 말하지 않았다.

아저씨는 부어오른 입술을 잘근잘근 깨물었다.

"애디야, 가능한 한 자주 올게. 그런데 이번 수리 건은 해야 할 일이 아주 많을 거야. 낡은 저택인데 집주인이 여관으로 개조하고 싶어 하거든. 굉장히 근사한 집이야. 너도 언젠가 보러 오면 좋겠구나."

잠깐 동안 아저씨 눈이 반짝거렸다. 드와이트 아저씨는 오래된 집을 굉장히 좋아했다.

"하지만 시간이 빠듯하단다. 4월까지 일을 마무리해야 해."

4월! 몇 달이나 걸리는지 세어 보려 했지만 나는 속셈이 느렸다.

알파벳 순서를 잘 헤아리지 못하는 것과 비슷한 문제였다. 그저 거의 일 년 가까이 된다는 것만 알 수 있었다.

"브리나랑 케이티를 못 만나게 될 거예요. 아저씨도요."

나는 속마음을 입 밖으로 내뱉고 말았다.

"매주 전화할게. 그럼 우리 모두 이야기를 나눌 수 있어. 기회가 있을 때마다 우리가 올게."

아저씨는 법원 판결이 나서 브리나와 케이티를 데리러 왔을 때만큼 미안해 보였다.

나는 기운을 내야 했다. 아저씨를 더 슬프게 하고 싶지 않았다. 나는 눈물을 꾹꾹 참고서 아저씨 팔에 바싹 들러붙었다. 드와이트 아저씨가 다른 손으로 내 머리를 감쌌다. 나는 양손으로 아저씨 팔뚝을 끌어안고 그을린 살갗과 금빛 털 위에 얼굴을 묻었다. 나는 드와이트 아저씨의 팔뚝이 늘 좋았다. 왜 그런지는 나도 모르겠다. 그냥 그랬다.

"네, 그럼 그때 만나요. 브리나와 케이티도요."

7. 시험과 새 친구

플루트를 쥔 손이 떨렸다. 나는 앞에 놓인 보면대 위의 악보에서 눈을 들었다.

"전 그냥은 연주 못 해요. 바로는 안 되거든요."

나는 리베라 선생님의 대답을 기다렸다. 우리 둘뿐이어서 다행이었다. 선생님은 내 말뜻을 전혀 이해하지 못하는 표정이었다. 내가 설명했다.

"우선 음을 들어 봐야 해요. 곡을 알아야 하거든요."

"아! 그럼, 곡을 알게 되려면 보통 몇 번 정도 들어 봐야 하니?"

망설여졌다. 사실대로라면 최소 열 번은 들어 봐야 하고, 곡이 얼마나 긴지, 변주가 얼마나 많은지에 따라 다르다고 대답해야 했다.

"다섯 번 정도요."

목소리가 갈라져 나왔다. 나는 목을 가다듬었다.

"종이를 갖다 대면 악보를 읽을 수 있어요. 그리고 혼자 곡을 흥얼거려 본 다음에 연주해요. 그러니까, 몇 번 흥얼거려 보고 나서요. 제 말은, 집에서 연습해 올 수 있다는 거예요."

그만 주절주절 떠들고 불쌍한 리베라 선생님에게 생각할 시간을 주는 게 나을 것 같았다.

선생님은 눈을 깜박였다.

"그렇구나, 그럼 이미 알고 있는 곡을 연주해 볼래?"

나는 눈을 감고 플루트를 입술에 갖다 댔다. 〈마녀들의 춤〉을 연주했다. 중간에 두 번 실수를 살짝 하긴 했지만 계속 연주했다. 그게 중요하다. 언제나 계속해서 나아가야 한다. 나는 플루트를 무릎 위에 올려놓고 눈을 떴다.

"어머나, 애디슨! 잘하는구나!"

리베라 선생님은 채점지에 점수를 쭉 써넣었다.

"멜로디가 통통 살아 있는걸. 손가락 터치도 정확하고 가벼워."

선생님은 잠깐 생각한 뒤 말했다.

"네가 곡을 소화할 수 있게 연주할 악보를 내가 미리 건네줄 수도 있을 것 같구나."

선생님은 내 쪽으로 몸을 기울이면서 물었다.

"그럼 되겠니?"

"네, 선생님. 정말 고맙습니다."

나는 복도를 걸어가며 크게 한숨을 내쉬었다. '소화하다'란 말이 떠올랐다. 선생님이 그 말을 쓴 상황으로 말뜻을 알아듣기는 했다. 그래도 어쨌거나 사전을 찾아서 확인해 봐야겠다. 반 편성 시험이 끝났다. 이제 집에서 열심히 악보를 연습할 걱정만 하면 됐다. 내 플루트가 따지고 보면 훔친 거라는 사실도 걸리긴 했다. 나는 손에 든 작은 악기 상자를 달랑달랑 흔들며 걸었다.

"리베라 선생님 만났니?"

나는 타락한 남자애의 얼굴을 바라보았다. 아이스크림 샌드위치를 발로 으깨 버린 녀석 말이다. 이름이 로버트라고 들었다. 그 아이는 우리 교실 밖에 기대서서, 내 앞을 가로막았다.

내가 대답했다.

"그래, 선생님 만났어."

"들어갔냐?"

"들어가다니?"

"아우, 스테이지 오케스트라 말이야."

"스테이지 오케스트라?"

"우리 학교에서 최고의 음악가들만 모인 곳이지. 우린 송년 음악회 같은 때 연주해."

나는 그제야 선생님 앞에서 연주하는 걸 왜 굳이 시험이라고 불렀는지 깨달았다.

"어, 난 그냥 수업만 받을 거야. 아마도."

"그럴 줄 알았어. 어쨌거나, 난 들어갔어. 난 첼로를 켜."

그 애한테 학교에서 들리는 첼로 소리는 모조리 소 하품하는 소리나 방귀 붕붕 새는 소리 같더라는 말은 굳이 하지 않았다. 너 같은 땅딸보가 어떻게 첼로에 붙어 있기나 한지 모르겠다는 말도 속으로 삼켰다. 나는 그 아이를 밀치고 교실로 들어갔다.

새로 사귄 친구 마리사는 육학년 여자아이들 가운데서도 키가 상당히 작은 축에 속했다. 마리사가 컴퓨터 책상에서 몸을 돌리더니 나지막한 목소리로 물었다.

"어떻게 됐어?"

"그럭저럭."

나도 소곤소곤 대답했다. 그리고 덧붙여 말했다.

"스테이지 오케스트라에 대해서는 전혀 몰랐어."

또 다른 새 친구 헬레나가 책상에서 머리를 들었다. 헬레나는 육학년 여자아이들 가운데서도 무척 키가 큰 편에 속했다. 헬레나가 속삭였다.

"난 작년에 바이올린으로 들어갔어. 굉장히 재미있어. 리베라 선생님이 핼러윈 전에는 합격 여부를 알려 주실 거야."

"어림없는 소리."

로버트가 우리 이야기에 쏙 끼어들었다. 사실, 몸으로 우리 사이를 가로막고 섰다.

헬레나가 발끈해서 따졌다.

"넌 애디 연주를 들어 보지도 않았잖아. 네가 뭘 알아?"

"네가 여자 천하장사라는 건 알지!"

로버트는 가능한 한 키가 커 보이게 몸을 쭉 폈다. 그리고 우렁우렁한 목소리로 말을 이었다.

"그리고……."

나는 움찔했다. 무슨 이야기가 나올지 알 것 같았다. 말이 벌써 투두둑 쏟아져 나오고 있었다.

"······샌디 양호 선생님이 오늘 너한테 몸 냄새 상담을 해 줬잖아. 체육 시간 끝나자마자."

로버트는 자기 겨드랑이를 가리키더니 코를 감싸 쥐었다.

"하, 하, 하!"

헬레나의 얼굴이 시뻘게졌다.

내가 나섰다.

"야, 로버트! 헬레나 건드리지 마. 이 타락한 놈아!"

나중에 나는 학교 밖에서 헬레나를 만나 로버트가 뭐라고 떠들든 신경 쓸 필요 없다고 말해 주었다.

"양호 선생님은 별별 이야기를 다 하잖아. 유치원 다닐 때 선생님한테서 '코 파지 마세요.'라든가 '밥 꼭꼭 씹어 먹었어요?'라는 잔소리 들은 거 기억해? 지난 번 학교 다닐 때 난 그 소리를 일주일에 두 번은 들었어."

나는 계속해서 말을 이었다.

"누구나 한 번쯤은 다 몸 냄새 상담을 받을걸. 이번에 네 차례가 온 것뿐이야. 나도 겪었어."

나는 순순히 인정했다.

"엄마가 나더러 냄새난다고 그러더라고. 난 이제 날마다 땀 냄새 억제제를 발라."

헬레나가 대꾸했다.

"아유, 차라리 엄마가 말해 주는 게 낫지. 오늘 나한테서 그렇게 냄새가 심하게 났다니 생각하기도 싫어."

우리는 노트 거리를 함께 걸어갔다. 대학 교정으로 이어지는 문을 지나 티베트 물건을 파는 작은 가게 앞을 스쳐 지났다. 우리는 가게 진열장에 걸린 종이 초롱을 감탄하며 바라보았다. 헬레나와는 세네카 거리에서 서로 가는 길이 갈라졌다. 그 갈림길 모퉁이에는 '거위 언덕 이발소' 간판 기둥이 뱅글뱅글 돌아갔다. 나는 가던 길을 따라 편의점까지 계속 내려갈 셈이었다. 나는 학교가 끝나면 늘 편의점에 먼저 들렀다.

"모조리 다 짜증나지 않니? 몸 냄새랑……."

나는 스웨터 한쪽을 열어서 가슴을 얼른 한 번 쳐다보았다.

"가슴 나오는 거 말이야."

헬레나에게는 이 말을 해도 될 것 같았다. 헬레나는 나보다 가슴이 훨씬 컸다.

"성교육책 보니까 막을 방법이 없대."

나는 잠깐 말을 할까 말까 망설였다.

"이 빌어먹을 게 진짜 커지나 보더라고!"

나는 눈을 부리부리 떠 보였다.

헬레나가 깔깔 웃었다. 헬레나가 웃는 걸 보며 나도 따라 웃었다. 우리는 깔깔거리며 6번 소방서 앞을 지나갔다. 밖에 나와 있던 소방관 아저씨 둘이 우리를 보고 빙그레 웃었다.

한 아저씨가 우리에게 물었다.

"뭐가 그렇게 재미있니?"

내가 얼른 대답했다.

"아무것도 아니에요!"

하지만 헬레나와 나는 서로를 쳐다보며 더 신나게 웃어 댔다. 헬레나는 배를 쥐고 웃느라 몸이 앞으로 꺾어졌다. 소방관 아저씨들도 따라 웃기 시작했다.

한 소방관 아저씨가 궁금해했다.

"도대체 우리가 왜 웃는 거야?"

"말하지 마, 말하지 마!"

헬레나가 이렇게 속삭이며 나를 툭툭 밀었다.

나는 고개를 흔들었다. 우리는 미친 듯이 웃으며 보도를 따라 계속 걸어갔다. 서로를 쿡쿡 찔러 대면서.

세네카 거리에 가까워져서야 거의 정상적으로 다시 말할 수 있게 되었다.

"애디야, 난 로버트 말이 틀렸으면 좋겠어. 네가 스테이지 오케스트라에 들어오면 좋겠어. 관악기 쪽에 실력 있는 플루트 주자가 한 사람 더 필요해."

나는 헬레나를 보며 빙긋 웃었다. 그리고 그 자리에서 스테이지 오케스트라에 들어가는 걸 새로운 목표로 삼기로 마음먹었다.

8. 문과 다리가 주는 느낌

"소울라 할머니, 있잖아요?"

"그래, 아가?"

"어니언* 대학이 뭐예요?"

"어니언 대학? 유니언 대학 말이니?"

나는 눈을 감고 문에 달린 간판의 글자를 다시 떠올려 보았다.

"아, 맞다. 유니언이네요."

나는 웃으며 손바닥으로 이마를 쳤다.

"진작 알아봤어야 하는데!"

소울라 할머니가 웃었다.

"누구나 모자라는 데가 하나는 있기 마련이야. 아주 좋은 대학이라 하더구나. 교정도 예쁘고 말이야. 6월에 장미가 피면 잭슨 정원을 보려고 특별히 들러 보기도 한단다."

"교문 뒤에 딴 세상이 펼쳐진 것 같았어요."

"흐음. 문이란 게 그런 느낌을 주지. 다리도 그렇고 말이야."

소울라 할머니는 풀로 붙인 마분지 상자 뚜껑을 열려고 몸을 숙였다.

---

* 영어로 '양파'라는 뜻.

"마카로니 진열하는 것 좀 도와주련?"

"네."

나는 마카로니 상자 몇 개를 집어 들고서 선반 위에 올려놓기 시작했다.

소울라 할머니가 충고했다.

"잘해야 해. 안 그러면 엘리엇이 들어와서 한바탕 잔소리를 해 댈 게야."

나는 할머니에게 씩 웃어 보였다. 맞다, 엘리엇 아저씨는 그랬다. 모든 게 잘 정리되어 있어야 했다.

소울라 할머니가 내게 상자를 몇 개 더 건네주었다. 할머니의 손이 떨리고 있었다. 할머니는 잠잠히 서서 이마를 문질렀다.

"제가 마저 할게요. 할머니는 앉으세요."

할머니는 한숨을 쉬더니 뒤로 돌아 야외용 의자에 털썩 주저앉았다. 나는 할머니가 온 가게 안에 의자를 밀고 다니는 모습을 자주 보았다. 때때로 할머니는 커다란 몸으로 의자를 쿵쿵 밀기도 했다. 할머니가 진짜로 그렇게 자주 앉아 쉬어야만 한다는 걸 몰랐다면 꽤 재미있는 광경이었을 거다. 나는 할머니가 '넷 남았다.'라고 했던 말을 곰곰이 생각해 보았다. 소울라 할머니는 어딘가 아픈 게 틀림없었다. 엄마는 사람들 건강 문제를 물어보는 건 예의 없는 짓이라고 했다.

"너한테 알리고 싶으면 그 사람들이 알아서 이야기할 거야."

엄마는 그렇게 말했다. 그래서 나는 이야기해 주기를 기다렸다.

"아이고, 좀 낫구나."

소울라 할머니가 의자에 앉으며 나를 향해 활짝 웃었다.

"아가, 고맙다."

나는 아주 살짝 할머니의 손을 토닥였다. 할머니는 얼굴에 부채질을 했다. 밝은 분홍빛 입술 사이로 한숨이 새어나왔다.

내가 물었다.

"문이랑 다리는 무슨 얘기예요?"

"흐음, 통로라는 게 주는 느낌이 있어. 반대편에는 틀림없이 뭔가 더 좋은 게 있을 것 같은 느낌 말이다."

"아아."

나는 손으로 상자 줄을 잘 맞춘 다음에 위로 새로운 줄을 계속 쌓아 갔다.

"할머니는 그걸 믿어요?"

소울라 할머니는 어깨를 으쓱했다.

"사람들이 그냥 지어낸 소리인지도 모르지. 하지만 인간이란 뭔가 믿을 거리가 있는 걸 좋아하잖아. 나도 마찬가지고. 난 늘 프리맨스 다리 건너편으로 이사하고 싶었단다. 도시를 벗어나고 싶었지. 왠지 그런 생각이 들더구나. 거기 가면 더 잘살 수 있을 것 같다는 생각 말이다."

할머니는 이렇게 말하고는 한마디 덧붙였다.

"더 안전한 삶이 있을 것 같았어."

"정말요?"

"그래. 풀이랑 나무가 많은 곳은 어디든 더 안전한 동네처럼 느껴지더구나. 알다시피 도시란 위험하잖아. 이렇게 조그만 동네라도 예외는 아니야. 슬픈 일이지."

할머니는 바닥만 뚫어져라 쳐다보며 한동안 말이 없었다.

나는 잠자코 기다렸다. 그러고 나서 물어보았다.

"재개발 지역 같은 곳요?"

"그래, 아가. 매연에다 쓰레기들 말이다. 쓰고 또 쓰고, 막 쓰다가, 아예 못 쓰게 만들어 버리지. 내 말인즉슨, 저길 한번 보려무나."

할머니는 엄지로 빈 에이커 쪽을 가리키더니 고개를 절레절레 흔들었다.

"구멍만 뻥뻥 뚫려 있는 시멘트 바닥에서 뭘 할 수 있겠니? 쓰레기, 쓰레기, 다 쓰레기야. 그런데 여기 있는 날 보렴. 전자레인지용 인스턴트 음식, 담배, 휘발유 따위나 팔고 있잖니! 그런 내가 쓰레기가 어떻고 구시렁거리다니! 내가 바로 그 쓰레기의 일부인데 말이야."

"흠. 그런데 소울라 할머니, 있잖아요. 우리 할아버지는 다리 건너편에 살고 농장을 하세요. 과수원이랑 채소밭도 있어요. 그리고 아마 건강하실 거예요."

나는 잠깐 생각을 가다듬고 말을 이었다.

"하지만 할아버지는 좀 울컥하시는 편이에요. 거기 살아도 더 행복한 것 같지는 않아요."

"그러냐?"

할머니 한쪽 입꼬리에 웃음이 연하게 피어올랐다.

나는 고개를 끄덕였다.

"건강이 중요하다는 건 나도 알아요. 하지만 행복해지는 데 그게 전부는 아닌 것 같아요."

할머니는 앞으로 몸을 숙이고 나를 찬찬히 뜯어보았다. 그런 소리는 하지 말았어야 했나, 하고 걱정이 됐다. 소울라 할머니는 건강하기만 하면 행복해질지도 모르는 일이었다.

내가 말했다.

"그리고 영웅도 필요하다고 생각해요."

나는 누구를 치기라도 할 듯이 주먹을 꼭 쥐었다.

할머니가 물었다.

"영웅이라니? 친구나 가족 같은 거 말이냐?"

"친구나 가족이 영웅일 수도 있어요. 웹스터에 따르면……."

"웹스터가 누구야?"

"사전이에요."

나는 할머니에게 설명을 해 주었다.

"영웅이란 남들과 다른 사람이래요. 강하거나 용기 있거나 위험을 무릅쓰는 사람요. 그런데 아마 웹스터 사전은 유명한 영웅들

을 말하는 걸 거예요. 신문이나 역사책에 나오는 사람들 말이에
요. 발명가나 운동선수나 마틴 루터 킹 목사님처럼요."

"어, 그래."

소울라 할머니는 여전히 내 말을 듣고만 있었다.

"하지만 꼭 그런 사람들만 영웅일까요? 내 생각에는……."

나는 인상을 찌푸렸다.

"……누구나 다른 누군가의 영웅이 될 수도 있지 않을까요?"

소울라 할머니가 의자에 등을 기댔다. 할머니는 나를 향해 눈을
한 번 깜빡이더니 말했다.

"음, 그래, 예쁜 아가. 일리가 있는 말이로구나. 난 그런 생각은
안 해 봤단다."

엘리엇 아저씨가 문을 열고 들어서면서 물었다.

"어떤 생각을 안 해 봤다는 거예요?"

아저씨는 계산대 앞에서 잠깐 멈춰 섰다. 그러고서는 한 손으로
는 짧고 붉은 머리칼을 쓸어 넘기고 다른 손으로는 복권 안내판
을 바로잡았다.

"영웅 말이야. 애디 말로는 우리 모두에게 영웅이 있대."

소울라 할머니가 대답했다.

"그랬으면 좋겠네요. 안 그러면 사는 게 좀 무섭잖아요."

엘리엇 아저씨가 씩 웃었다.

우리 셋은 일이 초 동안 서로를 바라보았다. 나는 아저씨 말에 동

의한다는 뜻으로 두 엄지손가락을 추켜올렸다. 그러자 소울라 할머니와 엘리엇 아저씨도 나와 함께 양 엄지를 들었다.

내가 말했다.

"찬성이 여섯 개예요. 만장일치로 통과되었습니다!"

9. 텔레비전과 토스트 만찬

"저녁거리 있어요?"

내가 이렇게 묻자, 엄마는 조용히 하라고 손을 흔들었다.

"숙제도 다했고 플루트 연습도 끝냈어요."

"들었어, 들었다고."

엄마가 웅얼거렸다. 엄마는 정신없이 키보드를 두드리더니 실눈을 뜨고 컴퓨터 화면을 바라보았다. 그리고 뭔가를 읽고서는 다시 키보드를 쳤다.

"그럼 내가 저녁 만들까요?"

대답이 없었다.

솔직히 말하면 나는 저녁 식사 시간을 그다지 좋아하지 않았다. 아침밥이 가장 제대로 된 끼니였다. 유일하게 정상적인 식사였기 때문이다. 무슨 말이냐면, 토스트나 시리얼을 먹었다는 거다. 아침으로는 정상적인 메뉴다. 사람들은 아침으로 시리얼이나 토스트를 먹는다. 하지만 엄마랑 나는 종종 저녁에도 시리얼이나 토스트를 먹었다.

나는 토스트에 토마토와 녹인 치즈를 얹으면 좀 더 저녁밥처럼 보인다는 걸 발견했다. 캔에 든 농축 수프—예를 들면 토마토 수프나 닭고기 크림수프—를 데워서 물을 섞지 않고 토스트에 부어 먹으면 꽤 맛이 좋았다. 그래서 토스트 만찬은 나의 특별 메뉴가 되었다.

엄마도 요리를 했다. 한 번씩 뭔가에 사로잡히기라도 한 듯 산더미처럼 음식을 만드는 날도 있었다. 스파게티 소스를 커다란 솥한가득 끓이고 마늘빵을 잔뜩 구웠다. 엄마는 스파게티 면이 잘들러붙는지 보려고 냉장고에 면을 던졌다. 그러고는 나를 식탁으로 불렀다. 우리는 겨울잠 준비를 하는 곰처럼 먹고 또 먹었다. 내기억으로는 예전에 집에서 다 같이 살 때 엄마가 7월 한여름에 칠면조를 구운 적도 있었다. 그레이비소스*와 으깬 감자 요리도 만들었다. 게다가 엄마는 일하러 간 드와이트 아저씨에게 전화를 해서 크랜베리 소스를 사오게 했다. 우리는 7월에 야외 식탁에 앉아추수 감사절을 맞았다.

하지만 트레일러로 이사 온 뒤 엄마는 저녁 식사에 거의 관심이 없었다. 요리하는 것 자체에 관심이 없었다. 나는 조그만 부엌을 구석구석 뒤져서―엄마는 장보기를 잘하는 살림꾼은 아니었다.―뭔가를 대충 만들었다. 내가 만든 이런저런 음식은 대체로 그다지 맛이 없었다. 하지만 음식 말고도 저녁 식사 시간을 망치는 것이 있었다.

엄마는 텔레비전을 보면서 동시에 웹 서핑을 하는 걸 좋아했다.

---

* 소고기나 닭, 칠면조 구운 요리를 먹을 때 곁들이는 갈색 소스.

텔레비전을 너무 오래 보고 있다 보면 인터넷 접속이 끊어져 버렸고, 그러면 엄마는 화를 냈다. 그게 때때로 저녁 식사를 망쳤다. 오늘 저녁에 엄마는 좋아하는 텔레비전 프로그램에 빠져 있었다. 〈명판사 저넷〉이었다. 그 쇼는 늘 7시 정각, 저녁 식사 시간에 했다.

나는 〈명판사 저넷〉이 싫었다.

"애디슨, 봤지? 난 늘 저넷이랑 같은 판결을 내린다니까. 판사를 할 걸 그랬나?"

엄마는 점점 의자 앞쪽으로 튀어나왔다.

내가 대답했다.

"난 저넷 같은 사람이 되고 싶지 않아요."

나는 토스트 두 쪽을 정사각형으로 잘라서 닭고기 크림수프를 약간 부은 다음 엄마 앞에 접시를 내려놓았다.

"왜?"

엄마가 물었다. 하지만 텔레비전에서 눈길을 떼지는 않았다.

"저 사람은 자기가 뭘 하고 있는지 몰라요. 그러니까 내 말은, 자기 판결을 절대로 확신할 수 없다고요."

까만 판사복을 입고 있는 저넷이 보였다. 속이 울렁거렸다. 똑바로 쳐다볼 수가 없었다. 저 프로그램에서 벗어날 길이 없다는 게 트레일러 생활의 나쁜 점이었다.

"애디, 저것 좀 봐."

엄마가 텔레비전을 가리키며 말했다.

"있잖아, 저 여자는 원래 출장 요리 회사를 했는데 제빵사랑 동업을 하게 되었대. 저기 곱슬머리에 키가 작은 남자……."

나는 출장 요리사나 제빵사에게 신경 쓰고 싶지 않았다. 두 눈을 질끈 감아 버렸다. 내가 말했다.

"저넷한테 승소 판결을 받은 사람도, 재판이 끝나고 나면 그다지 기분이 좋지는 않을 거예요."

엄마가 물었다.

"왜 그런 소리를 하니?"

내가 대답했다.

"우선 싸웠다는 사실은 여전히 변하지 않잖아요."

내가 먹을 음식도 완성되었다.

"저넷 좀 봐."

엄마는 텔레비전 화면 속의 여자가 좋아 죽겠다는 듯이 고개를 살랑살랑 흔들었다.

"저넷이 저 추잡한 놈을 작살내 줄 거야. 두고 봐!"

우리는 판결이 내려질 때까지 말없이 기다렸다.

"봐, 그럴 줄 알았어! 내 그럴 줄 알았다니까! 이번에도 내가 맞혔어!"

엄마가 꽥꽥 소리를 질렀다.

"엄마는 저넷 생각을 알기도 잘 알아요."

만약 내게도 학구열이 있다면 왜 〈명판사 저넷〉이 그렇게나 훌륭한 프로그램인지 이해했을지도 모른다. 하지만 나는 접시를 들고 침대칸에 기어 들어가 커튼을 쳤다. 광고가 끝나자마자 두 번째 사건이 방송될 거다. 나는 내 토스트 만찬을 먹었다. 매번 한 입 베어 물고는 귀를 틀어막고 음식을 씹으며 새 플루트 연주곡을 흥얼거렸다. 텔레비전에 나오는 저 불쌍한 사람들에게 저넷이나 엄마가 어떤 판결을 내리는지 굳이 들을 필요는 없으니까.

10. 크림과 꿀 색깔 선물

"안녕!"

나는 머리 위로 팔을 치켜들고 손을 흔들었다. 어찌나 세게 흔들었는지 어깨가 아플 지경이었다.

드와이트 아저씨가 나를 불렀다.

"애디야! 이리 와서 트럭에 뭐가 있는지 보렴."

나는 트레일러 계단을 폴짝 뛰어내려 아스팔트 쪽마당을 가로질러 갔다. 드와이트 아저씨 양쪽에 브리나와 케이티가 바짝 달라붙어 있었다. 세 사람 모두 배시시 터져 나오는 웃음을 감추려고 애썼다. 꼬맹이들은 번갈아 가며 드와이트 아저씨에게 얼굴을 비볐다. 마치 아저씨 청바지에 웃음을 닦아 낼 수라도 있는 것처럼. 세 사람에게는 비밀이 있었다. 나는 그 비밀을 함께하지 못한다는 사실에 기분이 조금 나빠졌다.

하지만 10월이 왔고, 아저씨와 꼬맹이들이 돌아올 날이 한 달 더 가까워진 셈이었다. 드와이트 아저씨의 집수리 일은 일정대로 착착 진행되고 있었다. 아저씨와 동생들이 가끔 한 번씩이라도 깜짝 방문을 해 준다면 나도 견딜 수 있을 것 같았다.

내가 물었다.

"뭐야?"

브리나가 대답했다.

"언니 주려고 특별한 걸 가져왔어."

케이티는 깡충깡충 뛰며 말했다.

"오디 언니, 마쩌 봐. 언니 갖고 싶은 거야!"

나는 트럭 바닥을 슬쩍 들여다보았다. 울퉁불퉁한 뭔가에 방수포 몇 겹이 쌓여 있었다.

내가 말했다.

"구질구질한 빨래라면 여기도 많은데."

드와이트 아저씨가 하얀 이를 드러내며 껄껄 웃었다. 꼬맹이들도 깔깔거렸다.

케이티가 졸라 댔다.

"마쩌 봐, 마쩌 봐!"

나는 케이티의 손을 잡고 흔들었다.

"좋아, 어디 보자. 크리스마스트리지?"

"아니!"

더 깔깔거리는 소리.

"눈사람?"

"아니, 아니, 아니야!"

"그럼 어디 보자. 핼러윈이 두 주 남았네. 그럼 분명 그거겠지? 호박!"

"호박만 있는 게 아니야."

브리나가 말했다. 브리나는 어깨를 으쓱으쓱 흔들었다. 아직 비밀이 가득했다.

드와이트 아저씨가 방수포 덮개를 벗겼다. 호박이 있었다. 하지만 그 옆에 작은 철장도 있었다.

내가 물었다.

"어머나, 드와이트 아저씨. 이게 뭐예요?"

"햄피스터! 햄피스터! 언니한테 줄 햄피스터야!"

케이티가 깡충깡충 뛰며 내 팔을 잡아당겼다.

"햄스터를 말하는 거야."

브리나가 말을 덧붙였다.

"믿을 수가 없어! 진짜 내 거야?"

드와이트 아저씨가 트럭에서 우리를 꺼내 내게 넘겨주었다. 톱밥 사이로 조그마한 분홍색 코가 드러났다. 그리고 크림과 꿀 색깔을 띤 나만의 햄스터가 까만 눈동자를 깜박이며 꼼지락꼼지락 나타났다.

나는 작게 속삭였다.

"우아! 모두 고마워!"

케이티가 물었다.

"얜 여자애야. 오디 언니, 이름 뭐라고 할 꼬야?"

"그건 고민 좀 해 봐야겠는걸. 꼭 맞는 이름을 지어 주고 싶어."

문을 들어서다가 엄마와 마주쳤다.

"에그, 징그러워라!"

나는 햄스터 우리를 가슴에 안고서 엄마에게 약속했다.

"엄마, 안 보이는 데 둘게요."

"으응, 엄마, 얘 진짜 귀여워요!"

브리나는 햄스터한테 홀딱 반해 있었다.

케이티가 다시 소리 질렀다.

"햄피스터!"

브리나가 참을성 있게 말했다.

"케이티, 이건 햄스터야. 피는 안 들어 있어."

"그놈은 왜 피가 안 들었다니? 무슨 미라야?"

엄마가 말을 툭 던졌다. 엄마는 돌아서서 드와이트 아저씨를 쳐다보았다. 아저씨는 호박을 들고 트레일러에 뒤따라 들어서고 있었다.

"드와이트, 멋진 생각이야."

엄마는 드와이트 아저씨를 쏘아보면서 담배를 든 채 햄스터 우리 쪽으로 손짓을 했다.

"저걸 어디다 두면 좋을까? 냉장고 안에? 여길 좀 보라고!"

엄마는 엄마 엉덩이를 감싸 안고 있는 케이티로부터 멀리 담배 연기를 뿜었다. 그리고 다시 한 모금을 빨아들였다.

드와이트 아저씨가 엄마를 향해 고개를 까딱했다.

"그래, 데니즈, 직장 찾는 건 어떻게 돼 가?"

엄마는 드와이트 아저씨에게 코웃음을 쳤다.

"하, 하."

드와이트 아저씨가 말했다.

"애들이 점심을 나가서 먹고 싶다네. 근처에 식당이 있을 거야. 당신도 생각 있어?"

엄마가 물었다.

"지금 날 초대하는 거야?"

"당연하지. 지금은 당신이 애들이랑 시간을 보낼 때잖아."

그래서 우리는 '멍청이 도리의 생각보다 맛있는 집'이라는 곳에서 식사를 했다. 진짜 이상한 이름이지만 그때는 별로 그런 생각을 하지 않았다. 식당에 들어가려니 불안했다. 엄마는 드와이트 아저씨 곁에 있으면 걸어 다니는 수류탄 같았다. 새 햄스터를 집에 두고 온 것도 마음에 걸렸다. 하지만 모든 일이 가능한 한 말썽 없이 흘러가기를 바랐기에 나는 식구들과 같이 식당으로 몰려들어가 칸막이 자리에 앉았다. 엄마는 껌처럼 딱 달라붙어 있는 케이티와 브리나 사이에 앉고 나는 반대편 드와이트 아저씨 옆에 앉았다.

"애디야, 키가 아주 많이 컸구나."

아저씨가 고개를 돌리고는 내 정수리를 내려다보았다.

"그것만 크는 게 아니라니까."

엄마가 내게 윙크를 찡긋했다. 나는 무척 당황해서 엄마에게 눈짓을 했다. 드와이트 아저씨는 험험 목을 가다듬었다. 드와이트 아저씨가 물었다.

"다들 뭐 먹고 싶니?"

우리는 메뉴를 고르는 데 열을 올렸고 누구도 나에 대해서 더 이상 뭐라고 말하지 않았다. 정말 다행이었다.

잠시 후 내가 제안했다.

"햄스터 이름을 피콜로라고 할 거예요. 내 꿈 하나랑 잘 어울리잖아요. 알죠? 내가 언젠가 피콜로를 불고 싶어 하는 거."

케이티가 노래를 불렀다.

"피, 피, 피콜로! 거 봐, '피'가 들었잖아!"

식사가 나왔을 때 우리 다섯은 하하 웃고 있었다. 식당 주인아저씨가 종업원 아줌마를 도와 음식 접시를 함께 날랐다. 생선 튀김과 감자튀김이 내 앞에 놓였다.

주인아저씨가 말했다.

"즐거운 시간 되세요!"

식당 사람들이 우리를 그저 정상적인 가족으로 여길 거란 생각이 드는 건 어쩔 수가 없었다. 거기 식당에서, 우리 가족이 얼마나 꼬불꼬불 얽혀 있는지 남들 눈에 훤히 드러났을 리는 없었다. 나는 드와이트 아저씨에게 살짝 몸을 기대고서 생선 튀김을 조금 먹었다. 그리고 식당 아저씨가 말한 대로 했다. 나는 즐거운 시간을 보냈다.

좋은 시간을 보내는 데 단 한 가지 나쁜 점은 끝이 있다는 것이다. 벌써 드와이트 아저씨는 엄마에게 또 들르겠다고 말하고 있었다. 나는 두 동생에게 작별 뽀뽀를 했다.

케이티가 말했다.

"오디 언니, 언니가 모두 함께 집에 못 해서 싫어."

"모두 함께 집에?"

브리나가 설명했다.

"케이티 말은 '우리' 집에 같이 못 가서 속상하다는 소리야."

"나도 속상해."

나는 동생들에게 뽀뽀를 해 주고, 가는 모습을 지켜보았다.

그날 밤 트레일러 안은 무척 조용하게만 느껴졌다. 나는 침대칸에 올라가 피콜로를 우리에서 꺼내 여기저기 탐험하고 다니게 했다. 피콜로는 수염을 씰룩거리면서 서둘러 침대칸 뒤쪽을 향했다. 나는 피콜로를 손으로 감싸 쥐었다. 피콜로는 가만히 있었다. 피콜로의 몸에서 생명의 콩콩거림이 자그마하게 느껴졌다. 나는 버터스카치 사탕 색깔의 털을 엄지로 가만가만 쓰다듬고는 피콜로의 작고 따뜻한 머리에 입을 맞추었다. 그리고 속삭였다.

"모두 함께 집에 온 걸 환영해."

11. 멍청이들

다음 날 나는 편의점에서 알림판을 들여다보고 있었다. 소울라 할머니가 예전 신문기사를 오려 붙여 두었는데, 그 기사에 고가 지하도 사진이 들어 있었다.(사실 사진에는 우리 트레일러의 귀퉁이도 조그맣게 나와 있었다.) 누군가 고가 지하도 꼭대기에 스프레이 페인트로 좍 낙서를 했던 모양이다. 나는 그 낙서를 큰 소리로 읽었다.

"'도리는 멍청이다.' 소울라 할머니, 이게 무슨 소리예요?"

할머니가 나를 향해 손을 휘저으며 웃었다.

"아이고, 온 동네가 한동안 그 이야기뿐이었단다."

할머니는 잠깐 기억을 더듬었다.

"어느 날 아침에 보니 그 위에 스프레이 페인트로 글귀가 쓰여 있더구나. 다들 누가 그냥 한번 장난쳐 본 걸 거라고 생각했단다. 철도 회사에서 그 낙서 위에 페인트칠을 했단다. 그런데 누가 또 낙서를 한 거야. 이번에는 '도리는 여전히 멍청이다.'라고 쓰여 있었지."

"어머나! 말도 안 돼요!"

나는 깔깔 웃었다.

"정말이라니까, 아가. 있는 그대로 이야기한 거야! 어쨌거나 철도 회사에서는 낙서를 다시 지웠어. 그런데, 글쎄 말이야, 며칠 지나자 그 짓궂은 녀석이 돌아와서 '도리는 영영 멍청이일 거다.'라고 썼다니까."

소울라 할머니는 웃으며 샌들 신은 발로 바닥을 쿵쿵 굴렀다.(10월에 샌들을 신고 있는 게 좀 이상할 수도 있겠지만 소울라 할머니는 발이 엄청 큰 편이어서 샌들을 신었다.)

"어쨌거나 철도 회사는 뒤치다꺼리하는 데 질려 버렸단다. 그리고 이제 시청에서도 범인을 잡는 데 노력을 좀 기울여야 한다고 생각했지. 해서 둘 사이에 뭔가 쑥덕쑥덕 이야기가 오고간 게야."

나는 고개를 주억거렸다. 그러고는 다시 돌아서서 벽에 붙은 기사를 들여다보았다. 그때 편의점 문이 휙 열리면서 어떤 남자가 들어왔다. 아는 얼굴인데 어디서 보았는지 기억나지 않았다. 6번 소방서인가? 아니야.

갑자기 생각이 났다. '멍청이 도리'에서 본 사람이었다. 식당 주인아저씨였다!

"어, 멍청이다! 말도 안 돼!"

나도 모르게 말이 튀어나와 얼른 손으로 입을 막았다.

"아차!"

소울라 할머니가 너무 심할 정도로 폭소를 터뜨리기에 나는 뛰어가서 사탕 진열 통로에 놓인 할머니 의자를 끌어왔다.

식당 주인아저씨가 내 뒤에서 말을 걸었다.

"누구더러 멍청이라는 거야?"

아저씨도 껄껄 웃기 시작했다.

나는 의자를 끌면서 소리쳤다.

"죄송해요! 아저씨가 멍청이라는 게 아니고요, 아저씨 말이 말도 안 된다는 소리도 아니에요."

우리는 소울라 할머니를 의자에 앉혔다. 할머니는 나에게 릭 아저씨를 소개해 주었다.

릭 아저씨가 물었다.

"어제 식당에 왔었지, 맞지?"

아저씨는 입술에 손가락을 대고 잠깐 생각했다.

"생선 튀김과 감자튀김?"

나는 고개를 끄덕였다.

"그런데 이해가 안 돼요. 아저씨가 고가도로에 '도리는 멍청이다.' 라고 썼어요?"

"아니!"

아저씨가 고개를 뒤로 젖히고 웃어 댔다.

소울라 할머니가 아저씨에게 말했다.

"자네가 들어올 때 한참 그 이야기를 하고 있었거든."

할머니와 아저씨는 기사가 난 후 신문사에 그 낙서에 대해서 편지가 몇 통 배달되었다는 이야기를 들려주었다. 알고 보니 도리네 가족은 도리의 여동생이 고가도로에 '장식'을 좀 했다는 걸 처음부터 알고 있었다고 한다. 릭 아저씨는 낙서를 '장식'이라고 불렀다.

"마침 내가 식당을 열려고 할 때쯤에 이 소동이 일어난 거야. 그렇지 않아도 식당에 붙일 만한 이름을 찾고 있었거든. 구설수 홍보만 한 게 없겠다 싶더라고. 이름을 훔쳤다고 해도 할 말은 없어."

릭 아저씨는 어깨를 으쓱하더니 빙글빙글 웃었다.

내가 말했다.

"아저씨네 식당, 아주 맛있고 좋았어요."

"고맙구나. 식당을 운영한다는 건 고된 일이야. 하루에 열여덟 시간씩 일하거든. 그렇지만 내 꿈이니까."

아저씨는 손목시계를 확인하더니 소울라 할머니를 쳐다보았다.

"우리 자기에게 쪽지 좀 남겨도 될까요? 그이 금방 오겠지요, 네?"

소울라 할머니가 말했다.

"응, 금방 올 거야. 계산대에 보면 메모지가 있을 텐데. 아가, 좀 도와주겠니?"

나는 릭 아저씨에게 메모지와 연필을 가져다주었다. 아저씨는 메모지에 뭔가를 끼적이고 내게 다시 건네주었다.

"소울라 할머니, 이번 주말에 힘내세요."

릭 아저씨는 할머니에게 살짝 고개를 끄덕여 인사하고는 덧붙였다.

"급하게 가서 미안해요. 요리사랑 이야기할 게 좀 있어서요."

릭 아저씨는 허둥지둥 밖으로 나갔다.
나는 손에 든 메모지를 쳐다보았다.

엘리엇,
오늘 늦게까지 영업할 거야.
일 끝나고 식당으로 와 줄 수 있어?
전화해 줘. 사랑해.

릭

나는 소울라 할머니를 쳐다보았다.
"엥? 난 엘리엇 아저씨가 할머니 남자 친구인 줄 알았어요."
할머니는 빙그레 웃으며 머리를 가로저었다.
"가장 친한 친구지. 때론 내 영웅이기도 하고."

"애디!"

엄마가 트레일러 문을 쾅 닫으며 들어왔다. 나는 커튼 사이로 고개를 쏙 내밀었다. 엄마가 부엌에 커다란 장바구니를 내려놓는 게 보였다.

"밖에 놓아둔 호박 속에서 쉰내 나잖아. 현관문에서 좀 멀리 치울래?"

"알았어요. 엄마, 이것 좀 봐요."

나는 여태까지 침대칸에서 호박을 조각하고 있었다. 엄마에게 호박 얼굴을 보여 주었다. 피콜로가 텅 빈 호박 안을 이리저리 오르내렸다. 잭오랜턴*의 눈이나 씩 웃고 있는 입 사이로 피콜로의 머리가 불쑥불쑥 튀어나왔다. 엄마가 보더니 피식 웃었다. 그때 피콜로가 호박 속을 한 입 깨물더니 볼에 우걱우걱 밀어 넣었다. 엄마와 나는 푸, 웃음을 터뜨렸다.

"넌 그 쥐가 맘에 드는 모양이구나, 그렇지?"

나는 고개를 끄덕여 대답했다.

"오늘 피콜로를 데려가서 소울라 할머니랑 엘리엇 아저씨에게 보

---

* 호박 속을 파내고 겉을 깎아서 도깨비 얼굴을 만든 다음 그 안에 초를 켜 두는 등. 핼러윈 때 사용한다.

여 줄 거예요. 데려와 보라고 했거든요."

"넌 그 양반들이랑 늘 붙어 지내더라."

엄마가 냉장고에 우유 한 통을 집어넣었다.

"얘디, 넌 멀쩡한 집이 있는 애야. 변변치 않기는 해도 말이지."

엄마는 엉덩이로 냉장고 문을 쿵 밀어 닫았다.

"엄마도 가서 한번 만나 봐요."

"됐다, 난 주유소에서 장 볼 생각은 없어."

엄마는 엉덩이에 손을 얹고 진지한 표정으로 나를 바라보았다.

"그 사람들이 너랑 어울리는 걸 정말로 좋아하는지, 아니면 그저 예의상 친절하게 대하는 것뿐인지 잘 알아볼 수 있어야 해."

소울라 할머니와 엘리엇 아저씨는 분명히 친절했다. 그건 의심할 여지가 없었다. 하지만 그냥 예의상 그러는 거라면, 그건 어떻게 알 수 있지? 나는 나를 골칫거리로 여기는 눈치가 있는지 살펴보기로 했다. 그리고 오늘 바로 시작하기로 결심했다. 나는 피콜로를 데리고 편의점으로 갔다. 피콜로는 낚시용 대바구니에 잘 넣어 두었다. 뚜껑도 달려 있는 그 바구니는 헬레나가 자기네 집에서 창고 정리 세일을 하고 나서 내게 준 것이었다.

내가 들어갔을 때 편의점 안은 조용했다. 쥐 죽은 듯이 조용했다. 소울라 할머니와 엘리엇 아저씨를 불렀다. 대답이 없었다. 나는 온실로 발걸음을 옮겼다. 문이 열려 있기에 안으로 들어가 보앉다. 화장실에서 물 흐르는 소리가 들렸다. 그리고 엘리엇 아저씨가 낮고 차분한 목소리로 말하는 게 들렸다.

"멈출 거예요. 곧 멈출 거예요."

나는 문이 열려 있는 화장실 쪽으로 똑바로 걸어갔다. 소울라 할머니가 무릎을 꿇고 변기에 커다란 몸을 숙이고 있었다. 머리는 보이지 않았지만 할머니는 몸을 들썩이며 토하고 있었다. 나는 사람이 그렇게 심하게 토하는 걸 본 적도 들은 적도 없었다. 나는 대바구니를 가슴에 꼭 끌어안았다.

엘리엇 아저씨가 세면대에 수건을 꼭 짰다.

"반드시 괜찮아질 거예요. 그 생각만 하세요."

아저씨가 할머니에게 수건을 건네주려고 몸을 숙였다. 드디어 할머니 머리가 약간 들렸다. 나도 모르게 숨이 멎었다. 할머니는 완전히 대머리였다.

나는 문에서 슬금슬금 뒷걸음쳤다. 그때 엘리엇 아저씨가 뒤를 돌아보았고, 나와 눈이 마주쳤다.

내가 아저씨에게 말했다.

"가는 게 낫겠어요."

아저씨가 고개를 끄덕이며 말했다.

"오늘 아침에 병원에 갔다 왔거든. 치료를 시작해서……."

소울라 할머니가 뒤로 팔을 뻗어 엘리엇 아저씨의 바짓가랑이를 잡았다.

"우리 아가가 온 거야?"

할머니는 헉헉 숨을 거칠게 몰아쉬었다.

"있으라고 하렴. 끝난 거 같구나."

나는 화장실 밖에 꽁꽁 얼어붙어 있었다. 하지만 속으로는 꽥꽥 비명을 지르고 있었다.

'뭐가 문제지? 뭐가 잘못된 거야?'

무슨 일인지 알고 싶었다.

엘리엇 아저씨가 할머니에게 아직도 추운지 물었다. 아저씨는 할머니 어깨에 담요를 둘러 주었다. 마침내 할머니가 자리에서 일어섰다. 하지만 엘리엇 아저씨는 할머니를 꼭 붙잡고 있었다. 그리고 한 손을 할머니 겨드랑이 밑에 끼우고는 커다랗고 둥근 접시 모양 의자에 앉을 수 있게 부축해 주었다. 할머니는 발을 질질 끌며 걸었다.

"아이고, 엘리엇."

할머니가 숨을 몰아쉬었다. 할머니는 손으로 머리를 만져 보고는 물었다.

"내 머리 어디에 있니?"

엘리엇 아저씨가 말했다.

"잠깐만요. 허영심은 일단 좀 쉬고 나서 채우도록 하세요."

아저씨는 소울라 할머니의 커다란 다리를 발걸이 의자에 올려놓고 무릎에 숄을 덮어 주었다. 그리고 할머니 등 뒤에 베개 두 개를 밀어 넣고서, 옆에 있는 탁자에다 구토용 깡통과 화장지 한 통을 놓았다. 그런 다음 까만 가발을 가져와서, 할머니가 민둥한 머리에 가발을 둘러쓰는 걸 도왔다.

엘리엇 아저씨가 말했다.

"괜찮으면 가게 좀 살피고 올게요. 벌써 강도 들어서 홀라당 털리지나 않았는지 몰라요."

소울라 할머니가 대꾸했다.

"괜찮을 거야. 사람들이 계산대에 돈을 올려 두고 가더라."

"할머니는 사람을 너무 심하게 믿어요."

엘리엇 아저씨는 할머니 팔을 한번 어루만지고는 발을 뗐다.

"이제 네가 수고 좀 해라."

아저씨가 내 머리를 톡톡 토닥였다. 나는 속으로 침을 꼴깍 삼켰다.

소울라 할머니가 눈을 감았다. 할머니는 베개로 만든 둥지에서 쉬었다. 잠들었나 보다고 생각했는데, 할머니가 다시 눈을 떴다.

"우리 아가, 최고로 안 좋은 꼴을 봤구나."

할머니가 한숨을 푹 내쉬었다.

"암이란다. 아주 고약한 녀석이지."

"암⋯⋯."

바로 그거였다. 기억이 떠올랐다. 암 치료를 받은 할아버지 친구도 토하고 머리카락이 우수수 빠지곤 했다. 마음이 찌르르 아파

왔다. 할아버지 친구는 결국 돌아가셨다.

"이 큼지막한 가슴 안에서 암 덩어리가 자랐단다."

할머니는 말을 하면서 규칙적으로 숨을 쉬었다.

"암 덩이를 어찌 찾았는지 몰라. 나같이 늙고 덩치가 산만 한 사람에게서 말이야. 암이 복숭아씨만 하더라는구나. 그래서 의사가 내 몸에 칼을 대도록 했는데 말이야. 아무래도 그 양반이 수술할 때 숟가락을 쓴 거 같아."

할머니가 말을 멈추었다. 늘 하던 대로 싱글싱글 웃으려는 것처럼 보였다. 그러나 휘파람 소리 같은 한숨만 작게 흘러나왔다.

"어쨌거나 네가 여기서 본 건……."

할머니는 숨을 쉬기 위해 말을 멈추었다.

"소울라 할멈이 맞이한 거센 폭풍이란다. 화학 치료에 반응하는 거야."

나는 고개를 주억거렸다. 소울라 할머니를 안아 드려야 할 것 같았다. 하지만 다리가 그 자리에 못 박힌 것 같았다. 팔은 여전히 대바구니에 딱 달라붙어 있었다. 나는 그저 할머니 의자 옆에 서서 아무 말도 하지 못하고 있었다.

"그래, 네가 말한 그 조그만 쥐를 데리고 왔니?"

나는 속삭이듯 말했다.

"햄스터예요. 데리고는 왔는데 그냥……."

할머니가 말했다.

"그놈 만나 보고 싶구나."

내가 다시 속삭였다.

"암컷이에요."

나는 대바구니 뚜껑을 열어 휴지 둥우리에서 몸을 돌돌 말고 자고 있는 피콜로를 살며시 꺼냈다. 그러고는 팔짱을 낀 소울라 할머니 팔 위에 내려놓았다. 햄스터가 부르르 떨며 잠을 떨치더니 엉덩이를 붙이고 앉아 수염을 다듬기 시작했다. 소울라 할머니가 킥킥 웃었다.

"내가 이런 조그만 생물을 좋아할 줄은 몰랐구나."

할머니 말에 나는 이렇게 받아쳤다.

"피콜로를 만나 본 적이 없어서 그래요."

13. 야간 면접

집으로 돌아오다가 호박 속을 철퍽 밟고 말았다. 트레일러 안에 들어서니 엄마가 가스레인지에 물을 데우고 있었다. 물이 펄펄 끓어 넘치기 직전이었다. 엄마가 방에서 나왔다. 엄마는 옷을 쫙 빼입고 머리도 깔끔하게 손질한 상태였다. 지난 몇 달간 쓴 적이 없는 핸드백이 손목에서 달랑거렸다.

"잘됐네. 돌아왔구나. 엄마 면접 보러 간다. 나 어때 보여?"

"근사해요. 난 엄마가 핀으로 머리 올리는 게 좋더라고요. 화장도 예뻐요."(시퍼런 눈 화장이 아니었다.)

내가 물었다.

"그런데 저녁밥 먹을 때잖아요. 면접 시간 치곤 좀 이상하지 않아요?"

"글쎄, 우리 둘 다 이 시간이 가장 적당하더라고. 식당에서 만날 거야."

엄마는 귀고리를 만지작거렸다.

"어떤 일이에요?"

"영업. 어머나, 마카로니 넣는 걸 잊어버렸네! 네 저녁 만들어 놓으려고 했는데. 뭐, 물은 끓여 놨으니. 나 유니언 거리까지 가야 해. 버스 놓치면 안 돼. 내가 차도 한 대 없다는 걸 이 양반이 몰랐으면 하거든."

"알았어요. 있잖아요, 엄마?"

"또 뭐!"

엄마가 트레일러를 나서기에 나는 그 뒤를 쫓아갔다.

"엄마도 유방암 검사 같은 거 해요?"

"뭐? 당연히 하지!"

엄마가 길을 따라 걷기 시작했다. 그러다 곤죽이 된 호박 속을 밟는 바람에 미끄러질 뻔했다. 엄마는 겨우 중심을 다시 잡고서 욕을 했다.

엄마가 어깨 너머로 소리를 질렀다.

"애디! 이것 좀 치우라니까!"

나는 얼른 트레일러 안으로 쏙 들어가서는, 냄비에 마카로니를 넣고 빗자루를 집어 들었다. 비질을 하는 내내 엄마 일이 다 잘 되기를 온 마음으로 빌었다. 엄마가 제때에 유니언 거리에 도착해서 버스를 탔기를 바랐다. 엄마가 식당 창가 자리에 앉아 저녁 식사로 생선 튀김과 감자튀김처럼 맛있는 걸 먹게 되기를 바랐다. 엄마에게 최고의 면접이 되기를 바랐다. 그리고 나를 위해서도 소원을 빌었다. 나는 엄마가 자정이 되기 전에 집에 돌아오기를 바랐다.

14. 엄마를 기다리며

애초부터 엄마를 기다리려고 하지 말아야 했다. 다음 날 학교에 가야 하는 것 말고도 여러 가지 이유가 있었다. 하지만 엄마의 면접 이야기를 듣고 싶었다. 그리고 음, 그저 엄마가 집에 돌아오는지 알고 싶었다. 전자레인지에 달린 시계가 11시 45분을 나타내고 있었다. 피콜로는 수레바퀴 위를 바쁘게 돌고 있었다. 한 번 돌 때마다 바퀴에서 조그맣게 끼익 소리가 났다. 트레일러 안에 소리라도 함께 있는 게 좋았다. 바깥 거리는 조용했다. 편의점 등은 꺼져 있었다. 나는 소울라 할머니가 잠들었기를 바랐다.

침대칸에서 글짓기 공책을 펼쳐서 학교 숙제로 '얼렁뚱땅 대충 쓴' 글을 들여다보았다. '얼렁뚱땅 대충'이라는 말로는 설명이 부족하다. 글씨는 그럭저럭 괜찮았다. 그렇지만 줄이 죽죽 그어진 곳도 있고, 여기저기 벅벅 지운 표시가 가득했다. 무엇보다 글을 쓰면서 왼쪽 공간을 거의 놓쳐 버린 게 가장 나빴다. 또 그랬다. 내 글은 공책 오른편 반쪽에만 쓰여 있는 데다 비스듬히 기울어져 있었다. 누비이불을 만들려고 대각선 방향으로 조각보를 잘라 둔 것 같았다.

이게 왜 그렇게 안 되는 걸까? 선생님과 나는 글짓기 공책의 처음부터 끝까지 왼편 여백마다 분홍색 형광펜으로 줄을 그었다. 글을 쓰다가 새로운 줄로 넘어갈 때 분홍색 선이 있는 데부터 쓰기 위해서였다. 무슨 유치원생들이나 할 일 같았다. 그런데 낱말에 마음을 쏟다 보면 왼쪽 여백부터 글을 써야 한다는 걸 놓치기 일쑤였다. 여백에 집중하면 뭘 쓰고 있는지 잊어버렸다.

땅이 꺼져라 한숨이 나왔다. 피콜로의 수레바퀴가 멈추었다. 피콜로가 나를 쳐다보고 있었다.

"피콜로야, 난 못하겠어."

나는 뒤로 벌러덩 누워 공책으로 얼굴을 덮었다.

"으으으으……. 어떻게 하면 학구열이 생길까?"

헬레나와 마리사는 내가 학교생활에 어설프더라도 다정하게 대해 주었다. 마음이 놓였다. 내가 뭔가를 배우는 데 문제가 있다는 걸 새로운 반 친구들에게 일일이 설명하고 싶지는 않았다.

마리사가 내 공책의 반쪽 빈자리를 톡톡 두드리며 물었다.

"여기에는 메모랑 고친 내용을 써넣으려는 거야?"

그렇다고 대답하고 싶은 마음이 굴뚝같았다. 나는 눈을 굴렸다.

"아니, 난 공간 지각에 문제가 좀 있거든. 특수 교육 선생님이 그렇게 말씀하셨어. 책을 읽을 때도 같은 일이 생겨. 글자들이 미끄러져 다니거든."

나는 손을 한쪽으로 쓱 밀어 보였다.

선생님이 글을 읽을 때 사용하라며 내게 책받침 조각을 줬을 때 헬레나는 자기도 하나 달라고 했다.

"굉장히 도움이 많이 돼."

헬레나가 말했다. 우리 둘은 교실에서 어깨를 바싹 붙이고 앉아 같이 책을 읽었다. 한 줄 한 줄 책받침 조각을 내려 가면서.

이제 나는 화물 열차 소리에 귀를 기울였다. 열차가 트레일러 뒤편 위쪽에 있는 선로를 지나가고 있었다. 문득 열차에는 무엇이 실려 있는지, 열차는 어디를 향하고 있는지 궁금해졌다. 그러자 다시 엄마 생각이 났다. 새 직장에서 엄마가 무엇을 팔게 될지 궁금했다. 저 기차에 실려 있는 물건일까? 그건 우리 트레일러 바로 곁을 지나 가게나 창고 같은 곳에 닿는 걸까? 그리고 가장 중요한 질문, 정말 그 사업이 성공할 수 있을까?

나는 피콜로가 잠깐 자러 휴지 둥우리 속으로 사라지는 모습을 지켜보았다. 트레일러 안은 조용했다. 너무 조용했다. 다시 시간을 확인했다. 12시 5분. 아까 빌었던 소원을 떠올려 보았다.

"엄마, 돌아와요."

나는 나지막이 속삭였다. 무서운 기분이 들기 시작했다. 혼자 있어서가 아니었다. 혼자 있는 건 그다지 힘들지 않았다. 이 두려움은 기억에서 오는 것이었다. 무언가 일이 틀어지기 시작할 때의 느낌이었다. 우리 가족이 꼬불꼬불 돌아가게 되었을 때의 느낌. 밤이 깊었다. 바로 그 사실이 두려움의 한 부분을 차지했다. 엄마는 전에도 이렇게 늦게까지 밖에 있었던 적이 있다. 그 후로 엄마는 점점 더 밤늦게까지 밖에 있었고, 결국 아예 집에 돌아오지 않게 되었다.

그 기다림이 생생하다. 내가 열 살 때였다. 브리나는 네 살이고 케이티는 두 살이었다. 엄마와 드와이트 아저씨는 이미 이혼한 상태였다. 아저씨는 근처 아파트에 살았지만 그 주에는 버몬트에 일을 하러 갔다. 아저씨는 밤마다 전화를 걸어 우리와 이야기를 나누었다. 엄마와는 통화하지 않았다. 우리하고만 했다.

브리나와 케이티, 그리고 나는 전에 살던 집의 커다란 침대에 다 같이 모여 있었다. 동생들은 누워 자고 있었다. 나는 깬 상태로 누워 있었다.

처음 이틀 동안에는 엄마가 밤에 전화를 했다.

"애디, 사업 계획이 진짜 잘 풀리고 있단다. 시간이 조금 더 걸릴 거야."

"그 계획이란 거, 집에 와서 짜면 안 돼요?"

"금방 들어갈 거야. 게다가 네가 동생들을 보고 있잖아. 이게 다 네 겨울 방학을 위해서 하는 일이야. 별일 없지, 그렇지?"

엄마가 그렇게 묻기는 했지만, 사실 물어보는 것처럼 들리지는 않았다. 그리고 엄마는 대답을 기다리지도 않았다.

"내일 밤에 전화할게."

딸깍.

하지만 엄마는 전화를 하지 않았다. 대신 드와이트 아저씨가 전화를 했다. 어쩐 일인지 아저씨가 엄마를 바꿔 달라고 했다. 나는 잠자코 전화기를 들고 있었다. 그리고 엄마를 위해 불을 켜 둔 바깥 베란다에 눈이 내리는 걸 지켜보았다.

"애디야, 엄마 집에 있니?"

아저씨에게 뭔가 대답해야만 했다.

"아니요."

"뭐라고?"

"여기 없어요."

"언제 나갔는데?"

아저씨가 묻자, 나는 대답했다.

"그저……."

"그저께?"

"네."

"맙소사."

아저씨 목소리가 가라앉자 내 마음도 바닥으로 내려앉았다.

"꼬맹이들은 별 탈 없니?"

나는 조용히 대답했다.

"자고 있어요. 이번 주엔 학교가 쉬어서 내가 집에 있어요. 드와이트 아저씨, 우린 괜찮아요."

"먹을 건 있니?"

"땅콩버터 잼이 있어요."

"집은 따뜻해? 보일러는 돌아가고?"

나는 낮게 윙윙거리는 소리가 들리는지 귀를 기울여 보았다.

"네."

"애야, 문은 잠갔지?"

"네."

"애디야, 내가 그란디오 할아버지에게 전화해 볼게. 금방 도착하실 거야. 나도 곧바로 트럭을 몰고 갈게. 몇 시간 있으면 도착할 거야. 눈이 얼마나 오느냐에 달렸지만 어떻게든 가마."

나는 수화기를 내려놓았다. 이제 모든 게 엉망이 되었음을 깨달았다.

그날 밤 그란디오 할아버지는 우리 집에 왔을 때 내가 자물쇠를 열자마자 문을 박차고 들어왔다. 나는 문에 발등을 찍히지 않도록 뒤로 풀쩍 물러나야 했다.

"내가 노상 말한 게 바로 이거야. 이 여편네는 어딜 가든 도무지 좋은 일을 벌이는 적이 없어!"

할아버지는 손가락으로 잿빛 머리카락을 벅벅 긁었다.

"지 새끼들만 집에 덩그러니 있는 걸 모르는 게야?"

그란디오 할아버지는 케이티에게 채울 새 기저귀를 찾는다며 어질러진 집을 뒤졌다. 그냥 자도록 두는 게 낫다고 내가 몇 번이나 말했지만 소용없었다.

"그 어린 것 궁둥이가 깨끗했던 게 도대체 언제 적 일인지 누가 알겠냐!"

그란디오 할아버지가 분통을 터트렸다.

"애 엄마라는 사람이 사흘씩이나 집을 비우다니!"

나는 그란디오 할아버지에게 애원했다.

"할아버지, 케이티 재우기 전에 제가 기저귀 갈았어요. 그냥 자게 두세요. 깨면 무서워하기만 할 거예요."

결국 그란디오 할아버지는 내 말을 들어주었다. 그렇지만 이렇게 덧붙여 말했다.

"이거야. 이건 '아동 방임'이라고. 이거면 됐어. 이제 끝이야."

"얘! 애디!"

"응?"

나는 눈을 떴다. 그리고 어둠 속에서 일어나 앉아 엄마를 쳐다
보았다.

"엄마 왔어요? 지금 몇 시예요?"

"몰라. 아마 2시 정도. 엄마 온 거 알려 주고 싶어서."

"늦었네요."

컴퓨터가 부팅되는 소리가 들렸다.

"엄마 뭐 해요?"

"이메일 확인하려고. 그리고 피트에게 쪽지도 날려야 해."

"피트요?"

엄마가 말했다.

"함께 저녁 먹었던 사람이 피트야. 같이 사업 계획을 짰어. 있지,
애디, 그 사람 참 똑똑하더라! 게다가 잘생기기까지 했어."

"사업 계획요? 면접인 줄 알았는데."

"가서 자."

엄마는 자리에 앉아 타자를 치기 시작했다.

나는 침대칸에 누웠지만 다시 잠이 오지 않았다. 엄마가 화장실

로 들어가는 소리가 들렸다. 나는 침대칸에서 내려와 컴퓨터 화면을 보았다. 아직 보내지 않은 이메일이 화면 속에서 번득거리고 있었다.

피트에게
오늘 만나서 무척 좋았어요! 이 사업 진짜 잘될 거예요!
투자자를 좀 더 찾아보는 문제는 생각해 볼게요.
내 기여가 도움이 되면 좋겠어요. 온라인에서 만나요.

데니즈

엄마가 화장실에서 나왔다. 나는 엄마를 똑바로 쳐다보았다.
"드와이트 아저씨가 보내 준 돈을 이 사람한테 줬어요?"
엄마는 허리에 손을 얹고 나를 바라보며 인상을 찌푸렸다.

16. 한 접시 추가요

그날 밤 나는 엄마한테서 확실한 대답을 듣지 못했다. 엄마는 피트란 사람에게 우리 돈을 주었다고 말하지는 않았다. 하지만 주지 않았다고도 하지 않았다. 몇 주간 엄마는 계속 그 사람을 만났다. 어떤 때는 밤늦게까지 같이 있었다. 그리고 엄마는 점점 더 많은 시간을 컴퓨터 앞에서 보냈다. 우리 집 전화선은 거의 늘 통화 중이었다. 이메일에 '엄마의 기여'에 대한 이야기가 있었지만 우리는 별다른 돈 문제를 겪는 것 같지 않았다. 엄마는 '업무용 정장'을 새로 샀다. 그리고 피트 아저씨와 늦은 밤에 회의하러 갈 때 그 옷을 입었다. 트레일러에 사무용품이 들어차기 시작했다. 엄마는 심지어 색칠 공부책 그림처럼 보이는 핼러윈 장식까지 사서 트레일러 안에 주렁주렁 걸어 두었다. 벽에는 실크해트*를 쓴 유령과 박쥐가 붙어 있었다. 엄마는 전등갓도 없이 떨렁 매달린 부엌 전등에 호박 얼굴을 씌웠다. 얼마 지나지 않아 빵이 떨어졌다.

리베라 선생님이 교실로 찾아와 나를 복도로 불러냈다.
"애디야, 너 스테이지 오케스트라에 합격했단다."

---

* 통이 둥글고 높으며 좁은 챙이 달린 남자용 모자.

선생님은 생긋 미소를 지었다.

나는 기뻐서 하늘로 날아오를 것만 같았다.

"집으로 전화를 몇 번이나 했는데 늘 통화 중이더구나."

나는 얼른 말했다.

"엄마가 인터넷을 많이 쓰세요. 일 때문에요."

"그래, 이 안내문을 어머니께 갖다 드리렴. 연습은 반드시 참가해야 한다."

선생님이 내 쪽으로 고개를 기울였다.

"월요일, 목요일에 수업 마치고 연습이 있어. 추수 감사절 방학 때는 연습을 쉰단다. 옷도 있어야 할 거야. 아래옷은 까만색, 윗옷은 흰색이면 돼. 마음대로 골라 입어도 되지만, 단순한 옷이 가장 보기 좋아. 송년 음악회는 항상 12월 둘째 금요일에 열린단다."

선생님은 잠깐 숨을 골랐다.

"할 이야기는 다 한 것 같네. 기쁘니?"

"네! 고맙습니다."

나는 헬레나와 마리사에게 알려 주려고 교실로 뛰어 들어갔다.

마리사가 말했다.

"나까지 오케스트라 하고 싶어지는걸. 하지만 나는 청중이나 해야겠지."

헬레나가 말했다.

"관객이 얼마나 중요한데!"

우리는 깔깔 웃었다. 그 말은 맞는 말이니까.

로버트가 우리 이야기를 듣고서 빙긋이 웃었다.

"통과했다니 잘됐네."

나는 눈을 가늘게 뜨고 로버트를 쳐다보았다.

"오늘은 왜 친절하게 구는 건데?"

로버트가 어깨를 으쓱였다.

"너, 새로운 음악 계속 배울 수 있지?"

우리 반 아이들 모두 내가 뭔가 새로운 걸 배우는 데 영 젬병이라는 걸 알고 있었다.

나는 잠깐 숨을 골랐다.

"그럼. 할 수 있어."

내가 스테이지 오케스트라에 들어갔다고 하자 엄마는 굉장히 신나했다. 엄마는 안내장을 냉장고에 붙이고, 부엌 달력에서 연주회 날짜를 찾아 엄마의 사무용 반짝이 펜으로 동그라미를 쳤다.

엄마가 말했다.

"축하 파티 해야지! 나가서 밥 먹자. 멍청이 도리네 어때? 걸어서도 갈 수 있잖아!"

엄마 목소리는 들떠 있었다.

"우리, 돈 있어요?"

엄마는 내 앞에 반짝이는 신용 카드를 흔들어 보이며 차차차 춤을 추었다.

행복한 기분이 끼익 급정지했다.

"누구 카드예요?"

"내 거지! 피트가 줬어. 업무용이지만 이걸로 내도 돼. 애디, 어서! 기분 좀 내 보자!"

엄마는 내게 얼굴을 바싹 갖다 대고는 덧붙였다.

"네가 재미란 걸 알기는 하니?"

엄마는 나를 쏘아보다가 다시 활짝 웃었다.

"자 자, 기운 내! 나 취직했잖아!"

우리는 신 나는 시간을 보냈다. 일단 필요 이상으로 옷을 차려입었다. 엄마는 나한테 자기 옷 몇 벌을 입어 보라며 던져 주었다. 물론 그다지 맞지 않았다. 나는 어른 옷을 입는 게 우스꽝스럽게 느껴졌지만 엄마는 나더러 엄마 셔츠에서 하나 골라 입으라며 잔소리를 했다. 엄마는 나한테 어둠 속에서 빛나는 형광 목걸이를 빌렸다. 우리는 같이 매니큐어를 칠했다. 엄마는 밝은 주황색을 바르고, 나는 투명 매니큐어를 발랐다. 둘 다 머리카락을 머리 꼭대기에 올려 묶고 큐빅 핀으로 잔머리를 고정했다.

멍청이 도리의 식당에서 내가 먼저 주문을 했다.

"생선 튀김과 감자튀김 주세요."

그러자 엄마가 날 놀렸다.

"또 그거 시키네. 내 그럴 줄 알았지!"

하지만 나는 종업원 아줌마에게 "릭 아저씨 오늘 부엌에 있어요?"
라고 물어 엄마를 깜짝 놀라게 했다.

종업원 아줌마가 물었다.

"당연하지. 누구라고 전해 줄까?"

"애디요. 편의점에서 만난 애디."

"있잖아, 지금은 바쁜 시간이란다. 그래도 짬이 나면 꼭 나와
볼 거야."

아줌마는 서둘러 자리를 떴다.

엄마가 프랑스 사람 흉내를 냈다. 목소리도 엄청 컸다.

"오우, 쥐기 편의점에서 온 오디?"

엄마는 목소리를 올렸다 내렸다 했다.

"그뤼고, 뤼익이라는 쉰사 분은 누구스와?"

엄마가 장난을 치자 옆 칸막이 자리에 앉은 사람들이 우리를 쳐
다보며 웃었다. 볼이 화끈 달아올랐다.

내가 속삭였다.

"뤼익이 아니라 릭요! 여기 주인이에요."

아무렇지도 않은 얼굴로 앉아 있으려 애썼지만 나는 그쪽으로
는 재주가 없었다.

엄마는 의자에 편안히 기대앉아 손을 가슴에 댔다.

"내게 뷔밀을 감추고 있었다늬! 오우, 세상에, 오디! 좀 뒤 얘기
해 주려무나!"

나는 엄마 쪽으로 몸을 숙이고 말했다.

"오디라고 부르니까 엄마가 꼭 케이티 같잖아요!"

우리는 하하하 웃음을 터트렸다. 멍청이 도리 식당에는 뭔가 특별한 것이 있는지도 모르겠다. 그곳에서는 언제나 즐거운 시간을 보냈다.

후식을 먹고 있을 때 릭 아저씨가 부엌에서 나왔다. 아저씨는 우리를 굉장히 중요한 친구들처럼 맞아 주었다. 아저씨는 주저 없이 우리 자리에 앉았다. 엄마가 아저씨에게 애교를 떨었다. 나는 아저씨에게 남자 애인이 있다는 이야기를 엄마에게 굳이 하지 않았다.

얼마 후 엄마와 나는 쌀쌀한 10월 밤길을 걸어 트레일러로 돌아왔다. 가로등이 인도를 비추었다. 유니언 거리에 자리한 집들의 현관과 창문에서는 잭오랜턴 얼굴들이 발그스름하게 빛나고 있었다. 며칠만 있으면 핼러윈이었다. 꼬맹이들과 집집마다 다니면서 사탕을 얻을 수 없을 거라 생각하니 슬펐다. 내가 입던 점박이 강아지 옷이 브리나에게 맞는지, 케이티가 햄스터처럼 보일 수 있는 옷을 찾았는지 궁금했다. 케이티는 핼러윈 때 피콜로가 되고 싶다고 했다.

엄마는 내 어깨에 손을 얹더니 길모퉁이에 자리한 벽돌집 앞에서 멈춰 섰다. 문 옆에 놓인 벤치에서 주황색 호박 두 개가 잘라 낸 조각 사이로 빛을 발하며 웃고 있었다. 대문 옆 낮은 나무의 우둘투

둘한 가지에는 휴지로 만든 작은 유령들이 걸려 있었다.

엄마는 아랫입술을 지그시 깨물며 눈을 가늘게 떴다.

"애디슨, 우리도 머지않아 새집을 갖게 될 거야. 어쩌면 크리스마스쯤엔 가능할지도 몰라."

나는 크리스마스에는 전혀 신경 쓰고 있지 않았다. 내 마음은 온통 12월 둘째 금요일에 가 있었다. 마침 날짜도 12월 12일이었다. 바로 그날 밤, 우리 스테이지 오케스트라가 연주회를 연다.

나는 밤마다 공들여 곡을 익혔고, 오케스트라 연습 시간마다 미리 준비를 마치려고 애썼다. 리베라 선생님은 나와의 약속을 지켰다. 나는 다른 사람보다 일찍 악보를 받아 곡을 '소화'하는 일을 먼저 시작할 수 있었다. '소화'라는 말을 찾아보았다. 웹스터 사전에는 '영양분 흡수'나 '대사 작용' 같은 과학 용어가 먼저 나와 있었다. 두 번째 뜻이 좀 더 가까운 것 같았다. '지식을 받아들여 자기 것으로 만드는 일'이라고 쓰여 있었다. 그러나 내가 보기에 가장 뜻이 통하는 말은 '배우다'였다. 즉, '공부해서 완전히 익힘'이었다.

빙고!

17. 남다른 핼러윈

올해 핼러윈은 그냥 지나갔다고 할 수도 있다. 아니면 그래야 했는데, 그러지 못했다고 해야 하나? 말했다시피 나는 12월 12일에만 마음을 쏟고 있었다. 하지만 마리사와 헬레나에게 핼러윈 때 같이 사탕을 받으러 다니자고 말을 건네 보기는 했다. 헬레나네 집에서 시작해서 세네카 거리에 들렀다가 유니언 거리에서 길을 건너서 반대편 길로 내려오면 되겠다고 생각하고 있었다. 그렇게 되면 대충 서른 집쯤 들르게 된다. 수확이 꽤 쏠쏠할 것 같았다. 하지만 헬레나네 엄마는 아이들을 다리 건너편 동네로 데려갔다. 헬레나 엄마 말로는 거기가 더 안전하다고 했다. 마리사네 부모님은 아예 사탕 받으러 다니는 것 자체를 허락하지 않았다.

그래서 나는 계획을 바꾸었다. 유니언 거리만 돌고, 엄마에게 같이 다녀 달라고 하기로 마음먹었다.

"지난번에 봤던 집들을 다시 볼 수 있어요."

내가 엄마에게 이렇게 말하자 엄마는 퉁명스럽게 대답했다.

"얘디, 핼러윈은 어린 애들이나 하는 거야. 너희 반에 아직 꼬맹이들도 있겠지만 넌 아니야."

"헬레나는 나보다 키도 훨씬 커요. 그런데도 간다고요."

엄마는 이를 악물고 한숨을 내쉬었다.

"애디, 넌 키는 작지만, 가슴이 나왔잖아. 네가 알아채지 못했을까 봐 해 주는 말이야. 사람들이 너더러 돌아가라고 할 거야."

"헬레나는 가슴도 더 커요."

내가 꿍얼꿍얼 대꾸하자 엄마가 말했다.

"게다가, 난 할 일이 있어."

학교를 마친 후 편의점으로 가서 핼러윈 밤에 할 일이 없다고 말하자 소울라 할머니와 엘리엇 아저씨는 나를 안쓰럽게 여겼다.

엘리엇 아저씨가 팔을 활짝 펴고 말했다.

"오, 그럼 여기로 와! 핼러윈 의상을 차려입어도 돼! 나도 해마다 입는걸. 네가 계산대에서 사람들에게 사탕을 나눠 줘."

나는 활짝 웃었다. 내게는 핼러윈 의상이 없었지만 소울라 할머니 옷장을 한번 쓱 훑으니 옷 문제도 해결되었다. 엘리엇 아저씨는 내게 할머니의 커다란 원피스를 입히고—걸치고 있던 옷 위에 그대로 덮어 씌웠다.—스카프 두 개로 허리를 묶어 주었다. 그리고 할머니 화장대에서 내 얼굴 분장을 도와주었다. 아저씨는 내 눈가를 검게 칠하고, 뾰족한 눈썹을 그려 넣었다. 눈썹이 볼까지 늘어져 있었다. 아저씨는 내게 소울라 할머니표 밝은 분홍색 입술을 커다랗게 칠해 준 다음, 보라색 조화 장식이 잔뜩 달린 밀짚 모자를 씌워 핼러윈 분장을 마쳤다.

"어릿광대 소녀로구나!"

아저씨가 이렇게 말하며 내 모자를 한 번 토닥였다.

"짜잔!"

온실에서 편의점으로 돌아갈 때 엘리엇 아저씨가 나의 등장을 요란하게 알렸다.

"이해가 안 되는걸."

소울라 할머니가 말했다. 할머니는 나와 엘리엇 아저씨를 번갈아 쳐다보았다.

"의상은 어디 있는 게야?"

침묵. 나는 엘리엇 아저씨를 올려다보았다. 아저씨는 목부터 머리 꼭대기까지 온통 빨간색으로 물들어 있었다.

소울라 할머니가 아저씨에게 손가락질을 했다.

"속았지!"

할머니는 이렇게 소리를 지르더니 고개를 뒤로 젖히고 분홍 입술을 커다랗게 벌린 채 웃음을 터트렸다.

엘리엇 아저씨가 할머니를 찰싹 때리며 말했다.

"어휴, 이런 성미 고약한 할망구를 봤나!"

할머니는 여전히 깔깔대며 아저씨를 철썩 맞받아쳤다.

"얘, 아가? 아저씨가 네 머리도 **빡빡** 밀어 버리게 두지는 않았지, 그렇지?"

"어머, 소울라 할머니!"

나는 침을 꿀꺽 삼켰다. 그리고 하하 웃기 시작했다.

엘리엇 아저씨가 머리를 절레절레 흔들고는 허공에 손을 들며 할머니의 농담을 막았다.

"어, 그건 진짜 곤란해요."

소울라 할머니는 내 쪽으로 몸을 돌리더니 한숨을 쉬었다.

"하, 하! 내가 아저씨 끝내주게 골려 주지 않았냐?"

할머니와 나는 양손을 짝짝 마주치고 손가락을 마주 잡았다.

"나도 깜박 속았어요."

할머니와 나는 한동안 그렇게 서로의 손을 꼭 잡고 있었다.

나는 소울라 할머니의 커다란 원피스를 무릎께까지 들어 올리고 집으로 향했다. 엄마에게 내가 저녁 내내 어디에 가 있을지 알려야 했다. 길을 건널 때 로즈 씨 부부가 '머리와 장미' 빨래방에 있는 모습을 볼 수 있었다. 진열대에 있는 마네킹 머리는 마녀 모자나 거미줄 같은 가발을 씌워 온통 검은색과 주황색으로 꾸며 놓았다. 로즈 씨 부부는 마네킹 머리 사이에 잭오랜턴을 놓고 있었다. 나를 보고서 두 사람은 웃음을 터트렸고, 그 모습에 나도 웃었다. 내 꼴이 아주 볼만한 게 틀림없었다. 나는 팔을 크게 저어서 인사를 했다.

나는 엄마에게 의상을 보여 주고 싶어서 미칠 지경이었다. 하지만 트레일러 문을 열었을 때 뭔가 잘못되었다는 걸 알았다.

담배 한 개비가 컴퓨터 옆 재떨이 위에서 타고 있었다. 다른 한 개비는 엄마 입에 물려 있었다. 엄마는 새 사무용품 상자들을 헤집고 있었다. 그러고는 볼펜 두 상자, 수정액과 클립 한 뭉치를 가져와 탁자 위에 와르르 쏟았다.

"엄마, 저 왔어요."

엄마는 플라스틱 파일 상자 두 개를 쾅 맞부딪치고는 욕을 했다. 그리고 머리를 손가락으로 벅벅 긁으며 숨을 한 번 내쉬었다. 엄마가 마침내 내 쪽을 쳐다보았다. 담배가 위아래로 까딱였다.

내가 물었다.

"뭐 찾고 있어요?"

"맙소사. 꼴이 그게 뭐니?"

엄마가 나를 보고 눈을 굴렸다.

나는 얼굴에 분장을 했다는 걸 잊고 있었다.

"아, 맞다."

헤실헤실 웃음이 났다.

"이따가 밤에 편의점에서 사람들에게 사탕을 나눠 줄 거예요."

엄마는 고개를 설레설레 흔들었다.

"넌 그런 거 할 나이는 지났다고 말했잖아."

"사탕 얻으러 돌아다니는 게 아니잖아요. 게다가 엘리엇 아저씨도 핼러윈 의상을 입는다고요."

"넌 도무지 내가 하라는 대로는 못 하는 거니? 그런 거야, 애디슨?"

엄마가 한숨을 푹 내쉬었다.

"엄마, 난 핼러윈을 그냥 보내고 싶지 않단 말이에요."

"뭐 어쨌든 난 나간다."

"일하러 가요?"

"그래, 피트를 만날 거야."

"엄마, 언제쯤이면 이것들을 모두 사무실로 옮길 거예요?"

"여기가 사무실이야. 내 집에 사무실이 있는 거라고."

"집에요?"

속이 찌릿하게 아파 왔다. 엄마는 피트 아저씨에게 거짓말을 하고 있었다.

"사업을 시작하고 일이 착착 돌아가면 집이 생길 거야. 그때 가서 피트한테 사실 우리가 얼마나 조그맣게 시작했는지 말할 거란다. 그리고 네 얘기도 할 거고……."

"엄마한테 애가 있는 거 몰라요? 셋이나 있는데."

엄마가 고집스럽게 말했다.

"모른다고 그 사람한테 해 될 일 없어."

나는 쌓여 있는 사무용품들을 바라보았다.

"사업은 언제 시작해요? 저것들은 언제 사용할 거예요?"

엄마는 주변에 널려 있는 상자들을 쳐다보았다. 그러더니 급하게 담배를 한 모금 깊이 빨아들이고는 뒤쪽으로 연기를 뿜었다.

"내가 너무 많이 사들였다고 생각하는 거지? 그런데 애디야, 너 이거 아니? 돈을 벌려면 돈을 써야 해. 사업에 관한 책이나 기사에 하나같이 다 그렇게 나와 있어. 왜, 도대체 왜 나한테 그런 걸 묻는 거야?"

엄마는 이렇게 물으며 머리칼을 뒤로 쓸어 넘겼다.

"그냥 궁금해서요."

엄마는 침실에서 작은 여행용 가방을 가지고 나와 탁자 위에 휙 집어던졌다. 그러고는 이번에는 욕실로 사라졌다. 욕실에서 나왔을 때 엄마는 새로 화장을 하고, 머리는 스프레이로 올려 세우고, 새 귀고리를 하고 있었다.

"피트랑 같이 잠깐 출장 다녀올 거야. 하룻밤 정도야. 별 대수로울 것도 없어. 너도 혼자서 지낼 수 있고."

"출장요? 하지만 엄마……."

"아유, 애디, 그러지 마! 제발! 그냥 좀 있어! 난 못 받아 주겠어. 나도 한번 살아 보려고 이러는 거라고!"

엄마는 고개를 흔들더니 허공에 있는 무언가를 막으려는 것처럼 두 손을 들었다.

나는 엄마를 물끄러미 바라보았다. 엄마는 내가 괜찮다고 말해 주기를 바라고 있었다. 하지만 엄마가 떠나지 못하게 막을 수 없는 상황에서 나도 더는 괜찮다고 말해 줄 수 없었다. 엄마는 늘 그랬다. 뭔가 사겠다고 마음먹으면 사 버렸다. 밤새도록 어디 나가 있겠다고 마음먹으면 가 버렸다.

내가 물었다.

"집에 빵 있어요?"

엄마는 씩씩거리며 지갑을 열었다. 그러고는 10달러짜리 지폐를 꺼내서 조리대 위에 탁 내려놓았다.

"자."

엄마는 숨을 몰아쉬느라 말을 멈춰야 했다.

"네 친구들한테 가서 빵이나 사."

엄마는 편의점 쪽을 가리켰다.

나는 엄마를 따라 나갔다. 그리고 업무용 구두를 신은 엄마가 버스 정류장을 향해 뚜벅뚜벅 걸어가는 모습을 지켜보았다.

피콜로에게 조그만 당근 조각을 먹였다. 나머지는 내가 먹었다. 나는 편의점으로 묵묵히 걸어갔다. 이제는 가고 싶어서 가는 게 아니라 달리 할 일이 없어서 가는 거였다. 도착해 보니 편의점 안은 조용했다. 밤에 한참 놀다가 가게에 들러야 하는 일이 생기지 않도록 모두들 사탕이랑 휘발유를 미리 마련했나 보다. 손님이 여섯 명 정도 들었고, 나는 다섯 명에게 막대 사탕을 주었다. 여섯 번째 아저씨는 자신이 당뇨병 환자라고 했다.

소울라 할머니와 엘리엇 아저씨는 나를 즐겁게 해 주려고 캔디 콘*이나 호박 모양 마시멜로를 전자레인지에 넣고 '강'에 맞춰 돌

---

* 핼러윈에 많이 먹는 옥수수 낱알 모양의 사탕.

렸다. 처음에는 재미도 있었고 소울라 할머니가 집이 떠나갈 듯
웃는 소리가 듣기 좋았다. 하지만 이내 전자레인지가 지저분해졌
고 나는 금방 그 놀이에 싫증을 느꼈다. 할머니와 아저씨는 가게
텔레비전을 켜서 공포 영화 하나를 골랐다. 소울라 할머니는 야
외용 의자에 앉았고, 엘리엇 아저씨는 계산대 한 귀퉁이에 뛰어
올라 자리를 잡았다. 나는 우유 상자를 끌어당겨 앉았지만, 오래
있지는 않았다.

8시 30분쯤에 할머니와 아저씨에게 천천히 산책이나 하면서 집
으로 돌아가겠다고 말했다. 겨우 15미터 떨어진 곳에 가면서 산책
을 하기란 쉽지 않았다. 나는 외따로이 떨어져 있는 주유대에 멈춰
섰다. 손님들이 기름을 넣는 곳이었다. 나는 지붕을 받치고 있는
기둥에 손을 감았다. 몸무게를 앞으로 신자 몸이 약간 오르락내리
락하며 빙글빙글 돌았다. 기둥을 따라 손에서 찍찍거리는 소리가
났다. 머리와 장미 빨래방 쪽을 지날 때마다 빛을 내는 잭오랜턴
이 눈에 들어왔다. 빨래해야 하는데, 하는 생각이 떠올랐다. 손바
닥이 뜨거워지고 물집이 느껴질 때까지 나는 돌고 또 돌았다.

길을 건너 드와이트 아저씨가 밧줄 그네를 달아 준 곳으로 걸어
갔다. 나는 그네를 타며 최대한 몸을 거꾸로 젖혔다. 허리를 묶은
소울라 할머니의 스카프가 늘어져 턱 아래를 간질였다. 그네는 앞
뒤로 움직이며 잉잉 우는 소리를 냈다. 먼저 밤하늘이 보이고 이
어서 고가 지하도의 어둠이 나타났다.

거꾸로 매달려 있자니 머리가 띵 울려서 그네에 똑바로 앉았다. 그러고는 부서진 길에 발가락을 꼼지락꼼지락 쑤셔 넣어 커다란 흙덩이를 떼어 냈다. 나는 흙덩이를 걷어찼다. 코가 뻥 뚫렸다. 연기 같은 고약한 냄새가 공기에 가득했다. 매연일 수도 있고, 주유소에서 뭔가 손에 묻었을 수도 있다.

킁킁 냄새를 맡아 보았다. 나는 속으로 중얼거렸다.

'그러니까 이게 올해 핼러윈의 냄새와 기분이다 이거지.'

핼러윈 사탕도 없고, 핼러윈 사탕 받으러 다니는 행사도 없다. 색깔끼리 구분하고 친구들과 맞바꿀 막대 사탕도 없다. 재미도 없다. 드와이트 아저씨도 없고, 브리나도 없고, 케이터도 없다. 나는 어두운 트레일러를 바라보았다. 엄마가 없다.

18. 저택에서 걸려 온 전화

핼러윈이 열린 건 금요일 밤이었다. 토요일 오후가 되자 나는 엄마가 돌아오는지 지켜보았다. 말 그대로 길을 지켜보고 있었다. 엄마는 작은 여행 가방을 가지고 갔다.

"엄마는 돌아와야만 해."

나는 피콜로에게 말을 걸었다. 내 햄스터는 배 털을 손질하다가 나를 쳐다보았다. 그러더니 수염을 한번 씰룩하고서 다시 하던 일로 돌아갔다. 나는 앞 창문에 코를 붙이고 노트 거리를 내다보았다. 엄마가 버스 정류장이 있는 언덕을 내려오는 모습이 보일 것만 같았다. 전화가 따르릉 울렸다.

'엄마?'

전화를 받으러 가다가 파일 상자에 발이 걸려 넘어질 뻔했다.

"여보세요?"

"애디? 애디니?"

"드와이트 아저씨! 저예요! 안녕하세요?"

나는 수화기를 귀 가까이 끌어당겼다.

"핼러윈 잘 보냈니?"

"끝내줬어요."

나는 거짓말을 했다.

"아저씨는요?"

"꽤 재미있었지. 하지만 네가 보고 싶었어. 사진을 몇 장 찍어 두었단다. 꼬맹이들이 핼러윈 의상을 너한테 보여 주고 싶어 해서 말이야."

"빨리 보고 싶다고 꼬맹이들에게 전해 주세요."

"직접 말하렴."

그 말을 할 때 드와이트 아저씨는 웃고 있었다. 보지 않아도 알 수 있었다.

"오디 언니, 오디 언니!"

케이티가 꽥꽥 소리를 질렀다.

"나 핼러윈 때 햄피스터 했어! 혼나 아줌마가 귀 만들어 줘쩌. 머리찌에 달아 줘쩌."

그러자 브리나가 웃는 소리가 들렸다. 나는 깜짝 놀랐다. 브리나도 수화기를 들고 있는 모양이었다.

브리나가 말했다.

"머리띠라니까! 머리띠에 달아 줬지!"

내가 물었다.

"혼나 아줌마가 누구야?"

브리나가 키득거리며 대답했다.

"한나 아줌마 말하는 거야."

"혼나 아줌마는 무지 커다란 집에서 모두 함께 살아."

"뭐라고?"

브리나가 말했다.

"저택을 이야기하는 거야."

꼬맹이들이 드와이트 아저씨를 다시 바꿔 주자 나는 아저씨에게 물어보았다.

"전화기를 한 대 더 놓았어요?"

"뭐 그런 셈이지. 있잖아, 우리 이사했단다. 여전히 조지 호수에 있기는 하지만. 더 좋고 더 싼 곳이 있었거든. 널 위해 새로 전화를 놓았단다. 받아쓰렴. 준비됐니?"

나는 번호를 받아 적었다. 아저씨가 번호를 다시 말해 보라고 해서 번호를 하나하나 불렀다.

"맞아."

아저씨가 말했다.

"드와이트 아저씨?"

"응?"

"혼나인지 한나인지 하는 그분은 누구예요?"

"아아, 한나 말이구나. 음, 네가 한나를 만나 봤으면 좋겠어."

그 순간 나는 아저씨가 그 아줌마에게 뭔가 특별한 마음을 품고 있다는 걸 바로 알아챘다.

"사실 내가 계획을 하나 짜고 있단다. 애디야, 추수 감사절까지는 내가 못 갈 것 같아."

"추수 감사절요? 앞으로 삼 주나 남았는데요."

끙 신음소리가 절로 나왔다. 그리고 짜증이 났다.

"알아, 나도 안단다. 여기서 방법을 찾아보마."

그러더니 아저씨가 물었다.

"엄마 집에 있니?"

"그게, 음, 지금은 없어요. 그렇지만 금방 올 거예요."

아저씨는 말이 없었다.

"그래. 음, 얘기할 게 있는데, 엄마에게 네가 말 좀 전해 주렴. 추수 감사절 때 그란디오 할아버지네 갈 거란다. 목요일이야."

"아, 예!"

"그리고 추수 감사절 보내고 돌아오면서 널 여기 데려올까 하고."

"좋아요!"

"하루 자고 갈 수 있겠니? 가능하면 금요일이랑 토요일도 여기서 보낼래? 일요일 아침에 버스에 태워 줄게. 네가 버스 타고 돌아가는 게 괜찮다면 말이야."

바지에 소변을 지릴 뻔했다.

"네!"

나는 수화기에 대고 소리를 질렀다.

"혼자서도 버스 탈 수 있어요. 혼자 돌아올 수 있어요!"

"애디야, 엄마랑 구체적으로 얘기해 봐야 해."

"알아요."

"그럼 됐다. 엄마는 어떻게 지내니?"

"아주 잘 지내요! 많이 바쁘고요. 사무실도 있어요."

나는 내 발치에 놓인 텅 빈 플라스틱 파일 상자들을 쳐다보았다. 잠깐 눈을 질끈 감았다.

드와이트 아저씨가 말했다.

"그거 좋은 소식이구나."

나는 같은 말을 되풀이했다.

"네. 엄마는 잘 지내요."

"그럼 추수 감사절 얘기는 나중에 또 하자꾸나. 사랑한다."

"저도 사랑해요."

우리는 작별 인사를 했다.

나는 종이 쇼핑 가방을 집어서 툭툭 털어 연 다음 여행 짐을 꾸렸다. 아직 삼 주나 남았지만 상관하지 않았다. 떠날 준비를 해 두고 싶었다.

토요일은 일요일로 넘어갔고 엄마는 여전히 나타나지 않았다. 하지만 나는 괜찮았다. 트레일러에 아직 빵이 있었고, 다른 게 필요하더라도 10달러에서 남은 잔돈이 있었다. 그리고 이제 내게는 기대할 만한 일이 있으니까.

19. 파란 새 차

월요일 아침에는 토스트를 먹었다. 나는 가방을 메면서 트레일러를 나섰다. 걸을 때 플루트 가방이 덜거덕거리며 몸에 부딪혔다.

빵! 빵!

나는 자동차 경적 소리에 깜짝 놀라 몇 발자국 뒤로 물러났다. 차를 쳐다보니 운전석에 엄마가 앉아 있었다. 엄마는 트레일러 앞 아스팔트 마당으로 차를 몰더니 끽 하고 세웠다.

엄마가 열린 차창 밖으로 소리쳤다.

"놀랐지!"

나는 가슴을 쓸어내렸다.

"타! 어서 타! 학교에 데려다 줄게!"

자동차 색깔이 마침 내가 좋아하는 파란색이었다.

"애디! 어서!"

엄마가 차에서 내렸다. 엄마는 차를 빙 돌아 달려와서 나를 끌어안고 노래를 불렀다.

"아가씨, 당신은 내 차를 운전할 수 있어요……."

나는 거의 알지도 못하는 옛날 노래였다.

엄마는 나를 이쪽저쪽으로 흔들었다. 가방 무게 때문에 나는 거의 넘어질 뻔했다.

"플루트 조심해요."

나는 악기 가방을 치우려고 위로 번쩍 들어올렸다. 엄마는 차 문을 홱 잡아당기더니 나를 안으로 밀었다.

"얘, 꼭 납치하는 것 같다."

그 말을 하고서 엄마는 발작하듯 폭소를 터트렸다. 엄마는 차 문을 쾅 닫고, 엉덩이춤을 추면서 범퍼 쪽으로 빙 돌아 운전석으로 갔다. 엄마는 자리에 털썩 앉더니 재미 삼아 경적을 몇 번 울렸다.

"끝내주지 않니? 야호, 야호, 야호!"

나는 최대한 서둘러 창문을 올렸다. 엄마는 몇 마디 욕을 내뱉고서 또 경적을 울렸다.

그 순간 나는 소울라 할머니를 보았다. 할머니는 편의점 앞에 서 있었다. 아마도 이게 무슨 소동인지 어리둥절해하고 있을 게 틀림없었다.

엄마는 낄낄거리며 소울라 할머니에게 손을 흔들었다.

"오오오! 누가 우리를 쳐다보고 있는지 좀 봐! 우후! 안녕, 뚱뚱보 아가씨!"

나는 책가방에 문제가 있는 척했다. 그러면 할머니를 쳐다보지 않아도 되니까. 엄마가 한 말을 할머니가 듣지는 못했을 것 같았다. 엄마는 다시 빵빵 경적을 울렸다. 나는 엄마에게 인상을 썼다. 엄마는 입을 삐쭉 내밀었지만 진심은 아니었다. 엄마가 가속 페달을 밟자 끼익 하는 소리와 함께 차가 출발했다.

차에서 근사한 냄새가 났다. 새 바닥 깔개와 플라스틱 냄새. 물론 완전 새 차는 아니었다. 하지만 나는 어떤 차라도 근사한 냄새가 난다고 생각했다. 마지막으로 차를 탄 게 언제였는지 기억도 나지 않았다. 아마 몇 달 전에 그란디오 할아버지 차를 탄 게 마지막이었던 것 같다. 손바닥 아래 좌석 덮개는 벨벳처럼 느낌이 좋았다. 노트 거리의 울퉁불퉁한 길 위에서도 차는 잘 나갔다. 우리는 6번 소방서 앞을 쌩하고 지나갔다.

"안 물어봐?"

엄마가 드디어 입을 뗐다. 엄마는 자리에서 몸을 옴죽거렸다.

"뭘 물어봐요? 어디 갔다 왔느냐고요?"

나는 눈썹을 추켜세웠다.

"차 말이야."

엄마는 당황해서 나를 쳐다보았다.

나는 고개를 가로저었다.

"됐어요."

"아이고 참, 도와줘서 고맙구나, 애디슨."

학교에 도착하자 나는 차에서 내렸다. 엄마는 창밖으로 머리를 삐죽 내밀었다.

"넌 진짜 차창에 떨어진 새똥만큼도 재미없어."

난 어깨를 으쓱했다. 어쩌면 엄마 말이 맞는지도 모른다.

20. 죽기 아니면 살기

"아이고, 아가? 어디 갔었니?"

소울라 할머니는 머리를 긁으려고 가발 밑으로 손가락 하나를 밀어 넣었다.

"아, 여기저기요."

할머니 말은 주말 내내 내가 안 보이더라는 소리였다. 나는 내내 트레일러 안에 있었다. 거기 있는 게 내가 할 일이라는 느낌이 들었기 때문이다. 마치 엄마가 돌아올 때까지 요새를 지켜야만 하는 것처럼.

"너희 집에 별일 없는 거지?"

소울라 할머니가 트레일러 쪽을 턱으로 가리켰다.

"네."

나는 대답하는 목소리가 아무렇지도 않게, 심지어 까불거리게 들리도록 애썼다. 나는 계산대 옆 귀퉁이에서 빗자루를 꺼내 바닥을 쓸기 시작했다.

"얘, 아가……."

할머니가 머뭇거렸다.

"예?"

나는 하던 일을 멈추고 할머니를 쳐다보았다.

"네 엄마 뭔가 문제가 있니?"

나는 아무런 대답을 하지 않았다.

"기분이랑 관련된 거 아니니? 엄마가 굉장히 행복해했다가 갑자기 너무 슬퍼하거나 하지 않니? 내 말은, 네가 아는 다른 사람들보다 훨씬 더 정도가 심하지 않느냐는 거야."

손바닥 안에서 빗자루가 빙빙 돌았다. 나는 어깨를 으쓱해 보였다.

"모르겠어요."

행여 지난 며칠 내내 엄마가 집에 없었다는 이야기를 누군가에게 했다가는 지난번과 똑같아질 게 분명했다. 내가 한 말 때문에 무언가 안 좋은 일이 일어날 거다.

"엄마가 새로 직장을 구했어요."

나는 불쑥 말을 던졌다.

"일도 굉장히 열심히 하고 있어요. 뭐랄까, 엄마는 죽기 아니면 살기거든요."

그 말을 하고 나서 나는 바로 편의점에서 나왔다. 집으로 가면서 생각했다. 죽기 아니면 살기, 죽기 아니면 살기. 그게 얼마나 맞는 말인지 새삼 깨닫게 되었다.

엄마는 항상 새로운 생각이 샘솟았다. 거창한 생각들이었다. 엄마는 늘 그 일에 곧바로 뛰어들었다. 뭔가 급한 일이라도 있는 듯이, 누군가를 따라잡으려 애쓰는 사람처럼 말이다. 엄마는 고등학교를 졸업하고 나서 대학에 가지 않았다. 대신 나를 가졌다. 엄마는 늘 학구열을 다 채우지 못했다고 했다.

하지만 엄마는 계속 노력했다. 한 번은 간호사가 되겠다며 학교에 가고 싶어 했다. 브리나가 태어나고 얼마 되지 않았을 때였다. 드와이트 아저씨는 엄마를 간호 학교에 보내 주고 싶어 했고 학비를 댈 방법을 찾겠다고 했다. 아저씨는 직장에서 일하는 시간을 바꾸었다. 엄마가 수업을 들으러 간 사이 집에서 나와 브리나를 돌보기 위해서였다. 엄마는 야간 학교에 다니기 시작했다. 엄마는 집에 온갖 교과서를 들여와 침대 위에 책을 펼쳐 놓고 앉았다. 그래서 나도 엄마랑 같이 책을 볼 수 있었다. 나는 엄마가 새 공책마다 과목별로 완벽하고 똑바른 글자로 꼬리표를 다는 걸 지켜보았다.

"난 의약품이 좋아."

엄마가 내게 말했다. 엄마는 딸깍하고 볼펜 뚜껑을 닫았다.

"너, 그거 아니? 내 인생에서 가장 좋았던 때는 널 낳느라 병원에 있었을 때야. 그리고 다시 브리나를 낳으러 병원에 갔을 때랑. 애디야, 출산은 정말 신 나는 일이란다! 아마 그 경험을 포장해서 팔면 부자가 될 거야. 너도나도 사려고 할걸. 난 훌륭한 분만 전문 간호사가 될 거야."

하지만 간호 학교 계획에 뭔가 문제가 생겼다. 엄마는 그냥 그렇게 학교를 때려치웠다. 정말 이해하기 어려운 일이었다. 간호 학교는 엄마의 전부였다. 그런데 어느 날 갑자기 아무것도 아닌 게 되었다.

케이티가 태어난 후, 엄마에게 새로운 계획이 생겼다. 엄마는 심리학자가 되어 문제가 있는 사람들을 돕기로 마음먹었다. 또다시 엄마는 집에 온갖 책과 강의 시간표를 가져왔다. 드와이트 아저씨는 엄마가 과제를 할 수 있도록 컴퓨터를 사 주었다. 그런데 얼마 지나지 않아 엄마가 도서관에 가서 공부해야겠다고 했다. 밤마다 엄마는 도서관에 가 있었다. 그리고 날마다 아침 늦게까지 잠을 잤다.

어느 날 밤, 그란디오 할아버지가 꼬맹이들과 나를 돌보러 집으로 왔다. 드와이트 아저씨가 밖으로 나가더니 엄마를 데리고 돌아왔다. 엄마는 몇 시간이나 발길질을 하고 소리를 지르고 통곡을 했다. 다음 날 엄마는 하루 종일 침대에 드러누워 있었다. 아무것도 하지 않았다. 드와이트 아저씨는 일거리를 더 많이 받았다. 해가 뜰 때부터 해가 질 때까지, 어떤 때는 그보다 더 오래 일했다. 그때가 내가 토스트 만찬을 만들기 시작할 무렵이었다.

마침내 자리에서 일어났을 때, 엄마는 인터넷이란 걸 발견했다. 엄마는 굉장한 사업 계획을 가지고 있다는 온갖 사람들과 채팅을 하기 시작했다. 낮이나 밤이나 온라인 상태였다. 인터넷은 엄마의 전부가 되었다. 하지만 드와이트 아저씨는 그걸 좋게 여기지 않았다. 엄마랑 아저씨가 다투는 소리가 들렸다. 인터넷으로 돈을 낭비하는 게 어쩌고 하는 이야기였다. 수많은 싸움이 있은 후, 결국 엄마가 이혼하고 싶다고 말했다. 드와이트 아저씨가 이사를 나가고 얼마 후, 엄마는 가방을 싸들고 나가서 한겨울 그 사흘 동안 돌아오지 않았다.

바로 그때 나는 일을 완전히 망쳐 버렸다. 엄마가 집을 나갔다고 드와이트 아저씨에게 말해 버렸던 거다. 그 일로 우리는 뿔뿔이 흩어지게 되었다. 아주 영원토록.

21. 한나 아줌마

엄마는 내가 그란디오 할아버지네에서 추수 감사절 저녁 식사를 한 다음 드와이트 아저씨와 함께 조지 호수로 가도록 허락해 주었다.

"네가 정히 칠면조 잡는 날 잭 영감네 농장에 가겠다면, 좋아. 하지만 난 절대로 안 가."

엄마는 〈명판사 저넷〉을 보면서 말했다. 텔레비전에서 눈길 한 번 떼지 않았다.

"저넷, 그 녀석을 아주 묵사발을 만들어 버려!"

엄마가 환호성을 질렀다.

"잭 영감도 내가 안 가는 게 더 반가울 거야. 나도 내 나름대로 계획을 세울게. *피고에게 무죄 판결을 내려 주라고!* 피트랑 뭔가 하지 뭐. 드와이트가 며칠간 널 데리고 있고 싶다면 나로선 좋은 일이야. *그 남자가 저 여자한테 보복할 수 있게 해 주란 말이야!* 할 일이 태산이야. 일요일에 이리로 돌아올 때 버스만 제대로 타, 그럴 거지?"

그러고는 엄마가 중얼거렸다.

"노스웨이 고속도로*를 운전하며 오가는 내 모습이라니, 상상이 안 되는걸……."

내가 말했다.

"버스 탈게요."

추수 감사절에 엄마는 나와 내 종이 여행 가방과 플루트(연주회 연습 때문에 챙겼다.)를 그란디오 할아버지네 농장에 떨어뜨려 주었다.

나는 엄마에게 다시 한 번 못 박아 말했다.

"피콜로에게 밥 주는 거 잊지 마세요."

엄마는 날 향해 손을 흔들며 서둘러 떠났다. 나는 엄마를 실은 파란 자동차가 울퉁불퉁한 도로를 쿵덕대며 멀어져 가는 모습을 바라보았다. 11월의 누런 목초들이 길게 자라 산비탈을 덮고 있었다. 누군가 목초를 빗질해서 나지막한 둔덕을 만들어 둔 것처럼 보였다. 과수원 나무는 말라빠진 사과만 드문드문 달려 있을 뿐, 앙상했다. 땅에 떨어진 열매에서 시큼한 냄새가 났다. 나는 제자리에서 천천히 빙빙 돌았다. 활짝 펼친 두 팔 끝에 플루트 가방과 종이 여행 가방이 매달린 채 내 곁에서 같이 날았다. 꼬맹이들과 함께 사과나무 가지에 기어오르던 기억이 떠올랐다. 드와이트 아저씨와 그란디오 할아버지가 함께 낡은 헛간을 수리하거나, 밭의 풀을 베거나, 낙엽을 갈퀴로 긁어모으는 동안 우리는 나무를 탔다. 할아버지가 했던 말이 떠올랐다. 그란디오 할아버지는

---

* 미국 뉴욕 주 뉴욕 시에서 캐나다 퀘벡 주 몬트리올 시를 잇는 고속도로의 한 구간으로 도로 주변의 아름다운 풍경으로 유명하다.

드와이트 아저씨가 있으니 다시 아들이 생긴 것 같다고 했다. 나는 가족 생일잔치와 식탁에 둘러앉아 먹던 저녁 식사와 한 지붕 아래 모두 함께 살았던 때를 떠올렸다. 우리가 그냥 '정상적'이었을 때를 떠올렸다.

나는 스스로를 어지럽게 만들면서 생각했다.

'여기 다시 오니까 좋네. 다리 너머 동네에 있으니 좋은걸.'

잠깐 동안 내가 어디에 사는지, 우리 집이 어떤 곳인지 잊어버렸다.

"거기 애다냐? 맙소사, 애야! 어서 들어오너라!"

나는 멈춰 섰다. 하지만 세상은 멈추지 않았다.

나는 큰 소리로 외쳤다.

"그란디오 할아버지, 안녕하세요."

나는 비틀대며 앞으로 몇 걸음을 떼다가 그냥 기다리기로 했다. 뱅뱅 돌던 모든 것이 마침내 멈춰 서자, 나는 할아버지를 보고 싱긋 웃었다. 할아버지는 앞치마를 두른 채 돌로 지은 농가의 현관에 서 있었다. 그란디오 할아버지는 내가 미치기라도 했나 싶어 실눈을 뜨고 쳐다보고 있었다. 나는 할아버지를 기다리게 하고 싶지 않아 몇 걸음 뛰어갔다.

문 앞에 오자 부엌에서 좋은 냄새가 확 풍겼다. 할아버지는 내가 태어나서 추수 감사절 요리란 걸 한 번도 본 적이 없는 사람이라도 되는 양 준비를 해 두었다. 칠면조는 속을 꼭꼭 채워 구웠고,

갈색 그레이비소스도 끓여 두었다. 오븐 위에는 곱게 으깬 감자가 놓여 있고, 찜통 속에는 완두콩이, 식탁 위 작은 자기 그릇에는 크랜베리와 오렌지로 만든 소스가 들어 있었다. 이동식 탁자 위 바구니에는 빵이 가득했다.

"애야, 잘 지냈니?"

그란디오 할아버지가 물었다. 하지만 딱히 대답을 듣고자 묻는 게 아니란 걸 나는 이미 알고 있었다.

"집이 근사해 보여요."

사실이었다. 벽난로에서는 장작불이 활활 타올랐고, 벽난로 선반에는 노박덩굴이 장식되어 있었다. 양초들은 불이 붙여지기를 기다리고 있었다. 그란디오 할아버지는 냉장고에서 사과 샐러드를 꺼내 소스를 끼얹었다.

"꼼꼼하게도 준비하셨네요!"

곧 그 이유가 밝혀졌다.

일 분 쯤 뒤에 드와이트 아저씨와 꼬맹이들이 도착했다. 아저씨와 꼬맹이들은 종류가 다른 파이 셋과 사람 하나를 싣고 왔다. 긴 치마에 커다란 스웨터를 입은 예쁜 여자였다. 그 여자는 굵게 땋은 갈색 머리채를 어깨 위에 늘어뜨리고 있었고, 우리 쪽으로 걸어오면서 그란디오 할아버지와 내게 장갑 낀 손을 흔들어 인사했다.

'한나 아줌마.'

눈 깜짝할 사이에 브리나와 케이티가 나한테 달라붙어 있었다.

둘이 동시에 재잘대고, 새로 배웠다는 칠면조 노래를 부르며 키득거렸다. 모두 얼싸안고 인사하느라 한바탕 법석을 떨었다. 그런 다음, 옷자락을 휘날리며 이층에 있는 손님방으로 뛰어 올라갔다.

"엄마는 어디 있어?"

브리나가 갑자기 물었다. 케이티는 가만히 멈춰 서서 방을 휘휘 둘러보았다. 우리가 누구 이야기를 하는지 잘 모르는 것 같았다.

"엄마는 못 왔어."

대답은 그렇게 했지만, 안 왔다는 게 더 맞는 말이었다. 나는 한나 아줌마를 슬쩍 쳐다본 후, 이러나저러나 매한가지일 거라고 생각했다.

"피트 아저씨랑 저녁에 칠면조 먹기로 했대. 그 아저씨랑 일하거든."

"일? 흥."

그란디오 할아버지가 툭 내뱉었다. 할아버지는 옷걸이에 웃옷을 걸려고 애쓰고 있었다.

"그 인간은 일이 뚜벅뚜벅 걸어와서 콧잔등을 후려쳐도 일한다는 게 뭔지 모를 게야."

난 할아버지에게 인상을 찌푸렸지만 할아버지는 나를 보고 있지 않았다.

"게다가 남자 갈아 치우기를 아주 밥 먹듯이 한다니까. 결과는 매번 거기서 거기지만."

그란디오 할아버지가 그런 말을 하는 게 처음은 아니었다.

드와이트 아저씨가 손을 들더니 부드럽게 "아버님." 하고 말했다. 그 한마디면 충분했다.

난 왜 그란디오 할아버지가 엄마를, 그것도 이 한나 아줌마라는 새로운 사람 앞에서 '또다시' 깎아내리는지 알 수가 없었다. 한나 아줌마는 몸을 돌려 드와이트 아저씨를 쳐다보았다.

"음, 와, 온 집에 맛있는 냄새가 가득하네요!"

한나 아줌마는 기대된다는 듯이 손을 싹싹 비볐다. 아줌마는 잘 웃었다. 웃으면 미소가 얼굴 전체를 덮었다. 아줌마가 그란디오 할아버지를 쳐다보자 할아버지는 짜증이 좀 누그러졌는지 아줌마를 향해 머쓱하게 웃었다.

"난 부엌에 가 봐야겠구나. 칠면조가 알아서 자기 몸에 양념장을 바를 것 같지는 않으니까 말이야."

할아버지는 서둘러 계단 쪽으로 갔다.

드와이트 아저씨가 할아버지 등에 대고 소리쳤다.

"우리도 금방 내려갈게요."

한나 아줌마가 내 쪽으로 돌아섰다.

"애디야, 우리 서로 잘 아는 사람들 같아."

아줌마 목소리는 버터랑 황설탕 같았다.

"집에서 우리가 네 이야기를 얼마나 자주 하는지 아니?"

그 말은 좀 이상했다. 그들은 모두 한집에 사는데 난 거기 속하지 않았다. 나는 한나 아줌마를 찬찬히 바라보았다. 내가 아줌마보다 아저씨와 꼬맹이들을 훨씬 오래전부터 알았다. 브리나와 케이티는 내 동생들이고, 드와이트 아저씨는 아줌마가 알고 지낸 시간보다 더 오랫동안 내 새아버지였다. 내 안의 무언가가 아줌마에게 확 그렇게 말해 버리고 싶어 했다. 하지만 마음이 자꾸 말랑말랑해졌다. 한나 아줌마의 커다란 미소가 좋았다. 진짜 미소였다.

드와이트 아저씨가 내 목 뒤에 손을 얹고 꼭 쥐었다.

"어서 조지 호수로 데려가면 좋겠구나."

나는 아저씨에게 몸을 기댔다. 아저씨의 따뜻한 입술이 내 머리에 쪽, 입을 맞추는 게 느껴졌다.

한나 아줌마가 말했다.

"미리 경고해 줘야겠네. 애디야, 집이 좀 난장판이란다."

아줌마가 드와이트 아저씨를 향해 머리를 까딱했다. 아저씨와 아줌마는 하하 웃음을 터뜨렸다.

"그래, 제대로 설명을 해 줘야겠지. 음, 모든 걸 말이다."

드와이트 아저씨는 어색해하며 발을 이리저리 돌렸다. 한나 아줌마가 목을 가다듬었다.

"난 나갈 테니까 두 사람은 밀린 이야기 좀 나눠요. 이따가 아래층에서 봐요."

아줌마는 손으로 드와이트 아저씨의 팔을 살짝 스치고는 동생들을 복도로 데리고 나갔다.

"아빠랑 애디 언니랑 이야기하게 해 주자. 얘들아, 우리 할아버지가 벽난로에 불 피워 놓은 거 보러 갈까? 어때? 가서 따뜻하게 손에 불 쬐자."

케이티가 말했다.

"손이 차고 빠개요."

나는 케이티의 발소리를 알아들을 수 있었다. 케이티는 계단 한 칸마다 두 발을 다 디디며 내려갔다.

"빨갛다는 소리예요."

말을 덧붙이는 브리나의 목소리가 멀어져 갔다.

위층이 조용해졌다.

"어떻게 된 거예요?"

내가 이렇게 묻자, 드와이트 아저씨는 눈을 깜박였다.

"이런, 그렇게 말하니 다 자란 아가씨 같구나."

나는 어깨를 으쓱했다. 드와이트 아저씨가 꺼낼 이야기가 무엇이든 간에, 적어도 내 가슴이 많이 자랐다는 이야기를 들을 리는 없겠지.

"음, 있잖니. 한나랑 나는……. 그러니까, 우리는, 어……."

내가 거들었다.

"아줌마를 좋아하죠?"

"어, 그래."

아저씨가 씩 웃었다. 그리고는 금방 진지해졌다.

"이렇게 되리라고는 상상도 못 했단다. 지금 시점에서 이렇게 될 줄은 몰랐어. 그러니까, 한나는 날 고용한 사장님이었단다."

"사장님요? 일터에서요? 한나 아줌마가 지금 일하는 저택의 주인인 거예요?"

"그래. 한나는 그 저택을 여관으로 바꾸고 싶어 해. 아침 식사가 나오는 민박집 말이야. 투자자들이 따로 있지만 집은 한나 거야. 모든 결정은 한나가 내린단다. 그리고, 와, 난 그렇게 열심히 일하는 사람은 본 적이 없어."

"멋진 사람인 것 같아요."

내가 속삭였다. 드와이트 아저씨는 고개를 끄덕였다.

"애디야, 모든 일이 갑작스럽게 일어났단다. 쏜살같이 벌어졌지."

아저씨는 머리를 긁적였다.

"난 그저 집중해서 일이나 할 생각이었단다. 빚을 갚아야 하니까. 그랬는데, 한나와 난 같이 시간을 보내게 되었어. 한나가 꼬맹이들을 아주 잘 돌봐 준단다. 그래서 모든 게 그냥 그렇게 아주 쉽게 이루어졌지……."

나는 침을 꼴깍 삼켰다.

"나도 친구가 몇몇 생겼어요."

소울라 할머니와 엘리엇 아저씨, 그리고 헬레나와 마리사가 떠올랐다.

"그래서 무슨 말인지 나도 알아요. 나 말고 다른 사람에게 마음을 쏟으면 기분이 좋아요."

"바로 그거야."

아저씨는 잠깐 잠자코 있다가 말을 이었다.

"우린 진지하게 사귀고 있단다. 애디야, 우리 내년 여름에 결혼하려고 해."

"오."

내 입술 사이로 이상한 한숨이 얕게 흘러나왔다.

"일이 무척 잘 풀리나 봐요."

"어, 아주 좋아! 아주 잘 진행되고 있지."

"그리고 집도 옮겼고요?"

"그래."

아저씨는 다시 발을 이리저리 돌렸다.

"한나랑 같이 살고 있어. 여관 한쪽을 우리 집으로 만드는 중이야. 아직 완성되지는 않았지만, 따뜻하고, 습기도 없고, 안락해. 이러는 게 꼬맹이들에게도 더 좋아. 진짜로 잘된 일이야. 둘 중 한 사람이 항상 꼬맹이들 곁에 있으니까."

아저씨는 잠깐 말을 멈추었다.

"그리고 한나가 꼬맹이들을 사랑해."

나는 고개를 끄덕끄덕했다.

"참 좋은 애들이에요, 그렇죠? 사랑하지 않을 수 없는 애들이잖아요. 한나 아줌마는 아주 좋은 사람 같아요. 꼬맹이들도 아줌마를 좋아하는 것 같고요."

"내 생각도 그래. 난 우리 모두 그랬으면 좋겠는데. 내 마음 알지?"

드와이트 아저씨 말에 바로 대답할 수가 없었다. 나는 케이티가 늘 하던 "모두 함께 집에."란 말을 생각하고 있었다. 목구멍에 뭔가가 턱 걸린 것 같았다. 나는 억지로 그 덩어리를 삼켰다. 그리고 드와이트 아저씨 어깨를 콩 쥐어박았다. 잠시 후 나는 계단에서 드와이트 아저씨를 불러 세우고 말했다.

"전부 다 이야기해 줘서 고마워요."

22. 둘과 넷의 이야기

그날 오후 늦게 한나 아줌마와 나는 꺼져 가는 벽난로 곁 소파 발등상*에 앉아 있었다. 우리 둘뿐이었다. 우연히 벌어진 일이 아니었다. 나는 아줌마와 단 둘이 있을 기회를 엿보고 있었다. 가느다란 장작 두어 개에 아직 불꽃이 남아 있었지만 벽난로 불은 이제 거의 숯으로 잦아들어 있었다.

"난 잉걸불을 좋아한단다."

한나 아줌마가 한숨을 쉬며 말했다. 아줌마의 한숨에서는 추수 감사절다운 분위기가 났다.

"저도요."

나는 잉걸불이 붉은색과 주황색으로 깜박이는 걸 좀 더 지켜보았다. 하지만 내 할 일을 시작해야 했다. 바로 한나 아줌마에 대해서 꼬치꼬치 알아보는 일이었다. 이건 이웃집 사람이랑 알고 지내는 수준을 넘어서는 임무였다. 한나 아줌마는 내 동생들과 늘 함께 지냈다. 그것도 같은 지붕 아래서. 웬만한 엄마가 아이랑 시간을 보내는 것만큼이나 꼬맹이들과 같이 있는 셈이었다. 드와이트 아저씨는 한나 아줌마를 신뢰했다. 나도 그랬다, 거의 그랬다. 하

* 나무를 상 모양으로 짜 만들어 발을 올려놓는 데 쓰는 가구.

지만 난 아줌마에 대해서 좀 더 알고 싶었다.

"있잖아요, 한나 아줌마. 궁금한 게 있어요. 여관을 차리기 전에는 뭘 하셨어요?"

"음, 그거 좋은 질문이네."

한나 아주머니는 자세를 조금 고쳐 앉았다.

"난 어른이 되고 나서의 내 삶은 모든 게 둘과 넷에 관한 거라고 곧잘 말하지."

한나 아줌마는 손가락을 두 개 들어 보이고, 그런 다음 네 개, 다시 두 개를 보여 주었다. 그러면서 손을 앞으로 쭉쭉 뻗었기 때문에 난롯가 작은 의자에 앉아 춤을 추는 것처럼 보였다.

"둘과 넷요?"

내가 아줌마를 멀뚱멀뚱 쳐다보자 아줌마는 웃음을 터뜨렸다.

"그래."

한나 아줌마는 손가락을 둘에서 넷, 그리고 다시 둘로 바꾸어 가며 말했다.

"열여덟 살 때 고등학교를 졸업했어. 그리고 2년 동안 식당에서 종업원으로 일했어. 그런 다음 4년 동안 대학을 다녔고. 대학 졸업 후 친구 두 명과 전국 여행을 하기로 계획을 세웠지. 4주 동안 돌아다닐 예정이었는데 서부 지역이 굉장히 마음에 들더구나. 그래서 그곳에 일자리를 잡고 2년 동안 머물렀어."

한나 아줌마가 말을 멈추고 숨을 한 번 쉬더니 손을 무릎 위에 올려놓았다.

"그 후 부모님 두 분 다 편찮으셔서 부모님이랑 지내려고 동부로 돌아왔지. 넉 달 간격으로 두 분 다 돌아가셨어."

"어머나, 너무 안됐어요! 어쩔 수 없는 일이라는 건 나도 알아요. 하지만 그건 너무……"

한나 아줌마가 말했다.

"슬픈 일이지. 네 말이 맞아. 하지만 말이야, 아주 묘한 일이지만 좋은 점도 있더라고. 돌아가시기 전에 한동안 다 같이 지내게 되었으니까. 난 부모님을 돌보는 일이 좋았단다. 정말이야. 그리고 좋은 친구들이 날마다 찾아와 줬어."

아줌마는 잠시 말없이 있더니 비밀을 털어놓기라도 할 듯이 몸을 앞으로 숙였다. 그러고는 두 손 위에 턱을 고였다.

"그리고 나서, 서부로 다시 돌아가기 이틀 전에, 부동산 광고에서 여관을 본 거야. 아주 우연하게. 갑자기 집이 있으면 좋겠다는 생각이 들었어. 방이 잔뜩 있는 커다란 집 말이야!"

한나 아줌마는 팔을 활짝 펼쳤다.

"사람들이 우르르 오가면 좋겠더라고. 날마다 아침 식사를 푸짐하게 만들고 산들바람에 침대보를 널어 말리고 싶어졌지!"

아줌마는 마지막 말을 할 때 키득키득 웃었다.

"그래서, 여관을 보여 달라고 부탁했어. 부동산 중개업자는 내가 집 안을 여기저기 돌아다녀 볼 수 있게 충분히 시간을 줬단다.

여관으로 쓰지 않은 지 꽤 오래됐다고는 해도, 아유, 방방마다 그런 난장판이 없더라니까. 애디, 네가 가서 보게 될 상태보다 훨씬 더 심했단다!"

한나 아줌마는 코를 찡긋하더니 깔깔 웃었다.

"하지만 모든 걸 다시 손보고 나면 어떨지 머릿속에서 그림이 그려졌어."

아줌마는 잠시 두 눈을 감았다.

"그곳을 다시 살려야겠다는 생각에 완전히 사로잡혀 버렸지. 그래서 큰 모험을 하기로 했어. 엄마 아빠가 남겨 준 돈을 탈탈 털어 계약금을 마련하는 데 써 버렸단다. 물론 상당 부분 빌리기도 했고. 그래서 여관에서 작게 사업도 따로 하나 하고 있어. 그것도 보게 될 거야. 모든 게 딱딱 맞아떨어지는 것 같아. 여전히 긴장되기도 하고."

한나 아줌마는 몸을 부르르 떨더니 웃음을 터뜨렸다.

"난 꼼꼼히 계획을 세우는 편은 절대 아니야. 네가 보기에도 그렇지? 하지만 이젠, 음, 드와이트랑 너희 세 꼬마 아가씨들이 나한테……하하!"

아줌마는 손가락 넷을 펼쳐 보였다.

"계획을 세울 네 가지 좋은 이유를 주었단다."

아줌마는 만족스러운 듯이 다리를 쭉 폈다.

"드와이트와 너희들이 모두 이렇게 내 삶에 들어오리라고는 상상도 못 했어."

한나 아줌마가 알쏭달쏭한 웃음을 지었다.

"하지만 우린 지금 여기 이렇게 같이 있잖아. 이런 걸 즉석 가족
이라고 해야 하나?"

나는 그보다 더 감사할 만한 추수 감사절을 보낸 적이 없었다.
내 동생들에게 새로운 영웅이 생겼다는 걸 나는 확실히 느낄 수
있었다.

23. 잠자리에 들 시간

추수 감사절 밤의 휘영청한 달빛을 받으며 조지 호수에 다다랐다. 우리는 굽이진 산길을 올라 여관에 도착했다. 뒷좌석에서는 브리나가 내게 폭 기대 자고 있었다. 반대편에는 케이티가 유아용 보조 의자에 앉아 쌔근쌔근 자고 있었다. 나는 저택을 보려고 목을 쭉 뺐다. 움직일 때마다 종이 여행 가방이 발 사이에서 부스럭거렸다.

"여기야."

드와이트 아저씨가 속삭였다. 아저씨는 앞좌석에서 몸을 돌려 어둠 속에서 나를 바라보았다. 커다란 건물이었다. 그건 나도 예상했다. 하지만 내 상상보다 예쁘기도 했다. 많은 사람들이 자기 집처럼 묵을 만한 곳 같았다. 지붕에 조그마한 뾰족 장식이 잔뜩 달려 있었다. 기다란 현관 가운데에는 양쪽 여닫이문이 있었다. 사다리와 비계 기둥이 집 앞에 기대서서 일꾼을 기다리고 있었다.

나는 드와이트 아저씨에게 속삭였다.

"아저씨가 이 집을 마음에 들어 할 수밖에 없겠어요. 어서 빨리 밝은 햇살 아래서 보고 싶어요."

내가 케이티를 안으로 데려가고 싶었지만 한나 아줌마가 먼저 손을 뻗었다. 나는 꿔다 놓은 보릿자루처럼 이러지도 저러지도 못 했다. 한나 아줌마가 내 막내 동생의 헝클어진 머리 위로 보조 의자 쬠쇠를 살짝 들어올렸다. 아줌마는 몸을 숙인 다음, 케이티의 작은 손을 아줌마 목에 감고서 케이티를 들어올렸다.

'뭘 어떻게 해야 하는지 다 알고 있네.'

드와이트 아저씨는 브리나를 깨우더니 들쳐 업었다. 나는 내 가방과 플루트를 들었다.

우리는 집 옆에 있는 작은 베란다로 올라가 조그마한 현관으로 들어섰다. 못에 드와이트 아저씨의 공구 벨트가 걸려 있었다. 우리는 케이티의 노란 오리 장화와 브리나의 초록색 개구리 장화를 피해 넘어갔다. 나는 드와이트 아저씨와 한나 아줌마를 따라 아직 완성되지 않은 부엌으로 들어섰다. 수납장이 하나도 달려 있지 않았다. 선반 위에 캔이나 상자에 담긴 음식들이 죽 늘어서 있었다. 부엌 너머에 방이 하나 있었다. 그 방에 달린 창은 바깥으로 툭 튀어나와 걸터앉을 수 있었다. 방 안에는 소파 하나, 의자 하나, 텔레비전 한 대가 있었다. 한쪽 귀퉁이에 놓인 커다란 바구니에는 동생들의 장난감이 담겨 있었다. 주변에서 온통 새 나무 냄새가 났다. 비닐 사이로 벽 장식이 군데군데 보였다. 작은 톱밥들이 비질을 바라고 있었다.

"엉망이라고 했잖아."

한나 아줌마가 말했다. 아줌마는 생글생글 웃고 있었다.

"지금 우린 캠핑 비슷한 생활을 하고 있단다. 하지만 점차 나아질 거야. 내일 집을 구경시켜 줄게."

나는 고개를 끄덕이고는 한나 아줌마를 따라 침실 쪽으로 갔다. 아줌마는 무릎을 꿇고서 케이티를 어린이용 침대에 조심조심 내려놓았다. 건너편에서는 드와이트 아저씨가 브리나를 이층침대 아래 칸에 앉히고 신을 벗겨 주었다.

"네가 이층을 쓰렴."

아저씨가 턱짓을 했다.

나는 다시 고개를 끄덕였다.

아저씨가 눈을 가늘게 뜨고 나를 바라보았다.

"애디야, 너 괜찮니?"

한나 아줌마도 나를 돌아보았다. 나는 그냥 가만히 서 있었다. 솔직히 뭐가 잘못된 건지 나도 알 수 없었다. 그저 잠자리에 들 준비를 하는 것뿐이었다. 밤이면 늘 반복되는 일이었다. 하지만 나 없이 준비가 착착 이루어지는 걸 보고 있으니 기분이 이상했다. 내가 낄 자리가 없었다. 드와이트 아저씨와 한나 아줌마는 내 대답을 기다리고 있었다.

나는 겨우 입을 뗐다.

"아기용 변기요. 얘들, 자기 전에 아기용 변기에서 볼일을 봐야 해요."

드와이트 아저씨와 한나 아줌마가 눈길을 주고받았다.

"어, 그래. 맞아, 그렇지."

드와이트 아저씨는 브리나를 데리고 화장실로 갔다. 한나 아줌마는 케이티에게 채울 밤 시간용 기저귀를 꺼냈다.

"케이티도 변기에 앉을 수 있어요."

그러자 한나 아줌마가 속삭였다.

"그래, 하지만 지금은 너무 늦었으니까 그냥 자게 두는 게 좋을 것 같아. 오늘 바쁘고 정신없는 하루였잖아."

한나 아줌마는 잠시 말을 멈추고 기다렸다.

"네 생각은 어때?"

나는 케이티를 바라보았다. 케이티는 잠에 취해서 옷도 다 못 벗고 축 늘어져 있었다. 지금 화장실로 데리고 가면 몸을 떨면서 칭얼거리기만 할 터였다.

"그렇게 해요."

"네가 할래?"

한나 아줌마는 내게 기저귀를 내밀더니 옆으로 물러났다.

"네."

나는 자리를 넘겨받자 몇 초 만에 케이티에게 기저귀를 채웠다.

"어머나, 진짜 잘한다!"

한나 아줌마가 소곤거렸다.

"겨울에 사흘 연속으로 나 혼자서 케이티를 돌본 적도 있어요. 브리나도 같이요."

나도 모르게 툭 내뱉어 버렸다.

한나 아줌마가 고개를 주억거렸다.

"그래. 그 이야기 들은 적 있단다."

브리나가 웅얼거렸다.

"이야기 들려주세요."

드와이트 아저씨가 브리나를 다시 침대에 데려다 주었다. 베개에 머리를 누이며 브리나는 한 번 더 "이야기."라고 말했다. 한나 아줌마가 손을 뻗어 내 팔을 꼭 쥐었다. 아줌마는 소리를 죽이고 쿡쿡 웃으며 속삭였다.

"정말 재미있는 녀석들이야!"

그 말에 나도 빙그레 웃었다. 아, 한나 아줌마에게는 특별한 무언가가 있었다. 내가 좋아하는 그 무언가가.

24. 아침 식사와 상자

아침에 나는 안개 속에 늘어져 있는 나무늘보처럼 느릿느릿 눈을 떴다. 멀리서 망치가 한 번, 아니, 두 번, 쿵쿵거리는 소리가 들렸다. 아침 식사 시간에 드와이트 아저씨를 보지 못하는 건 아닌지 궁금해졌다. 뭔가 맛있는 냄새가 났다.

몸을 일으켰다. 꼬맹이들은 케이티의 어린이용 침대 위에 발끝으로 서 있었다. 커다란 눈망울 네 개가 내게 고정되어 있었다. 나는 싱글싱글 웃으며 눈을 깜박였다.

"오디 언니, 잘 자떠?"

"그래, 케이티. 너도 잘 잤어?"

"응. 브리나 언니도 잘 자떠. 혼나 아줌마 케이크 만들어."

"팬케이크란 소리야."

브리나가 말을 거들었다.

"그러고 보니 케이크 냄새가 나네. 너희들은 밥 먹었니?"

"아니. 언니 기다렸어."

꼬맹이들은 깔깔거리며 나더러 빨리 침대에서 나오라고 아우성이었다.

그날 아침 나는 욕실에서 사생활을 제대로 보장받지 못했다. 일단 욕실 문이 경첩에 삐뚜름하게 달려 있었고 꼬맹이들이 계속 고개를 들이밀었다. 하지만 상관없었다. 복도를 걸어 방으로 돌아오면서 나는 다른 침실을 흘깃 들여다보았다. 어젯밤에는 어두워서 제대로 보지 못한 방이었다. 커다란 침대는 완전히 정돈되어 있지는 않았다. 하지만 포근해 보이는 이불을 활짝 펼쳐 덮어 두었고, 폭신폭신한 베개가 여기저기 놓여 있었다. 침대 머리맡과 발치의 철로 된 장식은 '어니언' 대학교의 교문을 떠올리게 했다. 하지만 침대의 금속 장식은 번쩍이는 검정색 대신 흰색으로 칠해져 있었다.

'그러니까 저기가 드와이트 아저씨와 한나 아줌마가 자는 곳이란 말이지.'

"오디 언니, 케이크 먹으러 가."

케이티가 내 손을 잡아끌었다. 브리나가 앞장서서 복도를 내려갔다. 한나 아줌마는 만족스러운 듯이 숨을 내쉬며 우리를 맞았다.

"어머, 이 깜찍이들 좀 보라지. 맨 처음 구운 팬케이크 두 개 먹을 사람은 누구?"

"꼬맹이들 주세요. 제 거는 제가 만들 수 있어요."

"안 돼."

한나 아줌마가 허리에 손을 얹고서 단호하게 말했다.

"아침 식사를 차리고 싶으면, 가장 먼저 일어나야 해. 이건 내 일이야."

나는 아줌마를 향해 눈썹을 추켜세웠다. 아줌마 입에 함박웃음이 걸리더니 하하 웃음이 터져 나왔다. 아줌마는 땋은 머리를 어깨 뒤로 넘기더니, 반죽을 새로 한 국자 퍼서 크고 네모진 프라이팬 위에 부었다.

"조금 있으면 드와이트도 아침 먹으러 들어올 거야. 그런 다음 점심때까지 일하고 오늘은 빨리 마칠 거란다. 애디, 네가 여기 있는 동안 재미있게 지내야 하지 않겠니?"

"좋아, 좋아, 좋아요!"

브리나가 춤을 추었다.

"혼나 아줌마, 오늘 우리 상자 해요?"

케이티가 물었다.

"그럼, 상자도 좀 해야지. 점심때까지 상자야."

"상자를 한다니요?"

내가 물었다.

"아아, 내가 돈벌이 되는 일을 한다고 말한 거 기억나니?"

한나 아줌마가 도로 물어 왔다.

"그런데 그게 상자랑 관련 있다고요?"

"응. 디하실에 있어."

케이티가 알려 주었다.

알고 보니 상자는 내가 잘하고, 또 내 밥값을 할 수 있는 일이었다. 지하실은 천장이 낮고 볼링장처럼 기다랬다. 양쪽 벽에는 끝에서 끝까지 선반이 달려 있고, 선반에는 수공예품이 가득했다.

실을 꼬아 만든 둥그런 깔개가 방 한가운데에 깔려 있고 그 위에 놀이 공간이 차려져 있었다. 깔개 끝자락에 세발자전거 두 대가 놓여 있었다. 작은 텔레비전 한 대, 이젤, 장난감 바구니, 들고 다닐 수 있는 시디플레이어가 하나씩 있었고, 천장 기둥에는 밧줄 그네가 달려 있었다.

"아저씨가 근사하게도 꾸며 놓았지?"

한나 아줌마가 놀이 공간을 보면서 고개를 끄덕끄덕했다.

"드와이트 아저씨다워요."

내가 맞장구를 쳤다. 나는 죽 늘어선 선반 위의 수많은 공예품들을 들여다보았다.

"이거 다 아줌마가 만든 거예요?"

"물론 아니지!"

한나 아줌마가 헉 숨을 들이켰다.

"난 실이랑 바늘에는 영 젬병이거든. 누가 조각 그림 맞추기를 하자고 그러면 아마 겁부터 낼 거야. 난 그저 예술과 예술가들을 좋아할 뿐이야. 그래서 내가 잘하는 일에 집중하려고. 바로 그 사람들 작품을 파는 거지. 이 예술가들 대부분, 내가 서부에서 지내는 동안 만났단다. 믿기지 않겠지만 말이야."

한나 아줌마는 팔을 활짝 폈다가 다시 떨어트렸다.

"통신 판매의 세계에 온 걸 환영해!"

물건이 놓인 선반 앞에는 엽서 크기의 종이표가 가지런히 붙어 있었다. 종이표마다 번호가 매겨져 있었다. 방 한 모퉁이에 컴퓨터가 놓인 책상이 있고, 다른 쪽에 상자와 접착용 테이프, 그리고 포장에 필요한 이런저런 물건들이 있었다. 한나 아줌마에겐 처리해야 할 주문이 있었다.

브리나가 철해 둔 종이를 흔들며 말했다.

"이게 상품 목록이야. 하지만 판매는 거의 컴퓨터로 이뤄져."

브리나는 컴퓨터와 프린터가 윙윙 돌아가고 있는 책상을 가리켰다. 그 순간 브리나가 엄청나게 똑똑하게 느껴졌다.

"그래. 인터넷으로 다 한단다."

한나 아줌마가 설명해 주었다. 아줌마는 벌써 프린터 받침에서 종이 한 묶음을 집어 들여다보고 있었다.

"12월 15일까지는 들어온 주문을 바로바로 발송하고 그 뒤부터는 새해까지 쉴 생각이야."

아줌마는 숨을 한 번 들이쉬었다.

"그러고 나선 반품 처리하고, 봄 수공예품 들이고, 다시 굴러가는 거지."

한나 아줌마가 날 보며 눈을 모들떴다.

사무실 모습을 보고 있으니 엄마 생각이 났다. 서류 상자마저 엄마가 트레일러 바닥에 늘어 둔 것들과 똑같았다. 하지만 한나 아줌마의 서류 상자에는 서류가 가득 차 있었다.

케이티가 깡충깡충 뛰었다.

"혼나 아줌마, 언제 시작해요? 오디 언니한테 보여 주 꺼야!"

케이티 앞에 배송 상자가 입을 쩍 벌리고 있었다. 상자 바닥에는 잘게 자른 종잇조각들이 벌써 깔려 있었다.

"좋아. 애디 언니한테 우리가 어떻게 일하는지 보여 주자꾸나."

한나 아줌마가 주문서를 읽더니 큰 소리로 말했다.

"큰 상자."

케이티가 상자를 들고서 앞으로 종종걸음 쳤다. 그리고 목청껏 외쳤다.

"여기 있어요!"

한나 아줌마가 말했다.

"품목 0-4-6. 수량, 두 개."

"그건 명주로 짠 눈사람 장식이야."

브리나가 말했다. 그 말 한 방에 난 완전히 나가떨어지고 말았다. 물건이 이렇게나 많은데 브리나는 그게 어떤 물건인지 알고 있었다! 브리나는 선반을 따라 종종걸음 쳐서 눈사람들 앞에 딱 서더니 두 개를 집어 케이티의 상자에 넣었다.

한나 아줌마가 말했다.

"확인! 이번엔 품목 0-4-7. 수량, 여섯 개."

"빨간 새가 수놓아진 향나무 베개. 크기는 작은 것."

브리나가 이렇게 말하는 순간 나는 깨달았다. 브리나는 학구열이 있었다! 엄마가 알면 얼마나 기뻐할까! 돌아갔을 때 엄마에게 전할 좋은 소식이 생겼다.

"확인!"

한나 아줌마가 외쳤다. 아줌마는 물건들이 제대로 상자 안으로 들어가는지 곁눈질로 지켜보고 있었다.

나도 브리나처럼 '심부름꾼'이 되었다. 상자가 채워지는 속도가 더 빨라졌다. 한나 아줌마가 "확인! 확인!" 하고 말하는 소리가 좋았다. 아줌마는 주문 하나를 끝낼 때마다 케이티에게 주문서 한 장을 주었다. 그러면 케이티는, 드와이트 아저씨 솜씨라고 세 사람이 입을 모아 말한 못에다 주문서를 꽂아 나중에 한나 아줌마가 철할 수 있도록 했다. 주문서 복사본은 포장된 상자 위에 붙였다. 복사본 위쪽에는 주소 라벨이 인쇄되어 있었다.

"쟤네들, 일도 꽤 잘하고 진짜 귀엽단다. 한 시간쯤 지나면 녹초가 될 거야."

한나 아줌마가 내 귀에 대고 속삭였다.

"이후에는 노는 시간이야."

나는 고개를 끄덕여 보였다.

"그러면 됐죠. 작년에 학교에서 이민에 대해 공부하면서 어린이 노동법을 배웠어요. 그때가 아니라 지금 태어나서 천만다행이에요."

한나 아줌마가 고개를 끄덕이며 말했다.

"그땐 참 살기 어려웠을 거야, 그렇지?"

"네. 난 이민자들 모두가 아주 자랑스러워요. 그 사람들은 정말 빈손으로 삶을 이루어 내야 했잖아요. 그런데도 해냈어요. 그 사람들은 영웅이에요."

"영웅이라……."

한나 아줌마는 잠깐 동안 생각에 빠져들었다.

"네 말이 맞아. 그 사람들이 영웅이지. 말이 나왔으니 말인데, 너랑 같이 들어 보고 싶은 민요가 있단다. 미국으로 이민 오게 된 사연을 담은 노래들이야."

한나 아줌마가 손가락으로 허공을 콕콕 찌르며 덧붙여 말했다.

"내가 혹시 잊어버리면 알려 줘야 해."

아줌마는 벌써 다음 주문을 확인하고 있었다.

상자 놀이가 점점 지겨워지자 꼬맹이들은 세발자전거에 올라탔다. 한나 아줌마와 나는 둘이서 계속 주문 상자를 채웠다. 나는 그 일이 마음에 들었다. 클립보드에 주문서를 꽂고서 빈 상자를 집어 들고 선반을 따라 다니며 물건을 담았다. 물건을 한 가지씩 찾을 때마다 나는 주문서 품목에 엽서 크기의 종이를 대고 형광 펜으로 줄을 그었다. 그렇게 하니 헷갈리지도 않았고, 한나 아줌마한테 내가 학구열이 없다는 이야기를 할 필요도 없었다. 나는 한나 아줌마처럼 빠르지도, 브리나처럼 모든 품목의 번호를 알고 있지도 않았지만, 그날 아침이 끝날 무렵이 되자 속이 가득 찬 상자들이 내 앞에 죽 늘어서 있었다.

뭐든지 내 마음대로 결정할 수 있다면 나는 그곳에 계속 머무르고 싶었다. 나는 드와이트 아저씨와 한나 아줌마가 사는 방식이 좋았다.

"으르르르릉!"

드와이트 아저씨일 거다. 아저씨는 톱밥을 뒤집어쓴 채 지하실 계단을 내려와 꼬맹이들을 등에 태우기도 하고, 괴물 흉내를 내며 꼭 끌어안아 주고, 쪽쪽쪽 입을 맞추었다.

"쉬는 시간!"

한나 아줌마가 팔 한가득 외투를 들고 나타났다.

"밖에 나가 놀 시간이야!"

거기서 지내는 동안 오후가 되면 우리는 밖에 나가서 놀았다. 날씨야 어떻든 상관하지 않았다. 한나 아줌마는 아줌마와 아저씨가 아이들을 하루 종일 지하실에 가두어 두었다는 이야기를 누가 듣기라도 하면 자기들을 진짜 나쁜 사람이라 여길 거라고 했다.

"게다가, 나도 거기서 벗어나야 해. 주문을 받는 건 그다지 재미있는 일은 아니거든. 예술가랑 그 작품을 찾는 게 재미있지."

밤이 되면 아줌마와 아저씨는 여관에 대해서 그날그날 진행된 일들을 이야기했다. 온통 사업 이야기였다. 나는 플루트 연습을 하려 했지만 나도 모르게 두 사람 이야기에 계속 귀를 기울이게 되었다.

어느 날 밤, 한나 아줌마가 말했다.

"일꾼들더러 15일이 되기 전에 비바람이 몰아쳐도 끄떡없도록 북쪽 벽 수리를 끝내 달라고 할 수 없을까?"

드와이트 아저씨가 고개를 가로저었다.

"말은 해 보겠지만, 가능할지는 모르겠어. 자재도 도착하지 않았고. 그 다음 주를 목표로 하면 안 될까? 한나, 그렇게 큰 차이는 없을 거야. 기다리는 동안 내가 부엌을 고쳐 줄게."

"드와이트!"

한나 아줌마가 목소리를 높이자 나는 머리가 쭈뼛 섰다.

"난 꼭 일정을 맞추고 싶어. 이건 전에도 했던 이야기잖아. 이제 겨울이야! 게다가 선물 가게는 어떻게 해?"

한나 아줌마가 허리에 손을 얹었다.

"방은 준비가 안 된다고 하더라도, 봄까지는 꼭 선물 가게를 열고 싶어. 사람들에게 이런 곳이 있다는 걸 알려야지. 수공예품을 사러 왔다가 다음에 와서 묵고 갈 수도 있잖아. 언젠가 방이 완성되었을 때 말이야."

한나 아줌마는 마지막 말에 또박또박 힘을 주었다.

"알아, 나도 애쓰고 있어."

드와이트 아저씨는 읽고 있던 서류 묶음을 덮었다.

"목공 일은 계획대로 되고 있어. 그러니까 괜찮을 거야."

아저씨가 한나 아줌마를 달랬다.

"알았어, 알았다고. 하지만 내 말 좀 들어 봐. 나 앞으로 적어도 사흘은 혼자 지하실에서 일해야 해."

한나 아줌마는 마지막 말을 할 때 목소리를 낮추며 아저씨에게 절망적인 표정을 지어 보였다.

"지금은 성수기란 말이야!"

"알았어. 어린이집에 전화해 볼게. 밤에는 내가 주문 상자 싸는 걸 도와줄 거고. 됐지?"

아저씨가 아줌마의 눈을 들여다보았다.

한나 아줌마는 한숨을 쉬며 등을 돌렸다.

드와이트 아저씨는 빙 돌아가서 한나 아줌마를 마주하고 섰다. 아저씨는 허리에 손을 얹고 기다렸다. 아줌마가 고개를 들자 아저씨가 물었다.

"우리 그렇게 하는 거지?"

아줌마가 고개를 끄덕였다.

"그래, 그렇게 해."

"이번 주 급료도 주는 거지?"

한나 아줌마가 웃음을 터뜨렸다.

"그래, 이 나쁜 사람아."

그러더니 두 사람은 꼭 끌어안았다.

나는 한숨을 돌렸다. 끝난 건가? 저게 싸운 건가?

그날 밤 모두 잠자리에 들고 난 후, 나는 화장실에 가려고 침대에서 일어났다. 아저씨와 아줌마의 방을 지날 때 두 사람이 소곤

소곤 이야기를 나누는 소리가 들렸다.

"드와이트, 그 앤 정말 좋은 애야."

한나 아줌마의 목소리는 확신에 차 있었다. 아줌마 말이 맞다. 브리나는 정말 좋은 아이였다. 귀엽고, 진지하고, 똑똑하기까지 했다.

드와이트 아저씨가 말했다.

"내 자식이 아니잖아. 마음 같아서야 내 자식이지만, 현실은 그렇지 않은걸."

그제야 나는 두 사람이 내 이야기를 하고 있다는 걸 깨달았다. 나는 비닐을 덮어씌워 둔 방문에 좀 더 가까이 다가갔다. 내 숨결에 비닐이 흔들리지 않기만 바랐다.

"말했잖아. 양육권을 얻으려고 나도 애썼어."

심장이 쿵쾅거렸다.

"판사 말로는 혈육 관계가 아니라서 나한테 양육권이 올 가능성이 전혀 없다는 거야. 데니즈가 애디를 넘기겠다고 서류에 사인을 해 줘야 해."

"그럼, 그 애를 위해 싸울 사람이 아무도 없다는 거야? 잭 할아버지는? 혈육이잖아."

"잭 할아버지는……. 나도 모르겠어……. 그분을 좋아하긴 하지만, 나이도 있으시고, 좀 괴팍하시잖아. 요즘은 이 일에서 손을 떼셨어. 속수무책이라고 느끼시는 것 같아."

'그리고 할아버지는 아이를 바라지 않으니까.'라며 나는 속으로 거들었다.

"게다가, 잭 할아버지랑 데니즈는 앙숙이잖아. 양육권은 데니즈가 동의를 해야만 하는데, 그런 일은 절대로 일어나지 않겠지. 다시 사고를 치지 않는 한 데니즈가 애디를 데리고 있을 거야."

잠시 후 아저씨가 말했다.

"들어 보니 데니즈도 꽤 노력하고 있는 모양이야."

"당신 말로는 전에도 그런 적이 있다며."

드와이트 아저씨가 한숨을 쉬었다.

"그래, 나도 알아. 항상 뭔가 일이 터지지."

한나 아줌마가 말했다.

"어쩌면 우리가 더 애를 써 봐야 하는 거 아닌지 몰라."

"상황을 바로잡을 수만 있다면 정말이지 그렇게 할 거야. 지금으로서는 돈을 보내 주고 자주 연락하는 수밖에 없어. 한나, 애디를 생각할 때마다 내 가슴은 안 찢어지는 것 같아? 나도 그렇고, 꼬맹이들도 애디를 보고 싶어 해."

한나 아줌마가 말했다.

"미안해. 그러면 가능한 한 자주 여기에 데리고 오자, 응?"

"물론이야."

조용했다.

"여보, 한나?"

"응?"

"그 차가운 발 좀 떼 주시지?"

한나 아줌마가 킥킥거렸다. 나는 발끝으로 달려 내 침대칸으로 돌아왔다.

아저씨가 내 양육권을 가지려고 했다니! 그날 밤 그 생각을 천 번도 더 했던 것 같다. 하지만 나는 엄마 생각도 했다. 엄마 혼자만 남으면 슬플 것 같았다. 엄마의 가족이 되어 주는 것. 나는 그 일을 해야 할 단 한 사람이 바로 나 자신이라고 느꼈다. 잠들기까지 시간이 영원히 걸렸다.

조지 호수에서 보내는 마지막 날 아침, 나는 가장 먼저 일어나 달걀을 으깨 부치고 토스트를 구웠다. 한나 아줌마가 하품을 하며 부엌으로 들어오더니 말했다.

"이런! 이 고집쟁이 아가씨! 내 자리를 뺏다니!"

한나 아줌마는 식탁에 앉아 달걀을 먹었다. 한 입 먹을 때마다 음! 하고 콧노래를 불렀다.

설거지는 드와이트 아저씨가 했다.

"애디야, 다음 방학은 언제니?"

아저씨가 설거지대에서 돌아섰다.

"지금부터 크리스마스 사이에 뭐 없니?"

"없어요."

나는 고개를 흔들었다.

"오디 언니."

케이티가 쏙 끼어들었다.

"언니가 빨리 다시 모두 함께 집에 했으면 좋겠어."

웃음이 났다.

"알았어. 노력해 볼게. 하지만 12월 12일 음악회 잊지 마. 모두 초대한 거야."

25. 칠면조 수프 1톤

"애디가 돌아왔어요!"

엘리엇 아저씨가 소울라 할머니를 불렀다. 할머니는 야외용 의자를 퉁퉁 밀며 탄산음료가 늘어선 복도에서 걸어 나왔다.

나는 환호성을 질렀다.

"지금 막 버스에서 내렸어요."

사실, 난 엄마가 길모퉁이에서 기다리고 있지 않아서 속이 상했다. 나흘이나 떠나 있었는데! 트레일러 옆에 엄마 차가 보이지 않았다. 그래서 편의점에 들른 거다.

"저 보고 싶었어요?"

나는 플루트 가방과 종이 가방을 들고서 살짝 한 바퀴를 돌았다.

"물론이지, 아가. 그래, 조지 호수는 어떻더냐?"

"호수는 못 봤어요. 하지만 무척 재미있었어요. 통신 판매에 대해서도 배웠고요."

소울라 할머니가 물었다.

"농담하는 거지?"

엘리엇 아저씨가 말했다.

"아하, 요즘 잘나가는 홈 쇼핑 사업!"

아저씨가 장단을 맞춰 주자 나는 웃음이 났다.

소울라 할머니가 말했다.

"나도 그런 사업에 관심이 있는데."

엘리엇 아저씨가 대꾸했다.

"아이고, 젊은 할머니. 지금도 할 일이 태산이거든요."

나는 둘레둘레 돌아보며 물었다.

"내가 없는 동안 무슨 일 없었어요?"

"글쎄다."

엘리엇 아저씨는 잠깐 생각을 하고는 말했다.

"금요일에 유리창 얼음 긁는 주걱이 입고됐어. 탄산음료 기계가 고장 나서 수리를 했고, 중간 사이즈 음료값이 1갤런 당 3센트씩 더 올랐단다. 그리고……."

아저씨는 앞 유리를 쳐다보며 인상을 찌푸렸다.

"머리와 장미 가게의 마네킹 하나에 칠면조 털이 자란 거 같아."

웃음이 터졌다.

"소울라 할머니, 몸은 좀 어때요?"

"그냥저냥."

그다지 나쁘지는 않지만 어제가 더 나았다는 뜻일 것이다.

"여섯 끝났고 이제 둘 남았지."

할머니가 손가락을 들고 까딱였다. 매니큐어를 바른 손톱이 분홍빛으로 반짝였다.

"잘됐네요. 이제 거의 끝나 가는 거잖아요."

우리가 이야기를 나누는 사이, 엘리엇 아저씨가 저쪽에서 상자 하나를 밀고 왔다. 아저씨는 상자 위에 다리를 벌리고 서서 작업용 칼로 뚜껑을 따더니 새 모이 한 자루를 끄집어냈다. 씨앗이 좌르르 쏟아지더니 바닥 위에 완벽한 언덕을 이루었다. 나는 침을 꼴깍 삼켰다. 아저씨는 낮은 소리로 욕을 하며 손에 든 빈 자루를 쳐다보았다.

아저씨와 소울라 할머니는 서로를 바라보았다. 그러고는 거의 동시에 똑같이 말했다.

"새 모이 상자는 절대로 칼로 열어서는 안 된다."

할머니와 아저씨는 껄껄 웃었다. 소울라 할머니가 물었다.

"왜 만날 잊어버리는 걸까?"

"그야 일 년에 한 번만 파니까 그렇지요."

엘리엇 아저씨가 할머니에게 일깨워 줬다.

"그렇구나. 해마다 11월에 팔지. 그런데, 이걸 어쩐다지?"

할머니는 씨앗 더미 근처를 발가락으로 톡톡 두드렸다.

"음, 뒤뜰에 던져서 어떤 동물이 찾아오나 지켜봐도 되고, 아니면 다시 자루에 담아서 조그만 동물 먹이로 파는 거예요. 예를 들면, 어머나! 피콜로가 잘 있는지 살펴봐야 해요!"

나는 이렇게 말하고는 문으로 향했다.

"안녕히 계세요! 내일 학교 마치고 올게요!"

나는 서둘러 밖으로 나가서 차도를 향해 달렸다. 그리고 최대한 빠르게 양쪽을 살피며 차도를 건넜다. 엄마의 차는 여전히 보이지 않았다. 나는 가방과 플루트를 계단에 놓고 문을 돌려 보았다. 잠겨 있었다. 양 손으로 손잡이를 쥐고 세게 돌려 보았다. 소용이 없었다. 계단과 현관 깔개 사이에 손가락을 넣어 보았다. 혹시 틈이나 구멍 사이에 엄마가 열쇠를 두고 가지 않았을까, 하는 기대 때문이었다. 아무것도 없었다.

편의점으로 다시 돌아갈 생각도 해 보았다. 거기서는 엄마 차가 트레일러 앞에 나타나는 걸 지켜볼 수 있다. 편의점 안은 따뜻할 테고, 할 일도 있을 터였다. 아니, 피콜로가 잘 있는지부터 확인해야 했다. 나는 침대칸이 있는 트레일러 끝 쪽으로 갔다. 그리고 콘크리트 벽돌 하나를 창문가로 끌고 와서 그 위에 올라섰다. 나는 유리창에 손을 모으고 안을 들여다보았다. 보이는 거라고는 우리와 찢어진 휴지 더미의 형체뿐이었다. 그 안에 피콜로가 자는 둥우리가 있었다.

"피콜로?"

나는 창문에 서서 피콜로를 불러 보았다. 그런 다음 창문을 톡톡 두드렸다. 둥우리에서 약간이지만 무언가 움직인 것 같았다. 하지만 확신할 수는 없었다.

"피콜로!"

다시 불러 보았다.

으르렁대는 소리가 들렸다. 머리 위로 기차가 지나갔다. 나는 눈을 감고 창 아래에 튀어나온 철제 선반을 꼭 쥐었다. 하지만 집어 삼킬 듯이 세찬 바람 때문에 콘크리트 벽돌에서 거의 떨어질 뻔했다. 선로를 따라 덜컹덜컹 소리가 멀어져 갔다.

"애디! 얘, 애디야!"

눈을 떴다.

"어! 엄마!"

나는 콘크리트 벽돌에서 뛰어내려 엄마를 향해 달려갔다. 나를 바라보는 엄마 얼굴은 일그러져 있었다. 엄마가 물었다.

"너 거기서 도대체 뭐 하고 있었던 거야?"

"들어갈 수가 없어서요."

"아, 그래, 여기."

엄마는 지갑을 뒤져서 열쇠를 건네주었다.

"통, 통, 쓰레기통아, 열려라."

엄마가 노래를 불렀다.

"그리고 와서 나 좀 도와줘."

나는 자물쇠에 열쇠를 끼워 넣었다. 하지만 돌리지 않고 잠깐 멈추었다.

"엄마?"

"응?"

"그동안 피콜로 돌봐 줬죠?"

좋은 소식을 듣게 되기를 어찌나 간절히 바랐는지 온몸이 뻣뻣

하게 굳어 왔다.

"그놈의 쥐? 그래, 돌봐 줬다. 참 나!"

"휴!"

나는 열쇠를 돌리고 안으로 들어섰다.

가방과 플루트를 침대 위에 던져 놓고 서둘러 피콜로의 우리로 갔다. 둥우리가 꼼지락거렸다. 그러더니 피콜로의 코가 쏙 나타났다. 킁킁 냄새를 맡더니 피콜로가 검은 눈을 가느다랗게 떴다. 피콜로는 무사했다!

엄마는 우리 한구석에 햄스터 먹이를 산더미같이 부어 놓았다. 그 옆에는 코티지치즈 통에 물이 담겨 있었다.

"흠."

엄마가 트레일러로 올라와 내 곁에 서서 우리 안을 들여다보았다. 엄마가 중얼거렸다.

"요 조그만 먼지 덩이 놈 좀 보게. 추수 감사절 만찬을 먹어 치우질 않았네."

난 웃으며 엄마에게 팔을 둘렀다.

"암컷이라니까요. 게다가 피콜로는 추수 감사절이 뭔지 몰라요."

"그렇지도 않을걸! 저 계집애 말이야, 벌써 등 깔고 누워서 저 작은 다리를 하늘로 쳐들고 있어야 했다고. 너무 많이 먹어서 혼수 상태에 빠지는 거지!"

엄마는 손을 위로 쳐들더니 하하 웃었다. 그러고는 활짝 웃으며 나를 끌어안았다.

"그래, 네 엄청난 모험은 어땠니?"

"굉장히 재미있었어요. 하지만 엄마가 보고 싶었어요."

"내 새끼들은 어때? 내 이야기 물어보던?"

"당연히 물어보죠. 그란디오 할아버지네 집에 도착하자마자 엄마 어디 있느냐고 그랬어요."

"잘됐구나. 드와이트가 멀리 떨어진 곳에 데려가 버렸다고 내 딸내미들이 날 잊어버리는 건 곤란해. 그래, 거긴 어떻게 지낸다 니?"

"아! 엄마……."

나는 망설였다.

"다 잘 지내요."

나는 어깨를 한 번 으쓱해 보였다.

"그리고 드와이트는 그 한나라는 여자 집으로 이사했고? 뭐라더 라? 저택인가, 뭔가라던데?"

"저택 맞아요. 여관으로 만들 거래요. 하지만 지금은 일부만 완 성됐어요. 제 말은, 지금 한창 공사 중이더라고요. 집 뼈대가 아 주 튼튼해요."

나는 간신히 말했다.

"뼈대라."

엄마가 비웃었다.

"드와이트는 만날 자기가 일하는 지옥 구덩이 이야기만 나오면 그놈의 뼈대 타령이더라."

엄마는 푸 웃음을 터뜨리고는 잠깐 동안 허공을 쳐다보았다.

"뭐, 그 사람들에게는 잘된 일이겠지. 자, 자, 이제 차 화물칸에 있는 것 옮기게 좀 도와줘."

나는 엄마를 따라 차로 갔다. 엄마는 화물칸 문을 열더니 식료품 가방 하나를 들어 내 팔에 안겼다.

"우아! 안에 뭐가 든 거예요?"

나는 가방 무게를 가늠해 보며 트레일러로 향했다.

"감자 2킬로그램, 양파 1킬로그램, 당근 1킬로그램, 또 얼린 콩 큰 자루로 하나."

뒤에서 엄마가 대답했다. 들리는 목소리로 미루어 볼 때 엄마도 뭔가 커다란 짐 가방을 들고 낑낑거리고 있었다. 엄마는 말 그대로 내 뒤를 쫓아서 트레일러 안으로 들어왔다. 짐을 쿵 내려놓더니 엄마는 발로 짐을 슬슬 밀었다.

커다란 비닐 봉투를 쳐다보며 내가 물었다.

"그건 뭐예요?"

"칠면조 시체! 커다란 놈으로 두 마리야! 칠면조 수프를 만들 거란다."

엄마는 서류 상자와 사무용품을 발로 밀어 길을 만들었다. 쉬운 일이 아니었다. 결국 엄마는 사무용품 대부분을 스위트룸에 있는 엄마 침대 위에 쌓아 올렸다.

"칠면조는 어디서 났어요?"

"무료 급식소에서 받았어."

엄마는 순간 말을 멈추더니 폭소를 터뜨렸다.

"이게 말이 되니? 무료 급식소에서 수프를 끓일 고깃덩이가 필요 없다니! 하긴, 칠면조가 스무 마리 정도는 있는 것 같더라."

"무료 급식소는 언제 간 거예요?"

"추수 감사절 보내려고 갔지."

엄마는 부엌 조리대 위의 벌거벗은 전등을 켜며 눈을 찌푸렸다.

"아유, 저 전등 너무 싫다니까."

엄마가 웅얼거렸다. 엄마는 국 냄비에 물을 채우기 시작했다.

"그러니까 그게 내 계획대로 되지 않았어. 피트랑 추수 감사절 저녁 먹는 거 말이야. 피트가 가족의 의무를 지켜야만 했거든. 그래서 난 무료 급식소에 일이나 하러 갔지. 아이고, 그 사람들 날 어찌나 좋아하던지! 해마다 가서 일해 줄까 봐."

"음, 두 사람이 먹기에는 수프 양이 너무 많을 거 같은데요."

엄마가 고개를 흔들었다.

"그렇다면, 어떻게 하나……. 나도 모르겠어. 얼리든지, 뭐 어쩌든지. 어쨌든 칠면조가 생겼고 난 그걸로 요리를 할 거야."

엄마는 칠면조 시체 두 마리를 조리하기 시작했다. 칠면조를 반으로 가르고 냄비에 들어갈 수 있게 조각을 냈다. 가스 불을 켜고 양파 망에 칼을 찔러 넣었다. 엄마는 양파 망을 휙 던져 조리대 위에 떨어지게 했다.

"자, 예쁜 딸, 넌 가서 저 냄새나는 슈퍼 쥐의 우리를 좀 치우렴. 후딱 움직여."

엄마는 양파에 칼날을 찔러 넣고 작게 썰기 시작했다.

엄마가 양파를 다지는 동안, 나는 청소를 하려고 피콜로를 우리에서 꺼내 침대칸에 풀어 놓았다. 우리에 나흘 치 햄스터 똥이 잔뜩 쌓여 있었지만 나는 아무렇지도 않았다. 심지어 피콜로 오줌 냄새까지 괜찮게 느껴졌다. 축축하게 젖은 소나무 대팻밥에서는 숲 냄새가 났다. 나는 대팻밥을 쓸어서 종이 가방에 넣고 가방 입구를 돌돌 말아서 막았다. 그리고 우리에 신선한 나무 부스러기를 깔아 주고 피콜로가 새 둥우리를 지을 수 있도록 새 휴지를 몇 조각 찢어서 넣어 주었다. 우리를 치울 때마다 피콜로의 포근한 둥우리를 부숴야 하는 게 늘 마음에 걸렸다. 하지만 피콜로는 둥우리를 새로 짓는 걸 좋아하는 것 같았다. 나는 피콜로를 손 안에 쥐었다. 그리고 잠시 피콜로와 코를 마주 대고 있다가 피콜로가 꼼지락거리며 우리 안으로 들어가도록 해 주었다.

트레일러에 맛있는 냄새가 가득 차기 시작했다. 엄마는 양파를 다 다지고 감자를 다듬고 있었다. 엄마가 요리를 하는 동안 나는 플루트 연습을 했다. 스테이지 오케스트라 공연에 올릴 곡들을 한 번이라도 처음부터 끝까지 틀리지 않고 연주할 수 있을 때까지 한 곡 한 곡 연습했다.

"애디야, 듣기 좋구나."

엄마가 말했다. 엄마는 칼을 든 채 잠시 일을 멈추고 달력을 쳐다보았다. 엄마는 칼끝으로 11월을 들어 12월로 넘겼다.

"이제 금방 연주회네, 그렇지?"

"12일 남았어요."

나는 플루트를 가방에 넣고 뚜껑을 딸깍하고 닫았다.

"휴! 네 의상을 마련해야겠네."

엄마는 당근 자루를 칼로 갈라서 열었다.

"아래는 검은색, 위는 하얀색. 맞지?"

"네, 쉽게 구할 수 있을 거예요. 학교에서 돌아오는 길에 재활용품 가게에 들러 쓸 만한 게 있나 볼게요."

"그래."

엄마가 말했다.

그날 밤, 나는 단어장을 펼쳤다. 무릎 위에 웹스터 사전을 올려놓고 침대칸에 앉았다. 기차가 지나가면서 우리 트레일러를 흔들었다. 뭔가 아늑하게 느껴졌다. 마치 트레일러가 커다란 아기 침대라서 우리가 그 안에서 잘 잘 수 있도록 이부자리를 봐 주는 것 같았다.

엄마가 물었다.

"배고프지?"

그 한마디가 기분 좋은 느낌을 더해 주었다.

"네, 엄마. 냄새 아주 좋아요."

나는 피콜로를 쳐다보았다. 피콜로는 우리 한켠에 있었다. 벌써 새 둥우리를 만들기 시작했다.

26. 좋은 일 나쁜 일

12월 1일, 나는 이날 하루 종일 좋은 일과 나쁜 일 사이에서 왔다 갔다 했다. 마치 내 인생에 스위치가 달려서 누가 껐다 켰다 하는 것 같았다.

아침에 나 혼자서 일어났다. 엄마는 여전히 자고 있었다. 두꺼운 건포도 빵 마지막 조각이 남아 있었다. 내가 좋아하는 빵이었다. 빵을 토스트기에 넣었다. 토스트기가 윙윙 콧노래를 부르며 빵을 굽는 동안 나는 빨아 놓은 옷 무더기를 뒤져서 다리 쪽에 아직 고무줄이 제대로 남아 있는 속옷을 찾았다. 그렇지 않으면 속옷이 하루 종일 다리 위로 돌돌 말려 올라갔다. 팬티를 찾는 동안 토스트가 기계 사이에 끼어서 타고 말았다. 공장 굴뚝처럼 연기가 펄펄 나는 바람에 토스트기를 밖으로 가지고 나가야 했다.(난 아직 목욕 가운만 입고 있었다.) 신호를 기다리던 트럭 운전수가 나를 보고 껄껄 웃기 시작했다.

나는 혼자 중얼거렸다.

"무슨 상관이래. 살다 보면 토스트 태워 먹을 수도 있는 거지."

트레일러 안으로 돌아왔을 때 나는 멀쩡한 팬티 한 장이 오늘 입으려고 한 스웨터에 들러붙어 있는 걸 발견했다. 정전기 때문이었다. 그야말로 일석이조였다. 하루 종일 엉덩이 사이에 옷이 끼는 사태도 피하고, 또 등에다가 팬티를 붙이고 다니는 창피를 당하지 않아도 되었으니까.

그런 다음 나는 달력을 12월로 넘겼다. 그것도 좋은 일이었다. 난 무슨 일이든 첫 번째 날이라면 다 좋았다. 하지만 트레일러에서 맞는 12월의 첫 번째 날에는, 달력이 고리에서 떨어지더니 바닥에 부딪히며 우당탕 소리를 냈다. 엄마가 방에서 조용히 하라고 소리를 질렀다. 나는 까치발을 하고 화장실로 들어갔다. 이게 무슨 일이람. 첫 생리가 찾아왔다. 다시 확인해 보았지만, 역시 내 유일하게 멀쩡한 팬티 가운데에 분홍빛 붉은 얼룩이 묻어 있었다.

"오 맙소사!"

혼자서 중얼거렸다. 무슨 이유 때문인지 이만큼 어른이 되었다는 생각이 들자 웃음이 피어올랐다. 비록 아주 잠깐 동안이었지만. 나는 계속해서 스스로에게 속삭였다.

"뭔가를 해야 해. 이걸 어떻게든 처리해야 해. 아, 하나밖에 없는 멀쩡한 팬티를 못 입게 되었잖아! 미치겠네!"

엄마 침실 쪽으로 가서 조용히 엄마를 불렀다.

"아유, 제발 좀!"

엄마는 머리 위에 베개를 뒤집어썼다.

"조용히 좀 해!"

엄마가 신음 소리를 냈다. 다시 잠들었는지 엄마는 가만히 누워 있었다.

나는 엄마에게 다가가 몇 번 어깨를 흔들었다. 마침내 엄마가 눈을 뜨고 나를 바라보았다.

"엄마, 나 생리해요."

엄마가 일어나 앉아 눈을 껌벅였다.

"내 이럴 줄 알았어! 내 예감이 맞았어! 크리스마스 전에 네가 초경을 할 줄 알았다니까! 엄마 예감이 맞지?"

나는 고개를 끄덕였다.

"맞아요. 나 필요한 게 있어요. 생리대랑, 엄마, 난 진짜로 새 팬티가 필요해요. 드와이트 아저씨가 돈 보내면 속옷 좀 사 줘요. 돈이 올 때가 됐잖아요, 맞죠? 그리고 아저씨 이야기가 나와서 말인데, 아저씨한테는 얘기하지 마요, 알았죠?"

엄마는 웃음을 터뜨렸다.

"드와이트는 너무 둔해. 그 인간은 여자에 대해서는 아무것도 몰라. 그리고 네 말 듣고 보니, 돈 보내는 게 늦네."

엄마는 베개를 옆으로 던지고 침대에서 나왔다.

"오늘이 12월 첫날이에요. 매달 1일쯤에 오잖아요."

"그래, 그렇지, 두고 보자고."

엄마가 말했다. 엄마는 옷장으로 가서 온갖 종류의 생리대를 가지고 와 침대 위에 던졌다. 그러고는 서커스 단장처럼 소리쳤다.

"한번 써 보세요, 전부 써 보세요! 젊은 아가씨, 자, 앞으로 나오세요!"

나는 웃기 시작했다.

"그리고 여기……."

엄마는 옷장을 여느라 잠깐 말을 멈추었다.

"여기 새 팬티가 있군요. 우리 이웃에 있는 훌륭한 빨래방에서 확 쪼그라들었지요. 딱 아가씨 사이즈네요!"

엄마는 허리 고무줄에 엄지손가락을 걸더니 내게 팬티 새총을 쏘았다. 나는 공중에 뜬 팬티를 움켜쥐었다. 번쩍이는 빨간색이기는 했지만 나머지 장식은 평범한 팬티였다. 다행이었다. 나는 침대에서 생리대 하나를 집어 들고 화장실로 향했다.

엄마가 내 뒤에 대고 소리쳤다.

"학교에 생리대 몇 개 가져가는 거 잊지 마. 필요할 거야."

엄마가 하품을 하며 침대에 벌러덩 드러눕는 소리가 들렸다.

내가 대답했다.

"알았어요, 알았다고요."

헬레나 때문에 나도 그 사실을 알고 있었다. 헬레나는 벌써 여러 번 마법에 걸렸다. 그 때문에 깜짝 놀란 적도 있었다. 수학 수업 시간에 시작된 것이다. 우리가 양호실에 들이닥치자 샌디 선생님도 깜짝 놀랐다고 말했다. 나는 깜짝 놀랄 만한 것은 생일 선물이나, 점수가 잘 나온 수학 시험 같은 거라고 늘 생각했다. 어쨌거나 헬레나는 그날 계속 샌디 양호 선생님을 만나야 했다. 그래야 깜짝 놀랄 일이 대형 사고로 퍼지지 않을 테니까. 나는 책가방에 생리대 대여섯 개를 꾹꾹 쑤셔 넣었다. 내가 트레일러를 나설 즈음에 엄마는 다시 잠들어 있었다.

그날 학교는 무사히 지나갔다. 한 가지 깜짝 놀랄 일이 있기는 했다. 아침에 등교하자마자 복도에서 리베라 선생님이 부리나케 다가와 내게 송년 음악회에서 짧은 플루트 독주를 맡기겠다고 했다.

"사람들 다 보는 앞에서 혼자 일어서서 하는 거요?"

내가 이렇게 묻자 선생님이 웃었다.

"앉아 있는 게 편하면 앉아서 해도 돼. 〈밤하늘 아래서〉* 몇 소절만 연주해 줬으면 좋겠는데. 크리스마스 캐럴이니까 네 플루트 소리가 아주 잘 어울릴 것 같거든."

"고맙습니다. 서서 연주하는 건 연습해 본 적이 없어서요."

물론 그건 사실이 아니었다. 긴장해서 실수라도 할 경우, 최대한 몸을 숙이면 도대체 이 형편없는 플루트 연주자가 누구인지 사람들이 제대로 알지 못할 거라는 계산이 있었다.

그날 오후 나는 헬레나와 마리사에게 그 이야기를 했다.

"상상해 봐. 아래옷은 검은색, 윗옷은 하얀색, 얼굴은 빨간색일 거라고!"

우리는 같이 깔깔 웃었다.

---

* 원 제목은 <I wonder as I wander>이며, 민요를 바탕으로 만든 잔잔한 크리스마스 캐럴이다.

학교를 마치면서 나의 하루는 잠잠해지는 것 같았다. 별다른 사고가 없었다. 나는 편의점에 들렀다. 소울라 할머니는 이틀간 몸이 좋지 않았다가 조금씩 나아지고 있었다.

"일곱 끝났고 이제 하나 남았단다!"

할머니가 한숨을 쉬었다.

"온통 좋은 소식들이야."

엘리엇 아저씨가 「가제트」 신문을 흔들며 말했다. 나는 눈을 가늘게 뜨고서 오락 연예 기사 면이 펼쳐져 있는 걸 보았다.

"릭이 들렀거든. 멍청이 도리 식당에 대한 평이 좋게 실렸어."

엘리엇 아저씨는 싱글벙글했다.

"식당 사업에는 좋은 평이 전부나 다름없거든."

"야호! 저도 좋은 소식 있어요. 송년 음악회에서 독주를 맡게 됐어요."

소울라 할머니가 환호성을 질렀다.

"아이고, 아이고, 잘됐네. 우리 동네에 경사가 났구나. 파이 잔치라도 열어야겠는걸, 안 그래?"

나는 할머니 신호를 알아차리고 사과 파이 세 개를 전자레인지에 넣었다. 엘리엇 아저씨는 신문 평을 읽어 주었다. '정교한' 같은 단어라든가 '비할 데 없는', '굉장히 훌륭한' 같은 문구는 천천히 읽었다. 소울라 할머니는 아저씨가 기사를 통째로 외우려나 보다고 농담을 했다. 아저씨는 신문을 가슴에 안고서 헤실헤실 웃었다. 아저씨가 말했다.

"동네 식당치고는 나쁘지 않지, 그렇지?"

"엘리엇 아저씨, 아저씨는 왜 릭 아저씨랑 같이 식당에서 일하지 않아요?"

소울라 할머니가 푸 하고 웃음을 터뜨렸다가 다시 억누르려고 애를 썼다. 엘리엇 아저씨가 눈을 굴렸다. 아저씨는 천장을 쳐다보더니 길게 휘파람을 불었다. 그리고 대답했다.

"연인들끼리 같이 할 수 있는 일도 있지만, 할 수 없는 일이 있다는 것도 알게 된단다."

"네?"

"무슨 소린지 애한테 제대로 말해 줘."

소울라 할머니가 아저씨를 쿡 찔렀다. 엘리엇 아저씨는 눈을 가늘게 뜨고 나를 바라보았다.

"내가 식당 일에 참견하면 릭이랑 난 만날 싸우고 앉았을 거야. 안 봐도 뻔해. 누가 와서 우리가 문명인답게 굴고 있는지 확인하지 않으면 우린 벽지도 한 장 같이 못 붙일걸."

"어, 서로에 대해 그런 걸 그냥 아는 거예요?"

내가 묻자, 소울라 할머니가 킥킥 웃었다.

"뭐, 지내다 보니 알게 된 거지."

엘리엇 아저씨가 할머니 말이 옳다는 듯이 고개를 끄덕였다.

나는 앉아서 사과 파이를 먹으며 드와이트 아저씨와 한나 아줌마를 생각했다. 아마도 두 사람은 같이 벽지를 붙일 수 있을 거다. 아저씨와 아줌마는 잘 지냈다. 엄마와 드와이트 아저씨는 한 번도 그러지 못했지만.

  날이 점점 짧아졌다. 오후 4시인데 해가 떨어지기 시작했다. 나는 길을 건너 트레일러의 계단을 올랐다. 잠깐 멈춰 서서 토스트기를 흔들어 빵 부스러기를 털어 냈다. 토스트기는 아침에 놔둔 자리에 그대로 있었다. 전선을 돌돌 감고 안으로 들어갔다. 엄마는 집에 없었다. 하지만 트레일러에서 점심을 먹었다는 건 알 수 있었다. 설거지대에 그릇이 놓여 있었다. 우리는 아직도 엄마가 무료 급식소에서 얻어온 시체로 만든 칠면조 수프를 먹고 있었다. 냉동고 안에 수프가 가득했다. 나쁜 일은 아니었다.
  나는 설거지를 했다. 설거지를 다 했을 즈음에, 엄마가 차를 대는 소리가 들렸다. 엄마는 손잡이가 달린 커다란 쇼핑 가방을 가지고 들어왔다. 앞머리를 쓸어 올리는 모습이 보기 좋았다. 볼이 분홍빛으로 물들어 있었다. 엄마는 웃고 있었다.
"이것 봐라!"
  엄마가 쇼핑 가방을 들어 보였다.
"어, 뭐예요?"
  엄마가 키득키득 웃었다. 엄마는 가방에서 상자를 휙 끄집어내어 탁자 위에 던졌다. 그리고 뚜껑을 흔들어 열고 포장지를 열어 젖히더니 기다란 드레스를 들어올렸다. 가슴 전체에 커다란 흰색 주름이 달려 있고 딱 달라붙는 검은색 드레스였다. 어깨끈은 말 그대로 가느다란 줄일 뿐이었다. 엄마가 어디 근사한 곳에 갈 때 즐겨 입는 스타일이었다.

엄마가 숨 가쁘게 물었다.

"어때?"

드레스는 꼭 검은색 지팡이에 생크림을 올려놓은 것처럼 보였지만 사실대로 말하고 싶지는 않았다.

"음, 저기, 엄마 어디 가요?"

엄마는 나를 보며 머리를 갸웃했다.

"내가 가긴 어디를 가. 네가 가는 거지!"

"내가요? 내가 어딜 가요?"

"연주회에 가잖아. 아랫도리는 검은색, 윗도리는 흰색!"

엄마는 손으로 드레스를 쓱 훑는 시늉을 했다.

나는 천천히 말했다.

"어……. 엄마. 그거 어른들 드레스 아니에요?"

"그래. 넌 이제 어른이잖아?"

엄마는 뻐딱하게 서서 엉덩이에 손을 얹었다.

"어, 저, 하지만 난 치마에 스타킹 신고 풀오버나……."

"애디슨! 그건 흔해 빠졌잖아! 가서 이거 입어 봐! 내 방에 들어가서 입어."

나는 머뭇거렸다.

"어서!"

엄마가 내게 드레스를 들이밀었다.

나는 마지못해 드레스 안으로 꿈틀꿈틀 기어들어 갔다. 하지만 모든 게 이상했다.

내가 소리쳤다.

"주름 장식 때문에 팔을 위로 쳐들고 있어야 할 것 같아요. 게다가 따끔거려요. 브래지어도 보이고요. 배에다 타이어를 두른 것 같아요."

"어디 보자."

나는 방에서 걸어 나갔다.

"어머나! 끝내준다! 똥배 좀 넣어 봐."

엄마가 다가와 나를 한 대 철썩 쳤다.

나는 끙 앓는 소리를 내며 어깨끈을 조절하고 속옷을 보이지 않게 잡아당겼다.

"이 옷은 못 입겠어요."

나는 고개를 가로저었다.

"왜 못 입어? 멋지기만 하구만."

엄마는 담배에 불을 붙이고서 나를 잠시 바라보았다.

"엄마, 다른 애들은 이것보다 훨씬 단순한 옷을 입는다고요. 이건 너무 화려하고 너무 달라붙어요."

"내가 보기에는 훌륭해."

나는 아주 곤란한 상황에 빠졌다는 걸 깨달았다. 엄마 얼굴에 엄마만의 '난 이미 마음먹었어.' 표정이 있었다. 나는 축 늘어져서 문설주에 기대섰다. 어째서 이런 일이 일어나는 걸까?

"이리 와 봐."

엄마가 머리에서 핀을 뽑으며 말했다. 엄마는 내 머리칼을 목 위로 끌어올리더니 말아서 핀으로 고정했다.

"됐다. 어머나! 너 열일곱 살은 되어 보인다."

"내 말이 그 말이라고요!"

나도 모르게 목소리가 올라갔다.

"엄마, 미안하지만 난 이 드레스 싫어요. 음악회하고도 어울리지 않고, 나한테도 안 어울려요."

엄마는 잠시 가만히 있더니 말했다.

"어쩌지, 애디슨? 검은색 아랫도리, 흰색 윗도리. 이 옷 아니면 없어."

트레일러 문을 두드리는 소리가 들리지 않았다면 나도 내가 무슨 행동을 했을지 모르겠다. 나는 몸을 가리러 스위트룸으로 뛰어 들어갔다. 엄마가 문을 열자 드와이트 아저씨의 목소리가 들렸다.

"드와이트 아저씨!"

나는 아무 생각 없이 방 밖으로 나서고 말았다. 아저씨는 커다란 흰색 포인세티아를 안고 있었고, 손가락 사이에는 봉투가 끼워져 있었다. 아저씨는 나를 쳐다보고 입을 떡 벌렸다.

"우아!"

그러더니 또.

"우아!"

아저씨의 눈이 휘둥그레졌다. 금방이라도 뒤로 쓰러질 것처럼 보였다.

"난, 그냥, 저기, 오늘 공급자 만나러 스케넥터디에 오게 돼서 말이야. 온 김에 돈을 직접 가져다줄까 하고. 패션쇼 놀이 같은 거하고 있는 거야?"

"아니야."

엄마가 말을 잘랐다. 엄마는 아저씨한테 봉투를 받아서 손가락을 넣어 만져 보았다.

"내가 사 줬어. 쟤 곧 연주회 나가잖아."

"뭐? 데니즈! 이봐, 이건 좀 더 생각해 봐야 할 것 같은데."

아저씨는 나를 위아래로 훑어보았다.

"내 말은, 거 참! 맙소사!"

아저씨가 고개를 절레절레 흔들었다.

난 눈을 꼭 감았다.

'제발 눈을 뜨면 헐렁한 운동복 차림이게 해 주세요!'

하지만 그런 행운은 일어나지 않았다.

엄마가 말했다.

"뭐 어때, 이제 쟤도 여자인데."

나는 엄마에게 애원했다.

"엄마! 안 돼요!"

"여자?"

아저씨는 엄마와 나를 번갈아 쳐다보았다.

엄마가 히죽히죽 웃으며 말했다.

"한번 맞혀 봐, 드와이트."

"엄마, 말하지 않기로 약속했잖아요!"

순간 침묵이 흐른 뒤 드와이트 아저씨가 말했다.

"아! 정말이야? 아, 저, 내 말은, 우아!"

"아유, 용하기도 해라. 드와이트, 다시 한 번 말해 줄래?"

엄마가 능글맞게 웃었다.

"그만해, 데니즈."

드와이트 아저씨가 말을 더듬었다.

"어, 애디야, 잘됐구나."

아저씨는 어깨를 으쓱하더니 빈손으로 턱을 어루만졌다. 나는 아저씨가 불편해하는 모습을 못 본 척했다.

"아저씨, 이 드레스 어때요?"

나는 드와이트 아저씨에게 도움을 청해 보기로 했다. 나는 양손을 흔들며 속으로 외쳤다.

'도와주세요!'

아저씨는 탁자 위에 포인세티아를 내려놓았다.

"어, 그래. 그래, 데니즈. 이 드레스는 좀 아닌 것 같아. 애디도 불편해하고."

"딱 맞는데 왜 그래?"

"뭐, 그건 사실인데. 하지만……."

아저씨는 고개를 저었다.

"애디는 아직 애야. 이제 겨우 열세 살이라고. 데니즈, 이건, 이건 좀……."

아저씨는 다시 나를 바라보더니 후 하고 입김을 불어 아저씨 앞머리를 날렸다.

"맙소사, 나도 모르겠다."

나는 가슴 앞에 팔짱을 끼고 발만 내려다보려고 애썼다. 드레스의 주름 장식이 코를 간질였다. 드와이트 아저씨는 왜 저렇게 바보같이 구는 걸까?

"애디야, 있잖아. 미안하다."

아저씨는 손을 뻗어 내 턱을 들어올렸다. 나는 뒤로 살짝 물러났다.

"애디 네 말이 맞아. 이 드레스는 너무 나이 들어 보여."

"왜 이래? 내 눈에는 아주 멋져 보이는구만."

엄마가 결론을 내렸다.

"게다가, 당신한텐 이래라저래라 할 권한이 없어."

엄마는 드와이트 아저씨를 향해 돌아서서 딱딱한 웃음을 지어
보였다.

"안 그래?"

바로 그거다. 나도 알고 있었다. 엄마 말이 맞았다. 달리 나를 맡
을 사람이 없었다. "애디한테 그런 드레스 입히지 마." 하고 말할
수 있는 사람은 아무도 없었다.

"그만 쳐다보세요."

나는 엄마와 아저씨 사이를 밀치고 지나가 검은 지팡이 드레스
를 질질 끌며 침대칸으로 올라갔다. 커튼을 잡아당겼지만 끝까지
치지는 않았다.

엄마가 말했다.

"참 나, 잘난 아빠 양반, 당신이 한 일을 좀 보라고! 애 속만 상
하게 만들었잖아!"

"이봐!"

드와이트 아저씨가 엄마를 향해 손가락질을 했다.

"엉터리 부모상의 영광을 그렇게 쉽게 떠넘기려고……."

아저씨가 잠깐 멈추었다 말을 이었다.

"데니즈, 당신 그거 알아? 됐어. 그만두자고. 아예 말을 말아야
지. 애디야, 나중에 전화하마. 아, 그리고 한나가 이 시디 전해 달
라고 하더라. 뭔지 알 거라고 하던데."

아저씨가 시디를 내려놓는 소리가 들렸다. 아저씨는 커튼 안을 힐

끔 들여다보았다. 나는 아저씨가 볼 수 없는 곳으로 물러났다.

"전화할게."

아저씨가 되풀이해서 말했다. 그리고 떠났다.

엄마와 나는 드레스에 대해서 더 이상 이러쿵저러쿵 말하지 않았다. 사실 우리는 아예 말을 하지 않았다. 나는 옷을 갈아입었다. 우리는 토스트와 칠면조 수프를 먹었다. 엄마는 〈명판사 저 넷〉을 보았다. 내가 숙제를 막 마쳤을 때 드와이트 아저씨가 전화를 했다.

"애디야, 널 부끄럽게 할 마음은 아니었단다."

"알아요."

"잘 안 들려."

나는 코를 훌쩍였다. 눈물이 날 것 같아서 눈을 깜박이고는 큰 소리로 말했다.

"안다고 했어요."

"난 꼬마 아가씨가 쑥쑥 자라나는 데 익숙하지 않아서 말이야. 그 방면으로는 아는 게 아무것도 없거든. 완전 숙맥이야."

"걱정하지 마세요."

"네 연주회에 꼭 갈 거야, 알지? 너만 괜찮다면 꼬맹이들이랑 한 나도 같이 갈 거란다."

"네."

다시 드레스 생각이 떠올랐다. 결국 눈물이 주르륵 흘렀다. 나는 소매로 코를 문질러 닦았다. 엄마는 나를 쳐다보더니 내가 이상하게 군다는 듯이 눈을 굴렸다. 그러고는 다시 저넷을 보는 데 집중했다.

나는 드와이트 아저씨에게 별달리 말을 건네지 않았다. 아저씨는 여자가 된 걸 축하해 주려 했지만 쩔쩔매느라 말이 이리저리 꼬이기만 했다.

"됐어요."

그리고 나는 작별 인사를 했다. 전화를 끊자마자 아저씨에게 퉁명스럽게 굴었던 게 미안해졌다. 아저씨는 내 편을 들어 주려고 애썼다. 그런데 나는 고맙다는 말도 하지 않았다.

나는 코를 흥 풀고 침대칸으로 자러 들어갔다. 엄마는 텔레비전을 보며 계속 깔깔거렸다. 커튼 밖을 슬쩍 내다보니 엄마가 포인세티아 화분에 담배를 끄는 모습이 보였다. 나는 피콜로처럼 동그랗게 몸을 말았다. 어서 잠들어 버리고 싶었다.

27. 꽃을 피우려는 의지

12월 12일은 일 년 중 해가 짧은 날로 손꼽히지만 학교에서는 길고도 긴 날이었다. 우리는 7교시를 기다리고 있었다. 그 시간에 스테이지 오케스트라가 선생님과 학생들 앞에서 송년 음악회 연주를 하기로 되어 있었다. 일종의 총연습인데, 드레스를 입지 않는다는 것뿐이었다. 물어볼 것도 없이 내게는 오히려 잘된 일이었다. 마침내 교장 선생님이 스테이지 오케스트라 단원들은 강당에 모이라고 방송을 했다. 나는 로버트와 헬레나를 따라 공연장으로 내려갔다.

잘은 모르겠지만 내 생각에는 지금까지 했던 연습 가운데 가장 연주를 잘했던 것 같다. 누구도 음을 놓치거나, 끼익 소리를 내지 않았다. 혼자 뒤처지는 사람도 없었다. 곡마다 박자도 잘 맞았다. 독주 부분에서 나는 리베라 선생님만 쳐다보았다.(악보를 읽을 수 없어서 생긴 장점이 한 가지 있다면, 지휘자를 계속 쳐다볼 수 있다는 점이다.) 나는 선생님의 신호에 딱 맞추어 들어갔고 한 음도 틀리지 않았다.

리베라 선생님은 만족스러워했다. 청중들이 계속 박수를 치는 동안 선생님은 단원들 쪽으로 얼굴을 돌렸다.(짝짝짝 소리가 이어졌다.) 선생님은 예쁜 빨강 입술로 우리 모두를 향해 '수고했어요.'라는 입모양을 지어 보였다. 가슴에 피가 휘몰아치면서 따뜻함이 느껴졌다.

총연습이 끝나자 각자 악기를 싸느라 무대 위가 시끌시끌했다. 아직 시작하지도 않은 음악회 본공연 이야기로 모두 들떠 있었다. 나는 잠시 의자에 앉아 있었다. 필요 이상으로 플루트를 싹싹 닦았다. 보든 초등학교에 플루트를 돌려줘야 했다는 생각이 끊임없이 들었다. 끔찍한 드레스도 자꾸만 떠올랐다.

"애디?"

나는 눈을 깜박이고는 헬레나를 올려다보았다.

"무슨 일 있어? 우리 꽤 잘한 것 같은데, 안 그래?"

헬레나의 목소리가 어찌나 활기 넘치는지 웃지 않을 수 없었다.

"맞아. 내가 무슨 생각을 했느냐면……."

나는 잠깐 말을 멈추었다.

"음악회를 또 하지 않아도 된다면 좋겠다는 생각을 잠깐 했어. 이걸로 끝난 거면 좋겠거든. 밤에 여기 돌아와서 부모님이나 할아버지, 할머니 들 앞에서 연주하고 싶지 않아."

또는 새엄마, 새아빠나.

"게다가 지금처럼 잘하지 못하면 어떻게 해?"

"애디, 너 왜 그래?"

헬레나가 인상을 찌푸렸다.

눈가가 시큰했다.

"아니, 사실이 그렇잖아. 로버트가 〈겨울의 노래〉의 긴 음을 한 활로 다 켜지 못하면 어떡해? 여태 계속 틀렸잖아."

헬레나가 고개를 약간 끄덕였다.

"그리고 나 말이야. 하루에 두 번이나 독주를 틀리지 않고 연주할 수 있을까?"

나는 고개를 흔들었다.

"뭐, 어차피 상관없겠지."

플루트를 분리해서 가방에 넣으려는데 손이 자꾸 어설프게 움직였다. 수백 번도 더 해 본 일인데, 오늘은 좀처럼 제대로 되지 않았다. 나는 다시 플루트 각 부분의 자리를 바꾸었다. 헬레나가 내 곁에 앉았다.

내가 속삭였다.

"오늘 밤 입을 내 드레스, 완전 끔찍해."

"어머, 너 드레스 입니? 난 대대손손 물려져 내려온 치마를 입어야 해. 치마 길이가 길다고 하기에는 너무 짧고, 짧다고 하기엔 너무 길어. 입고 있으면 완전 멍청해 보인다니까."

헬레나는 콧방귀를 뀌었다.

내가 말했다.

"엄마가 드레스를 사 왔어. 그런데, 그게, 어른 드레스야. 진짜 모델들이나 입을 파티용 드레스."

"어머나."

헬레나가 아랫입술을 쭉 내밀었다.

"게다가 얼마나 달라붙는다고. 어깨끈은 간당간당 매달려 있고, 브래지어도 보여. 아, 헬레나, 난 도저히 그 옷 못 입겠어."

"어떻게 할 거야?"

나는 어깨를 으쓱해 보였다.

"방법이 없어. 엄마는 무조건 그 옷을 입어야 한대."

"드레스 위에 스웨터를 걸쳐 입으면 어떨까?"

나는 그 방법에 대해 생각해 보았다.

"안 될 거 같아. 가슴에 주름 장식이 너풀너풀 달려 있거든. 꼭 발레리나 치마 같아."

어떻게든 스웨터 안에 장식을 쑤셔 넣을 수도 있을 것 같았다. 하지만 그건 엄마가 허락하지 않을 거다.

"난 완전 궁지에 몰린 쥐야."

"너무 신경 쓰지 마. 네가 뭘 입든 상관없어."

헬레나가 내 어깨에 손을 얹었다.

"넌 오늘 밤 아주 근사할 거야. 우리 모두 그럴 거고."

헬레나와 나는 집에 오는 내내 붙어 있었다. 우리는 같이 '어니언' 대학교의 교문을 지났다. 나무들이 헐벗고 서 있었지만 날씨는 포근했다. 그간 몇 번인가 눈이 내렸다. 길 여기저기에 생긴 웅덩이는 밤이 되면 꽁꽁 얼어붙었다. 노트 거리의 가게들과 집들은 크리스마스 장식으로 치장되어 있었다. 헬레나와 나는 걸어가면서 서로에게 근사하게 장식된 건물들을 가리켜 보였다. 티베트 가게의 유리창 너머는 언제나처럼 종이 초롱과 자수가 놓인 기도용 무릎 깔개, 그리고 고운 밧줄에 달린 황동 종들로 빽빽했다. 마침 우리가 가게 앞을 지날 때 안에서 주인이 알록달록한 전등을 켰다. 유리창이 커다란 크리스마스 장식처럼 빛났다.

6번 소방서 사람들은 바빴다. 한 소방관 아저씨가 노란색 고무 외투를 입고 팔을 활짝 편 채 서 있고, 다른 아저씨가 호스로 물을 뿌려 진흙을 떨어내 주고 있었다.

나는 헬레나를 쿡 찌르며 말했다.

"저거야. 저게 내가 필요한 거야. 6번 소방서 전용 대형 비옷 말이야."

헬레나는 손으로 웃음이 새어나오는 걸 막았다.

"저걸 입고 플루트 연주하기는 좀 어려울 것 같은데."

헬레나가 깔깔거리며 말했다.

"가 봐, 애디야. 아저씨한테 빌려 달라고 부탁해 봐!"

"아유, 헬레나!"

나도 웃었다.

바로 그때 고무 외투를 입은 아저씨가 우리를 쳐다보더니 팔을 펄럭였다. 나는 헬레나를 쿡 찌르며 계속 걸어가도록 했다. 거기 그대로 있었다면 또다시 웃음보가 터졌을 것이다.

우리가 헤어지는 장소인 '거위 언덕 이발소' 앞에서 헬레나가 말했다.

"오늘 밤에 올 거지? 몰래 빠지는 거 아니지?"

나는 그 자리에 서서 이발소 창문 너머에 있는 아름다운 나무를 바라보았다. 접시만 한 붉은 꽃 몇 송이가 피어 있었다. 이발사 아저씨는 나뭇가지에 하얀빛의 작은 전구를 수없이 걸어 두었다. 요전 날 나는 소울라 할머니에게 그 나무 이야기를 하고 어떤 나무인지 물어보았다. 할머니가 내게 말했다.

"무궁화 같구나, 아가. 어떤 어려운 상황에서도 꽃을 피우려는 강한 의지를 가진 나무지."

'강한 의지.'

나는 헬레나에게 말했다.

"갈게. 사람들이 날 믿고 있다는 거 나도 알아."

28. 꼬불꼬불

그날 밤 엄마가 나를 학교에 데려다 주기로 되어 있었다. 드와이트 아저씨와 한나 아줌마와 꼬맹이들은 학교에서 바로 만나기로 했다. 그리고 연주회가 끝나면 모두 같이 멍청이 도리네에 가서 후식을 먹기로 했다. 그 점이 좀 불안했다. 엄마가 곧 한나 아줌마를 만나게 된다. 하지만 그 과정을 통과하면, 그리고 내 연주가 괜찮게 끝나면, 즐거운 저녁이 될 수도 있다. 게다가 생각해 보니 헬레나 말이 옳았다. 멋진 연주회가 될 게 틀림없는데, 이상한 드레스 때문에 연주회를 망칠 수는 없었다. 나는 짜증 내지 않기로 마음먹었다.

학교를 마치고 돌아왔을 때 엄마는 트레일러에 없었다. 두 시간이 흐르고, 6시가 되어도 엄마는 나타나지 않았다. 7시까지는 학교에 가야 했다. 그래서 나는 뭘 좀 먹기로 했다. 아까 냉동고에서 칠면조 수프 통을 꺼내 두었다. 아직 완전히 녹지 않은 수프를 가스레인지 위 냄비에 들이부었다.

수프를 먹으며, 혹시 엄마가 오는지 보려고 계속 창밖을 내다보았다. 6시 30분, 그릇을 씻고 나갈 준비를 하기로 했다. 총알같이 샤워를 하는 동안, 시간 대부분을 겨드랑이 털을 미는 데 썼다. 아주 조심했다. 나는 드레스에 발을 넣고 위로 홱 잡아당겼다. 드레스가 확 찢어져 버리기를 바랐다.(하지만 찢어지지 않았다.) 브래지어 끈을 주름 장식 사이에 밀어 넣었다.

나는 피콜로의 우리 곁에 서서 말했다.

"피콜로야, 넌 털을 가지고 태어나서 좋겠다."

피콜로는 수레바퀴 위에서 달리기 시작했다.

거울을 들여다보았다. 어깨가 훌렁 드러나 있었다. 스웨터를 입어 보라는 헬레나의 아이디어가 떠올랐다. 나는 엄마가 화를 내더라도 스웨터를 입어 보기로 마음먹었다. 옷가지를 뒤졌지만 마땅한 걸 찾지 못해 엄마 방으로 갔다. 엄마 서랍에서 모조 진주 단추가 달린 하얀 카디건을 발견했다. 나는 카디건에 팔을 밀어 넣고 주름 장식을 눌러 편 다음 단추를 잠갔다.

"헤헤! 가렸다!"

피콜로가 달리기를 멈추고 나를 쳐다보았다.

나는 다시 거울 앞으로 갔다.

"이건 아니야."

한숨이 나왔다. 눌러 놓은 주름이 옷 사이로 드러나 차에 치어 죽은 동물의 짜부라진 시체처럼 보였다. 주름 장식이 다시 부풀어 오르는 바람에 카디건이 말려 올라가 옷 길이가 갑자기 짧아졌다. 내가 카디건을 아래로 너무 많이 잡아당겨서 옷 모양이 삐뚤어지기 시작했다. 헬레나의 치마가 어떻게 생겼는지 몰라도 멍청해 보이기로는 단연코 내가 앞설 게 틀림없었다. 그리고 어찌나 따가운지! 망사 장식에 살이 쓸리는 게 누군가가 사포로 문질러 대는 것 만 같았다. 하지만 몸을 가릴 게 있어서 기뻤다.

"흰색 윗옷, 검은색 아래옷."

나는 거울 앞에서 이리저리 몸을 돌려 보고 괜찮아 보인다고 스스로를 다독였다.

땀 냄새 제거제를 들고 카디건 안으로 손을 들이밀었다. 옷을 열었다가는 주름이 밖으로 튀어나올 테니 어쩔 수 없었다. 겨드랑이에 땀 냄새 제거제를 듬뿍 발랐다. 머리를 빗고 이를 닦고 시간을 확인했다. 6시 50분. 까만색 뒤축 없는 구두에 발을 끼워 넣었다. 운동화 말고는 그 신밖에 없었다.

내가 피콜로에게 말했다.

"7시까지 도착하려면 날아가야 할 거야. 그리고……."

난 검지를 들고 씩 웃었다.

"엄마가 이미 너무 늦어서 내 옷을 갈아입힐 수 없을 거야…… 엄마가 나타난다면 말이지. 아, 엄마가 와야 하는데."

나는 외투를 입고 전망 창을 내다보았다. 파란 차는 코빼기도 보이지 않았다.

7시 15분, 찜통같이 더웠다. 외투의 단추를 꼭꼭 채우고 나갈 준비를 한 지 이십 분이나 되었다.

"아유, 엄마! 빨리! 빨리요!"

나는 몸을 배배 꼬며 플루트 가방의 손잡이를 꼭 거머쥐었다. 결국 나는 깨달았다.

'엄마는 오지 않아. 난 음악회를 놓치고 말 거야.'

전화기가 울렸다.

"애디니?"

드와이트 아저씨가 귀가 어두운 사람처럼 쩌렁쩌렁한 목소리로 말했다. 스테이지 오케스트라 단원들이 악기 음을 고르는 소리가 수화기 너머에서 들려왔다.

아저씨가 고함을 질렀다.

"너 어디니?"

'글쎄, 한번 생각해 보세요. 지금 어디로 전화 거셨어요?' 이렇게 말하고 싶었다. 엄마라면 아저씨에게 그렇게 말했을 거다. 나는 입술을 꽉 깨물었다.

"엄마가 잊어버린 거 같아요."

"아니 도대체, 잠깐 있어 보렴."

드와이트 아저씨가 누군가에게 말을 했다. 한나 아줌마인가? 아니다. 아저씨는 리베라 선생님과 같이 있었다.

"그냥 걸어갈걸 그랬어요."

그마저 지금은 너무 늦었다.

"애디야, 준비하고 있어! 지금 그리로 갈게!"

딸깍 소리가 들렸다.

몇 분 후 끼익 하는 소리와 함께 드와이트 아저씨가 트레일러 앞에 도착했다. 나는 한나 아줌마의 차에 뛰어들었다.(트럭은 모두가 타기에는 너무 비좁았다.) 아저씨가 하얀 이를 드러내며 웃었다.

"안녕!"

나도 웃어 보였다.

"안녕하세요!"

노트 거리를 달려가는 동안 차 안에서 플루트를 조립했다. 나는 학교 안으로 뛰어들어 무대 뒷문으로 향했다. 공기가 통하도록 문이 열려 있었다. 드와이트 아저씨는 나를 바짝 뒤따라왔다. 나는 강당 안을 힐끗 바라다보았다. 객석에는 아직 불이 켜져 있었다. 나는 맨 앞줄에 앉은 사람들 얼굴을 훑어보았다.

"오 맙소사!"

헉, 숨이 막혔다. 나는 허겁지겁 뒷걸음치다가 드와이트 아저씨의 부츠를 밟고 말았다. 나는 아저씨 팔을 잡고 애원했다.

"우리 나가야 해요!"

"애디야, 왜 그러니? 단원들이 기다리고 있잖아!"

리베라 선생님이 내 쪽으로 돌아섰다. 선생님 입가에 불안한 미소가 떠올랐다.

"드와이트 아저씨! 난 못 해요."

나는 낮게 속삭이며 아저씨를 꽉 붙들었다.

"아야!"

"여기서 무조건 나가야 해요."

나는 주차장으로 아저씨를 잡아끌었다. 심장이 터질 듯 쿵쾅거렸다. 숨쉬기가 힘들었다.

"실베스터 선생님이에요."

나는 여전히 아저씨 윗옷을 붙잡고서 말했다.

"전에 다니던 학교 음악 선생님요. 여기 와 있어요!"

"그게 어때서?"

드와이트 아저씨의 얼굴이 완전히 일그러져 있었다. 내 아랫입술이 덜덜 떨리기 시작했다.

"플루트요. 내가 플루트를 돌려주지 않은 걸 알고 있단 말이에요. 드와이트 아저씨, 농담 아니에요. 난 못 들어가요."

드와이트 아저씨가 잠시 안으로 들어가 리베라 선생님께 뭔가 말하고 다시 돌아왔다. 아마 선생님한테 나 없이 음악회를 시작하라고 했을 것이다.

"죄송해요."

아저씨가 돌아오자 내가 말했다. 나는 플루트를 벌써 분해해서 가방 뚜껑을 탁 닫았다. 무대와 연결된 문에서 음악회의 개막곡이 흘러 나왔다. 아름다웠다. 그리고 끔찍했다.

"여기 오느라 힘들었을 거라는 거 알아요. 그리고 집에 데리러도 와 줬는데."

목이 메었다.

"아니다, 아니야, 그건 신경 쓰지 마."

아저씨가 호주머니에 손을 찔러 넣었다. 하지만 좋은 옷을 차려입고 오느라 손수건을 챙겨 오지 않았다. 아저씨는 소매를 잡아당겨 먼저 내 얼굴을, 그리고 콧물을 닦아 주었다. 아저씨는 나를 아저씨 웃옷 안으로 당겨서 꼭 안아 주었다. 조금 있다가 한나 아줌마가 출입구 쪽에서 건물을 빙 돌아 다가왔다. 아줌마는 양쪽에 꼬맹이들을 한 명씩 데리고 있었다.

"괜찮은 거야?"

아줌마가 물었다. 아줌마가 동생들 손을 놓자 꼬맹이들이 나를 향해 달려왔다.

"오디 언니, 왜 음악 안 해쩌?"

케이티가 궁금해했다.

"언니, 무슨 일이야?"

브리나가 나를 빤히 쳐다보았다. 불쌍한 브리나. 브리나도 케이티처럼 아직 어리기만 하다면 좋을 텐데. 이제는 대충 얼버무리거나 앞에 아이스크림 접시를 쿵 내려놓는 것만으로는 브리나를 속일 수 없었다.

"그게, 플루트가, 플루트에 문제가 생겼어."

나는 거짓말을 했다.

"그래. 플루트를 어떻게 해야겠구나."

드와이트 아저씨가 말했다.

한나 아줌마와 브리나는 여전히 도무지 무슨 소린지 모르겠다는 표정이었다.

드와이트 아저씨가 손을 모으더니 짝 하고 박수를 한 번 쳤다. 박수 소리가 어찌나 컸는지 아저씨도 놀란 것 같았다.

"우리 드라이브하면서 동네 크리스마스 장식을 구경하면 어떨까? 그런 다음 계획대로 멍청이 도리네에 가는 거야."

"야호!"

신이 난 케이티의 입김이 차가운 공기에 닿으며 구름처럼 하얗게 피어올랐다.

"그러면 엄마도 거기서 만날 수 있을 거야."

드와이트 아저씨가 덧붙였다.

'엄마.'

엄마 이야기가 나오자 화가 치밀었다. 내 안에서 분노가 끓어오르더니 메스꺼운 느낌으로 흐릿해져 갔다.

"먼저 트레일러에 들르면 안 될까요? 옷부터 갈아입고 싶어요."

엄마는 '멍청이 도리의 생각보다 맛있는 집'에 미친 듯이 욕을 하며 들어섰다. 머리가 엉망이어서 무너져 내린 건초 더미처럼 보였다. 엄마는 그 큰 눈을 가늘게 뜨며 나를 쏘아보았다.

"너 어디 있었어?"

엄마가 내게 쏘아붙였다.

"네가 무대에 서는 걸 보려고 기껏 음악회에 갔더니만……. 애디슨, 너 드레스 때문에 이러는 거야?"

엄마는 내 옷을 뚫어져라 쳐다보았다. 나는 청바지에 티셔츠를 입고 있었다. 나는 스스로도 놀랄 만큼 차분했다.

엄마가 성난 목소리로 툭 물었다.

"드레스는 어디 있어?"

긴 침묵이 흘렀다. 결국 드와이트 아저씨가 일어섰다.

아저씨가 낮고 점잖은 목소리로 말했다.

"자자, 데니즈. 오늘 꼬이는 일들이 좀 있었어."

내가 웅얼거렸다.

"그래요. 꼬불꼬불 꼬였지요."

엄마가 나를 쳐다보며 물었다.

"음악회는 어떻게 된 거야?"

난 어깨를 으쓱했다.

"플루트에 문제가 좀 있었어."

드와이트 아저씨가 내 대신 대답했다. 그리고 내 어깨를 다독이며 내게 물었다.

"그렇지, 애디?"

"네."

"어, 뭐라고? 부러졌어? 그럼 고치지 뭐."

엄마가 말했다. 엄마는 손으로 얼굴에 붙은 머리카락을 쓸어 넘겼다.

"그렇게 간단한 일이 아니에요."

내가 중얼거렸다.

"애디슨, 무슨 소리 하는 거야? 도대체 무슨 일인지 그냥 말 좀 해 줄 사람 없어?"

"일단 파이부터 한 조각 주문하자고, 응? 앉아 봐."

드와이트 아저씨가 엄마에게 의자를 내주며 엄마 등에 손을 얹었다.

"그리고 여기는 한나……."

엄마가 아저씨의 팔을 뿌리쳤다. 아저씨는 멀찌감치 물러났다.

나는 내 주위를 둘러보았다. 한나 아줌마는 입술을 앙다물고 있었다. 케이티는 한나 아줌마 품에 쏙 안겨 있고, 브리나는 손가락으로 냅킨을 꼬면서 무릎만 쳐다보고 있었다.

'아주 잘 풀리네.'

나는 목을 가다듬었다.

"엄마, 난 트레일러에서 엄마를 기다렸어요."

이 말을 하면서 나는 엄마의 눈을 들여다보았다.

"아주 영원토록 기다렸다고요."

29. 믿었**는**데

엄마는 아무 말 없이 나를 쳐다보았다. 한나 아줌마가 조그맣게 목 가다듬는 소리를 냈다. 아줌마는 한 팔로 케이티를 감싸고 있었다. 다른 손은 브리나의 무릎 위에 올려져 있었다. 드와이트 아저씨는 가만히 기다리고 있었다. 아저씨는 자주 그랬다. 아슬아슬한 공중그네 곡예에서 날아오는 곡예사를 잡아야 하는 사람 같았다. 하지만 그물의 크기가 충분하지 않았다.

엄마와 나는 서로 가만히 쳐다보기만 했다. 그러더니 엄마가 그걸 했다. 눈 깜박이기. 마치 이제 막 잠에서 깨어나는 사람처럼 말이다. 엄마는 손에 얼굴을 묻고 손가락으로 관자놀이를 눌렀다. 나는 그 행동을 알고 있었다. 그건 엄마가 이제 성질을 다 부렸다는 뜻이었다. 나는 의자에 몸을 기대고 계속 엄마를 쳐다보았다. 엄마는 언덕 위에서 기름이 떨어져 버린 차처럼 보였다.

"데니즈? 괜찮아?"

드와이트 아저씨가 물었다.

엄마는 천천히 의자에 앉았다. 엄마의 가방이 바닥에 철퍼덕 떨어졌다.

"난 저기, 그냥 잘, 모르겠어. 피곤하네. 걱정했어. 아무도 보이지 않잖아."

엄마는 같이 앉은 사람들을 하나하나 바라보았다.

"아무도 학교에 없었다고."

한나 아줌마가 부드럽게 말했다.

"저희 여기 있잖아요. 이제 찾으셨잖아요."

엄마가 한나 아줌마를 쳐다보았다. 엄마 얼굴에는 별다른 표정이 없었다. 한나 아줌마는 억지로 미소를 지었다. 나는 한나 아줌마를 따로 불러 말해 주고 싶었다. 그런데 뭐라고 말하지? 엄마한테 괜히 마음 쓰지 말라고?

"당신이 한나로군요."

엄마가 말했다. 이제 엄마는 한나 아줌마에게 집중했다.

"네, 반가워요."

한나 아줌마가 말했다. 미소가 상냥해 보였다.

엄마의 눈길이 한나 아줌마와 동생들이 서로 기대고 있는 모습을 훑는 것 같았다. 케이티는 분홍빛 손가락으로 아줌마의 스웨터 소매를 감싸 쥐고 있었다. 브리나는 안락의자에 몸을 비비는 고양이처럼 한나 아줌마에게 귀를 부비고 있었다. 그 순간 나는 엄마가 가엾게 느껴졌다. 저 아이들은 엄마의 아가들이었다.

케이티가 침묵을 깼다.

"엄마, 나 어릿광대 아스크림 먹어."

케이티는 엄마에게 아이스크림을 보여 주려고 그릇을 돌렸다.

"봐요."

"이야, 근사한데."

엄마의 목소리는 차분했다.

"브리나, 넌 뭐 시켰니?"

"그냥 아이스크림선디*요."

브리나는 고개를 숙이고 다시 냅킨으로 손장난을 치기 시작했다. 그릇에 놓인 숟가락 둘레에 아이스크림이 웅덩이를 이루고 있었다.

엄마가 웃는 얼굴로 브리나에게 물었다.

"더 안 먹을 거니? 녹아서 수프가 되고 있는데."

하지만 브리나는 엄마를 쳐다보지 않았다. 그저 냅킨만 비틀어 댔다.

케이티가 톡 끼어들었다.

"우리 클스마스 장식 봐쪄."

엄마가 물었다.

"그래? 눈사람 봤니? 순록도 봤고?"

그렇게 그날 밤 남은 시간이 흘러갔다. 케이티가 모든 것을 환하고 달콤하게 만들었다. 하지만 나는 케이티가 지금의 브리나만큼 자라면 어떻게 될지 궁금했다. 그때는 어쩌면 온 식구가 냅킨을 비틀어 대고 있을지도 모른다.

---

* 유리 그릇에 아이스크림을 넣고 과일, 과자, 초콜릿 등을 얹은 간식.

그날 밤 침대칸에 몸을 옹크리고 누워 있는데, 기분이 정말 엉망이었다. 음악회를 놓쳤다. 모두를 실망시키고 말았다. 나는 베개에 팔을 감고 세게 쥐어틀었다. 지난 몇 주간 12월 12일만 기다려 왔다. 이제 12월 12일은 끝났고 돌아갈 수 없다. 나는 그 플루트도 다시 잡지 않기로 마음먹었다.

'이런 일은 언제든지 또 생길 수 있어.'

오늘 밤이 다시 되풀이될 거다.

음악회는 아니더라도 비슷한 일이 생길 거다. 이제 플루트를 훔치는 일은 없겠지만 우스꽝스러운 드레스를 입게 되는 일은 또 생길 수 있다. 아니면 더 나쁘게는, 결코 오지 않는 차를 기다려야 할 수도 있다. 나는 리베라 선생님이 얼마나 나를 기다렸을지, 또 스테이지 오케스트라 단원 전체가, '바로 내 친구들이!' 얼마나 나를 기다렸을지 생각해 보았다. 하지만 모두가 나를 믿어 주었을 때 나는 도망쳤다. 그게 가장 마음에 걸렸다. 나를 '믿고 있었다'는 점 말이다.

눈물로 베개를 흠뻑 적셨다. 예전에도 여러 가지 일들이 있었다. 나는 이학년 때부터 학교 도서관에서 책을 빌리지 않았다. 집에서 늘 책이 사라졌기 때문이다. 난장판 속에서 사라져 버렸다. 나는 그 문제를 바로잡았다. 매주 반에서 도서관에 갈 때마다 나는 책을 고르는 데 지나치게 시간을 끌었다. 그러면 시간이 모자라서 어떤 책도 빌릴 수 없었다.

나는 어둠 속에서 속삭였다.

"전에는 좀 더 똑똑했는데! 애초에 플루트를 빌리지 말았어야 했어!"

잠들기 전에 계획을 짰다. 플루트는 있어야 할 자리로 돌아가게 될 거다.

30. 얼어붙은 작별 인사

다음 날 아침에 샤워를 하고 나오는데 엄마가 전화 통화하는 소리가 들렸다.

"그러든지. 드와이트, 생각해 볼게. 지금 바로 대답해 주지는 않을 거야. 그리고 다음번엔 토요일에 이렇게 일찍 전화하지 마!"

엄마는 수화기를 쾅 내려놓았다.

나는 수건으로 머리를 닦으며 말했다.

"나와서 전화 안 받아서 미안해요."

엄마는 아무 말 없이 담배에 불을 붙이더니 가운을 여몄다.

"드와이트 아저씨가 뭐래요?"

"널 원한대."

"정말요?"

엄마가 고개를 끄덕였다.

"크리스마스 연휴 며칠 동안."

"아."

나는 잠깐 잠자코 있다가 말했다.

"잘된 거 아니에요? 며칠 동안만이라면요. 엄마랑 피트 아저씨는 일할 거잖아요."

"드와이트한테도 말했다시피 생각해 볼 거라니까."

나는 거기서 물러섰다. 엄마 기분이 특유의 '밀어붙이지 마.' 상태였다.

"엄마, 있잖아요? 오늘 뭐 해요?"

"한 시간 안에 나가야 해. 한동안 집에 못 들어올 거야. 왜?"

"그냥 궁금해서요."

엄마의 차가 멀어지자마자 나는 겨울 외투를 입고 모자와 장갑으로 똘똘 쌌다. 길고 차가운 산책이 나를 기다리고 있었다. 날씨가 추워졌다. 부츠를 신으려 했지만 작년에 신었던 부츠에 발이 들어가지 않았다. 발이 항공모함만 해졌다. 나는 플루트를 집어 들고 문을 열었다. 프리맨스 다리까지는 대충 1.5킬로미터 정도, 아니면 그보다 조금 더 떨어져 있었다. 인도는 갈색으로 얼어붙은 눈과 빙판 때문에 장애물 코스나 다름없었다. 나는 지나가는 차를 억지로 세우면서 횡단보도를 건넜다. 플루트 가방이 손잡이에 매달려 덜그럭댔다. 내가 길을 터벅터벅 걸을 때마다 가방이 엉덩이에 쿵쿵 부딪혔다. 튜바를 연주하지 않은 게 다행이었다.

드디어 프리맨스 다리에 들어섰다. 다리 아래에서는 웅장한 모호크 강의 흙탕물이 얼어붙기 시작했다. 하얀 얼음 섬들이 천천히 강을 따라 내려가며 강둑에 부딪혔다가 강물에 휩쓸리기를 반복하고 있었다. 얼음 섬들이 거대한 퍼즐을 맞추기라도 하듯이 빈자리에 자기 몸을 대보고 있었다. 하지만 12월의 강에는 얼음 말고는 그다지 살아 움직이는 것이 없었다. 아래를 내려다보았더니 현기증이 났다. 다리 한가운데에 있어서 더 그랬다. 나는 이쪽이든 저쪽이든 한쪽 끝에 몇 발자국이라도 더 가까이 있는 게 좋았다. 반대편 눈 더미 위에 발을 딛을 때까지 똑바로 앞만 쳐다보며 내 발이 철판으로 만든 인도를 긁는 소리에 귀를 기울였다. 나는 물건을 전달하는 임무를 띤 비밀 요원이었다. 손에 든 플루트 가방을 앞뒤로 흔들었다. 월요일 아침까지 무슨 일이 있었는지 아무도 모를 것이다. 나는 다시는 플루트에 관해 어떤 이야기도 듣지 않기를 바랐다.

걸으면서 음악회를 위해 준비했던 곡들을 흥얼거리기 시작했다. 〈세계 크리스마스 캐럴 모음곡〉을 처음부터 끝까지 흥얼거리고 나서 〈겨울의 노래〉라는 러시아 민요로 넘어갔다. 〈시바 여왕의 도착〉을 흥얼거릴 때, 헬레나 생각이, 우리가 함께한 즐거운 시간이 떠올랐다. 나는 어깨를 흔들며 춤을 추었다. 스테이지 오케스트라와 함께한 시간이 그리울 테지만, 조금만 있으면 남의 물건을 훔쳤다는 사실에서 벗어날 수 있다. 그래서 마음이 놓였다. 나는 플루트 가방을 앞에 들고서 곡을 흥얼거렸다. 가방이 물결무늬를 그리며 나를 이끌었다. 나는 그란디오 할아버지네 농장으로 이어지는 모퉁이를 춤을 추며 지나 계속 걸어갔다. 송년 음악회 연주곡 전부를 흥얼거리고 난 다음 다시 맨 처음부터 흥얼거렸다.

마침내 50번 국도의 교차로에 도착했다. 교차로를 건너서 보든 길을 따라 조금 걸어가다 학교 차도로 꺾기만 하면 된다. 식은 죽 먹기였다.

그렇다. 도로 정비하는 사람들만 아니면 식은 죽 먹기였다. 노란색 트럭 두 대가 예전에 다니던 학교 주차장에서 천천히 움직이며 더러워진 눈을 치우고 있었다.

"맙소사, 토요일인데 쉬지도 않는 거야?"

나는 대놓고 소리를 질렀다.

가로등 기둥 주변에 눈이 꽁꽁 얼어붙어 있었다. 제설기는 더러운 눈을 한 삽 한 삽 퍼 올렸다. 내가 거기 있다는 걸 도로 정비사들은 눈치 채지 못했다. 위쪽 학교 현관 옆에서 어떤 아줌마가 삽으로 얼음을 부수고 있었다. 그 아줌마는 일하는 내내 고개 한 번 들지 않았다.

내 계획은 엉망이 되었다. 학교 현관에 플루트를 놓아둘 방법이 없었다. 사람들이 일을 마칠 때까지 기다려야만 했다. 하는 수 없이 나는 놀이터로 곧장 걸어갔다. 그네에 앉았다. 차가운 공기 속에서 그네가 삐걱댔다. 나는 학교 차도를 바라보며 트럭이 떠날 때를 기다렸다.

몸이 떨려 오고 운동화 안의 발가락이 얼얼했다. 그날 아침은 시간이 지나도 전혀 따뜻해질 기미가 보이지 않았다.

"빨리 가요! 그냥 좀 가라고요!"

나는 투덜거렸다. 플루트 가방을 쥐고 있느라 손가락에 쥐가 났다. 한 시간쯤 지난 것 같았다. 하지만 두 시간처럼 느껴졌다. 마침내 트럭 두 대가 쿵쿵거리며 멀어져 갔다. 현관 앞에서 일하던 아줌마의 삽이 트럭 뒤에서 덜컹거렸다. 나는 길을 따라 보든 초등학교 현관으로 올라가 고무 발판 위에 플루트를 조심스럽게 내려놓았다. 나는 돌아서서 가다가, 몸을 돌려 가느다란 검은색 가방을 쳐다보았다.

"멋진 시간이었어."

나는 손을 들어 음악에 작별 인사를 했다.

31. 뜻밖의 만남

"움직여, 움직여, 움직이라고!"

나는 화가 나서 허공에 대고 씩씩거렸다. 내 몸에게 한 말이었다. 나는 손을 털고 팔꿈치를 위아래로 흔들었다. 추워서 몸 마디마디가 다 아팠다.

나는 스스로를 설득했다.

"운동을 하면 몸이 따뜻해질 거야."

계속 몸을 움직였다. 입김이 하얀 구름이 되어 나왔다. 그런데 왜 이 방법이 통하지 않는 걸까? 나는 학교 차도에서 큰길을 향해 뛰어가며 제발 몸이 따뜻해지기를 빌었다. 무슨 말도 안 되는 이유에서인지 점심 생각이 났다. 아마 점심시간이 다 되어서 그랬을 거다. 트레일러에 아직도 칠면조 수프가 남아 있을까? 지금 먹으면 딱 좋을 것 같았다. 나는 50번 국도를 향해 뛰었다. 거기서 다시 지나가는 차들과 씨름해야 했다. 도시에서는 보행자가 길을 건널 수 있게 운전자가 기다려 준다. 하지만 다리 건너편 동네에서는 보행자는 티끌이나 다름없었다. 차로 붐비는 교차로에도 건널목 신호등이 없었다. 차들이 쌩쌩 지나다니는 길에 서서 나는 기다리고 또 기다렸다. 잠시 차가 드물어지는 틈을 타서 길 건너편으로 쏜살같이 뛰어갔다. 누군가가 빵빵 경적을 울렸다. 나는 깜짝 놀라서 하마터면 넘어질 뻔했다. 하지만 무시하고 계속 뛰었다.

다시 빵빵 경적 소리가 울렸다. 틀림없이 같은 차였다. 참 나, 누군지는 모르지만 같은 방향으로 가고 있나 본데, 두 번이나 심술궂게 굴다니.

"이봐요, 난들 이렇게 추운 날 걷는 게 좋아서 이러고 있을 거 같아요?"

또 혼잣말을 했다. 한시라도 빨리 집에 도착하고 싶어서 걸음을 재촉했다. 앞에서 커다란 차 한 대가 길가 쪽으로 방향을 틀더니 좁다란 주차장으로 들어갔다. 반짝이는 미등이 눈에 들어왔다. 나는 눈을 가늘게 떴다. 그 차는 어쩐지 낯익은 데가 있었다.

"애디야! 여기, 애디야!"

나는 눈을 끔벅거렸다.

"그란디오 할아버지! 어머나, 할아버지!"

나는 손을 흔들며, 아무 감각도 없는 발을 빨리 움직여 조수석 문을 열었다.

"얘야, 대체 어찌된 일이야? 할아비인 거 몰랐냐? 어딜 다녀오는 게야?"

그란디오 할아버지가 툴툴거렸다.

나는 따뜻하고도 따뜻한 차 안에 털썩 주저앉았다.

"아."

안도의 한숨이 나왔다.

"할아버지를 만나리라고는 상상도 못 했어요. 여태 쭉 걸어오고 있었어요. 맙소사, 이 추운 날씨에 걸어왔다니까요."

"걸어왔다고? 애야, 오후에는 날씨가 영하 5도까지 떨어진다더라. 그런데 부츠도 안 신고 어쩐 일이야! 엉뚱한 짓거리 하는 건 영판 네 엄마 닮았구나."

나는 한숨을 푹 쉬었다. 장갑을 벗고 온풍기 앞에 손을 갖다 댔다. 따뜻하니 좋았다.

그날 오후 나는 그란디오 할아버지와 점심을 먹었다. 할아버지는 단골 식당으로 나를 데리고 갔다. 할아버지의 친구인 지미 할아버지가 석쇠에서 햄버거나 샌드위치를 뒤집을 때마다 높이 던져 올리는 묘기를 보여 주는 곳이었다. 칸막이 자리에 앉아 있으면 커다란 벽돌 굴뚝 너머에 있는 벽이 보이고 이따금씩 음식이 하늘로 빙글빙글 솟구치는 걸 볼 수 있었다. 엄마와 드와이트 아저씨가 이혼하기 전에는 그란디오 할아버지가 거의 매주 토요일마다 그 식당에서 우리 점심을 사 주었다. 지미 할아버지는 우스꽝스러운 구호를 외치고는 했다. 그러면 식당 안의 단골손님들이 다 같이 대답했다. 지미 할아버지가 "준비됐나요?"라고 외치면 손님들이 "준비됐어요!"라고 외치는 식이었다. 그런 다음 햄버거가 하늘로 솟구쳤다.

외투를 벗으며 내가 말했다.

"그란디오 할아버지, 있잖아요. 오랜만에 지미 할아버지 식당에

왔는데 오늘이 마침 토요일이에요."

나는 씩 웃어 보였다.

"그렇구나."

그란디오 할아버지는 차림표를 펼쳤다.

"애디? 애디 맞냐?"

지미 할아버지가 석쇠 앞에 서서 눈을 퉁방울처럼 뜨고 나를 쳐다보았다.

"네가 내년에 대학 가던가?"

나는 얼굴이 빨개졌다.

"지미 할아버지, 안녕하세요? 아직 대학 가려면 한참 멀었어요."

지미 할아버지는 다시 일을 시작했다.

내가 그란디오 할아버지에게 말했다.

"브리나랑 케이티도 오늘 같이 왔으면 좋았을 텐데. 여기 오면 늘 즐거웠어요."

나는 '모든 게 정상이었을 때 말이에요.'라고 속으로 중얼거렸다.

할아버지는 차림표를 훑어보고 있었다.

"그때가 좋았지. 좋은 때였고말고. 이젠 다 지나간 일이지만."

그란디오 할아버지가 웅얼거렸다. 할아버지 말이 맞는 것 같다. 우리 가족이 끝났을 때, 가족끼리 함께하던 생활 방식도 다 끝나 버렸다. 식당으로 외식을 하러 간다든가, 그란디오 할아버지를 만나러 가는 일은 더 이상 없었다. 드와이트 아저씨가 가운데서 모두를 진정시켜 주지 않으면 그란디오 할아버지는 엄마와 어울리지 못했다.

지미 할아버지가 벽돌 뒤에서 소리쳤다.

"잡을 테면 잡아 보라고!"

내가 뒤이어 맞받아쳤다.

"못 잡으면 개나 줘 버려요!"

웃음이 났다. 다음에 뭐가 올지 안다는 건 기분 좋은 일이었다. 그저 점심 한 끼라고 하더라도.

그란디오 할아버지는 나를 트레일러에 데려다 주고서 20달러짜리 지폐를 건넸다.

"무슨 돈이에요?"

내가 묻자 그란디오 할아버지가 말했다.

"뭐든 갖고는 싶은데 꼭 필요하지는 않은 걸 사렴."

할아버지의 따뜻한 마음이 느껴졌다.

우선 햄스터 먹이 저장고를 확인했다. 나는 옷장 안 작은 선반을 피콜로의 먹이를 넣어 두는 저장고로 쓰고 있었다. 사료는 충분해 보였다. 소울라 할머니와 엘리엇 아저씨가 쏟아진 새 모이를 모아서 피콜로 사료로 쓰라고 주었기 때문이다. 엄마가 지난번에 장을 보러 갔을 때 자주개자리 씨앗을 커다란 상자로 하나 사 준 것도 있었다.

나는 집게손가락으로 20달러 지폐를 돌돌 말았다. 한 푼도 쓰지 않고 모아 둘 수도 있었다. 나도 알고 있었다. 하지만 엄마가 빌려가기라도 하면 보나마나 갚는 걸 잊어버릴 게 분명했다. 어떻게 할까?

따뜻한 수프! 그거야. 칠면조 수프 말고.

그란디오 할아버지 말대로 꼭 필요한 것은 아니다. 이미 점심을 먹었으니까. 하지만 나는 따뜻한 수프를 원했다.

"피콜로야, 나 길 건너편에 다녀올게. 금방 돌아올 거야."

"아가, 즉석 수프 먹고 싶으면 언제든지 그냥 가져가렴."

소울라 할머니가 말했다. 할머니는 기다란 스웨터를 입고 야외용 의자에 앉아 있었다. 내가 본 것 중 가장 커다란 스웨터였다. 할머니는 여름 샌들을 포기하고 개구리 실내화를 신고 있었다. 할머니 말로는 겨울에게 예의를 차리기 위해서라고 했다.

"할머니, 고마워요. 그런데 오늘은 나도 보통 사람들처럼 돈 내는 손님이에요."

나는 활짝 웃으며 엘리엇 아저씨에게 20달러짜리 지폐를 건넸다. 엘리엇 아저씨는 계산대 뒤에서 새 전화기를 만지작거리고 있었다.

엘리엇 아저씨가 말했다.

"잠깐만. 이거 좀 설치하고. 됐다! 이만하면 됐겠지. 응급 번호를 입력했거든."

소울라 할머니가 웅얼거렸다.

"최신식 헛소리지. 엘리엇, 난 기계랑 안 친해. 그 전화기 절대로 못 쓸 거야. 내가 말했잖아."

"그저 수화기를 들기만 하면 돼요."

엘리엇 아저씨가 시범을 보였다.

"도움이 필요하면 1번, 불이 나면 2번을 눌러요. 3번을 누르면 경찰서로 연결돼요. 전자동이라고요."

소울라 할머니가 아저씨를 향해 손을 흔들었다.

"쓰레기, 쓰레기, 다 쓰레기야! 우린 그런 거 없어도 돼."

"저기요, 소울라 할머니! 할머니는 휘발유를 팔거든요. 그건 '고인화성 물질'이라고요!"

엘리엇 아저씨가 팔을 위로 쳐들고 흔들며 말했다. 그러자 할머니가 대꾸했다.

"걱정도 팔자다! 몇 년이나 이 장사를 했는데 그래? 그간 우리 가게에 한 번이라도 불이 난 적 있었냐?"

"사람 일은 모르는 거예요."

엘리엇 아저씨도 고집을 꺾지 않았다.

"손님께서 기다리시니까 이만 실례할게요."

엘리엇 아저씨는 무척 즐거운지 싱글벙글 웃으며 수프를 집어 들었다.

나는 몸을 숙여 아저씨에게 속삭였다.

"새로 전화기 놓은 거 잘하셨어요."

엘리엇 아저씨가 나를 향해 눈을 찡긋했다. 그러고는 내게 거스름돈을 건네주면서 물었다.

"오늘 아침에 어딜 가는 것 같더라? 뭔가 임무를 수행하러 가는 사람 같더라고."

"맞아요."

나는 수프를 한 숟가락 떠먹었다.

"어디를 좀 가야 했어요."

할머니와 아저씨가 플루트에 대해서 물을까 봐 나는 서둘러 말을 이었다.

"그런데, 아유, 아주아주 추운 거예요! 집에 돌아올 때는 할아버지를 만나서 할아버지가 데려다 줬어요. 아, 할아버지 보니까 얼마나 반가웠는데요! 지금도 몸에 고드름이 달려 있는 것 같아요."

"겨울이 온 거야."

엘리엇 아저씨가 말했다.

"겨울이지."

소울라 할머니가 가벼운 한숨을 쉬며 아저씨 말에 동의했다.

"그나저나, 연말에 뭐 할지 계획 짠 사람 있나?"

할머니가 물었다.

"음, 음, 음!"

나는 급히 수프를 삼켰다.

"난 계획이 있을 수도 있어요! 조지 호수로 가서 동생들 만날 거 같아요. 엄마가 보내 주면 좋겠어요."

"또 가는 거니?"

"그러고 싶어요."

나는 집게손가락과 가운데 손가락을 꼬아서* 들어 보였다.

엘리엇 아저씨가 한숨을 푹 쉬었다.

"그래, 그래. 그러다 어느 날 거기 가서 영영 돌아오지 않겠지."

아저씨는 샐쭉 토라졌다.

나는 잠시 그 말을 곱씹어 보았다.

"아니요. 그런 일은 없을 거예요."

엘리엇 아저씨는 몸을 숙이고서 창문 너머를 바라보며 말했다.

"뭐, 결국에는 모두 이 동네를 떠나잖아."

짜증이 난 소울라 할머니가 엘리엇 아저씨에게 씩씩댔다.

"그만 좀 징징거려! 우린 아직 이 동네에 살잖아. 안 그래?"

---

* 행운을 비는 동작이다.

월요일 아침, 리베라 선생님이 학교 현관 앞에서 나를 기다리고 있었다.

"애디야, 나랑 음악실에서 얘기 좀 할까?"

"죄송해요, 선생님. 지각할지 몰라요."

나는 어떻게든 피해 보려고 했다.

"아직 시간이 있단다. 게다가 네 담임 선생님께도 이미 말씀드려 놓았어."

리베라 선생님은 단호했다. 나는 선생님을 따라 복도를 내려갔다. 리베라 선생님의 책상 옆 작은 탁자 위에 조그만 전기 주전자가 놓여 있었다. 주전자에 가득한 물이 부글부글 끓었다. 리베라 선생님이 뜨거운 코코아를 권했다. 물론 마시고 싶었지만 나는 괜찮다고 대답했다.

"송년 음악회 때 무슨 일이 있었는지 말해 줄 수 있니?"

"네. 일단, 그냥 약속 시간보다 늦었어요. 그건 정말 죄송해요. 그 다음은, 누가 있는 걸 봤어요. 예전 학교 음악 선생님요."

"실베스터 선생님 말이니?"

"네."

나는 약간 놀랐다. 리베라 선생님은 실베스터 선생님과 아는 사이인 것 같았다.

"그게 왜 문제가 됐을까?"

"실베스터 선생님은⋯⋯."

나는 목청을 가다듬었다.

"저에 대해 뭔가를 알고 계세요. 제가 올해 불었던 플루트에 대해서요. 실베스터 선생님께 제 모습을 보이고 싶지 않았어요."

"무슨 말인지 모르겠구나."

나는 리베라 선생님에게 보든 초등학교에서 플루트를 빌려 주었다는 이야기를 했다.

"이사할 때 돌려줬어야 했는데."

목이 메어 왔다.

"훔친 게 되어 버렸어요. 송년 음악회 때 실망시켜 드려서 정말 죄송해요. 하지만 실베스터 선생님이 보고 있다는 걸 뻔히 알면서 연주할 수는 없었어요. 입술이 움직이지 않았을 거예요."

"그랬구나."

리베라 선생님은 희미하게 미소를 짓더니 의자에 몸을 젖혔다. 두 손으로는 커피 잔을 감싸고 있었다.

"좀 더 일찍 말해 주었더라면 좋았을 텐데. 실베스터 선생님은 내 친구란다. 내 생각에는 뭔가 해결책이 있을 것 같구나."

첫 수업 종이 울리자 나는 일어섰다.

"그러실 필요 없어요."

나는 아주 어른스럽게 말하려고 애썼다.

"지난 주말에 보든 초등학교에 플루트를 돌려줬어요."

리베라 선생님이 말했다.

"그래, 그럼 다시 가져오면 되지. 아니면 너한테 다른 플루트를 구해 줄 수도 있단다."

'원래 계획대로 해. 원래 계획대로.'

나는 신발 코를 바닥에 콩콩 찧었다.

"리베라 선생님, 있잖아요, 정말 고맙습니다. 진심이에요. 저도 언젠가 다시 플루트를 불고 싶어요. 하지만 솔직히 말씀드리면, 악기를 돌려주고 나니 큰 짐을 내려놓은 것 같아요."

나는 잠깐 말을 멈추었다.

"전……. 저는 책임을 질 수가 없어요. 또 다른 학교 플루트는 바라지 않아요. 진짜로요. 바라지 않아요."

그 주 금요일부터 크리스마스 방학이 시작되었다. 나는 헬레나와 함께 걸었다. 헬레나는 나에게 무슨 문제가 있는지 그 주에만 백 번도 더 물어보았다.

"아니라니까. 너한테 플루트 이야기는 이미 했잖아. 반 애들 전부한테 다 얘기했어. 심지어 그 멍청한 로버트까지 내 플루트 이야기를 알고 있다니까! 난 그저 두 주 동안 학교를 떠나 있을 때 사람들이 내가 스테이지 오케스트라에 있기는 했는지조차 잊어버렸으면 좋겠어."

나는 언덕을 서둘러 내려갔다. 헬레나가 따라왔다.

나는 6번 소방서 앞에서 우뚝 멈춰 섰다.

"헬레나, 미안해. 방학 끝나고 다시 만날 때는 이렇게 툴툴거리지 않겠다고 약속할게."

내가 빙그레 미소 짓자 헬레나도 싱긋 웃었다.

"완전히 새로운 한 해가 될 거야. 모든 게 달라질 거야. 그렇지?"

"그래."

헬레나가 대답했다.

"얘들아, 메리 크리스마스!"

소방관 아저씨 한 사람이 붉은 옷에 하얀 수염을 붙인 산타 분장을 하고 있었다. 아저씨는 손을 흔들며 인도로 걸어와 우리에게 조개 모양 초콜릿을 한 상자씩 주었다. 나는 잠시 망설이다가 스스로를 타일렀다.

'이건 선물이야.'

나는 웃어 보였다.

"아저씨, 고마워요. 올해 첫 크리스마스 선물이에요!"

"애디야! 잠깐 시간 있니?"

엘리엇 아저씨가 편의점 앞에서 소리쳤다.

"네."

내가 원하기만 한다면 아마 시간은 밤새도록 있을 터였다. 트레일러 앞에 엄마 차가 없었다. 그리고 금요일이었다. 엄마가 돌아올 가능성이 없는 날이었다.

편의점으로 들어서자 따뜻한 커피 향이 나를 맞아 주었다. 나는 코로 깊이 숨을 들이쉬었다.

"아, 나도 이런 거 좋아하고 싶어지잖아요."

소울라 할머니가 한바탕 웃음을 터뜨렸다.

"참, 6번 소방서 아저씨들이 이걸 줬어요."

나는 조개 모양 초콜릿 상자를 들어 보였다.

"여섯 개 들었어요. 하나 드실래요?"

"아가, 그건 나중에 먹고 먼저 코코아부터 한잔 마시렴. 그리고 저기 저 상자 한번 열어 봐."

할머니는 턱으로 엘리엇 아저씨 쪽을 가리켰다. 아저씨가 계산대 뒤에서 포장된 상자 하나를 꺼내 내려놓았다. 소울라 할머니는 나를 보며 눈을 깜박였다.

"어머, 장난치는 거죠. 저 주시는 거예요?"

엘리엇 아저씨가 고개를 끄덕였다.

"어떡해, 난 아무것도 준비 안 했는데."

"열어 봐!"

엘리엇 아저씨가 조바심했다.

나는 카드를 읽어 보았다.

"메리 크리스마스! 멍청이 군단인 소울라, 엘리엇, 릭이."

나는 깔깔 웃었다. 그러고는 테이프를 살살 뜯기 시작했다.

엘리엇 아저씨가 씩씩댔다.

"아 이런! 너도 그런 스타일이야? 어이, 아가씨! 포장은 확 뜯어야 제맛이지."

엘리엇 아저씨가 가까이 다가왔다.

"어허, 물러서!"

소울라 할머니가 손가락으로 아저씨를 가리키며 경고했다.

"애디도 크리스마스 선물 뜯는 법 정도는 알아. 그러니까 그냥 둬, 이 사람아."

엘리엇 아저씨는 우우 소리를 내며 할머니를 놀리더니 나를 지켜보는 고통을 온몸으로 뿜어내는 척했다. 나는 아저씨를 골리려고 더 천천히 움직였다. 마침내 이번 크리스마스의 두 번째 선물이 드러났다. 상자 안에는 아주 따뜻하고 방수도 되는 부츠 한 켤레가 들어 있었다. 편안한 운동화처럼 생긴 부츠였다. 부츠 안에는 더 많은 선물들이 들어 있었다. 나는 새 양말, 연분홍색 매니큐어, 코코아 가루, 전자레인지에 구워 먹는 팝콘도 받았다.

나는 부츠를 신어 보았다. 엘리엇 아저씨가 엄지로 신발 코를 꾹꾹 눌렀다.

"딱 맞네, 그렇지?"

"딱 맞아요. 정말 고맙습니다."

편의점에 머문 지 한 시간 정도 지났다. 나는 비질을 한 다음, 빗자루를 들고 라디오에서 흘러나오는 크리스마스 음악에 맞추어 춤을 추었다. 엘리엇 아저씨가 날 위해 소리를 키워 주었다. 엄마 차가 편의점 앞을 휙 지나 트레일러 앞에 섰다.

"가야 할 것 같아요."

소울라 할머니가 포장지로 싼 꾸러미 하나를 내게 슬쩍 건네주었다. 할머니가 속삭이며 말했다.

"집에 돌아가서 열어 보렴. 뭐 대단한 건 아니고, 좀 개인적인 거라서 말이야."

나는 할머니와 아저씨에게 다시 고맙다는 인사를 한 다음 트레일러로 향했다. 선물이 한가득 든 부츠 상자를 두 팔로 꼭 안고 갔다.

트레일러에 들어서니 엄마는 벌써 〈명판사 저넷〉을 보고 있었다.

"늦었잖아."

엄마가 말했다. 엄마는 내가 들고 있는 상자를 보더니 한마디 더 했다.

"맙소사, 그게 뭐야?"

"새 부츠랑 이것저것 재미있는 물건들요."

나는 편의점 쪽을 향해 시선을 던졌다.

"할머니랑 아저씨는 정말 친절하세요. 참 좋은 선물이에요, 그렇죠?"

나는 탁자 위에 선물을 펼쳤다.

엄마가 웅얼거렸다.

"좀 이상한 선물이다."

그러다 엄마는 작고 네모난 상자를 발견했다.

"우아, 초콜릿이네!"

"여기 선물이 하나 더 있어요."

나는 소울라 할머니가 준 꾸러미를 열었다. 안에는 색깔이 은은한 팬티 여섯 장이 들어 있었다.

"어머나!"

쿡쿡 웃음이 났다.

"소울라 할머니는 진짜 대단해! 있잖아요. 엄마. 할머니는 내가 엘리엇 아저씨 앞에서 이 선물을 열고 싶어 하지 않을 거란 걸 안 거예요."

"네가 팬티를 입고 다닌다는 것쯤은 그 아저씨도 알 것 같은데?"

엄마가 능글맞게 웃었다. 나는 한쪽 눈썹을 추켜세웠다.

"밤에 할머니랑 아저씨에게 선물할 과자를 구울 거예요."

엄마가 말했다.

"숙제해야지."

나는 엄마에게 반격을 가했다.

"방학이에요!"

"아, 그렇지. 잊어버렸네. 하하! 애디, 이것 좀 봐. 저넷이 승승장구하고 있어. 누가 애완동물 주인인지를 가리는 싸움이야. 저넷이 머리 염색한 것 같은데. 아님 헤나*를 했든가."

"그거 잘됐네요. 그런데, 엄마, 오늘 저녁에는 왜 여기 있어요?"

엄마는 나를 이상하다는 듯이 쳐다보았다.

"나 여기 살아!"

"그건 그렇지만 오늘은 금요일이잖아요."

"피트가 다른 일이 있어."

"그렇구나. 나 과자 구워도 되죠?"

나는 찬장을 열어 과자를 구울 재료를 확인했다. 초콜릿 조각은 없었지만 설탕, 밀가루, 베이킹 소다와 소금은 있었다. 냉장고에는 달걀 네 개와 버터 두 조각이 있었다.

엄마가 물었다.

"무슨 과자 만들 거야?"

"설탕 과자요."

"저녁은? 뭐 맛있는 거 없니?"

"달걀 먹을래요?"

"달걀?"

---

* 열대 나뭇잎을 말려서 만든 천연 염색제. 머리카락에 윤기를 더하는 효과도 있다.

저넷이 한 말에 웃느라 엄마는 잠시 말을 멈추었다.

"그래, 난 그거 먹을래. 토스트랑 같이 먹을까?"

"그래요."

나는 저녁으로 달걀 두 개를 부쳤다. 과자 구울 때 모자라지 않게 버터는 아주 조금만 떼어 토스트 위에 발랐다.

〈명판사 저넷〉이 끝나자 엄마는 채팅 방에 로그인했고 나는 과자를 구웠다. 굽는 동안 한나 아줌마가 빌려 준 시디를 들었다. 노랫말에 담긴 이야기가 좋았다. 대부분 힘들고 어려웠던 시절에 아일랜드에서 미국으로 건너온 사람들에 대한 이야기였다. 아일랜드 사람들은 먹을 것이나 누울 자리처럼 단순한 것들을 바랐다. 나는 내가 누리는 것들에 감사했다. 아일랜드 사람들은 요리를 할 수 있는 부엌을 바랐다. 바로 이런 부엌 말이다. 이런 생각을 하고 있는데, 시계가 울리며 오븐에서 과자를 꺼낼 시간임을 알려 주었다.

컴퓨터 쪽에서 엄마가 낮게 욕을 하는 소리가 들렸다.

"그렇게 칙칙한 노래는 내 난생 처음 들어 본다."

"아니에요. 이 사람들은 그저, 바라는 것뿐이에요."

"징징대는 거지."

엄마가 비웃었다. 나는 엄마 말에 슬쩍 웃음이 났다.

"저거 플루트 소리니? 저 부분은 마음에 드네."

나는 잠자코 음악을 들어 보았다.

"파이프나 피리 같아요."

"그래도 저 곡 불 수 있지? 플루트로 연주할 수 있겠어?"

나는 엄마를 등지고 섰다.

"아니요. 이젠 못 해요."

"이젠 못 하다니, 그게 무슨 소리야?"

"음악이랑은 헤어졌어요."

"뭐라고?"

"그만뒀다고요."

나는 엄마를 향해 돌아섰다.

"그러니까, 보든 초등학교에 플루트를 돌려줬어요."

엄마는 잠시 입을 벌린 채 가만히 앉아만 있었다.

"애디?"

"그래야만 했어요. 애당초 이사 올 때 돌려줬어야 했다고요. 플루트가 없어져서 속이 시원해요."

엄마는 내 조개 모양 초콜릿 하나를 낚아챘다. 나는 엄마가 엄지와 검지 사이에 초콜릿을 들고 있는 모습을 쳐다보았다.

"흠."

엄마는 초콜릿을 한 입 깨물었다.

"이번 학교에서는 플루트를 줄 수 없다던?"

"아마 될 거예요. 하지만 이제 플루트를 불고 싶지 않아요."

엄마는 입안에 초콜릿을 집어넣고 한쪽 볼 쪽으로 굴렸다.

"애디슨, 내가 어떻게 해 볼게."

엄마는 입에 초콜릿을 가득 문 채 말했다.

"내 새끼에게 플루트가 필요하니까."

엄마는 컴퓨터 화면을 힐끗 쳐다보더니 다시 채팅에 빠져들었다. 무언가를 치느라 엄마 몸이 앞으로 숙여졌다. 나는 '엄마가 어디서 플루트를 빌려 오지는 않을까?'라는 걱정은 하지 않았다. 걱정할 필요가 없었다.

나는 하얀색 크레파스 조각을 찾아서 점심을 넣어 다니는 종이가방 세 개에다 눈송이를 그려 넣었다. 내 그림 솜씨는 형편없었지만 갈색 종이 위 하얀 크레파스 색깔이 보기 좋았다. 나는 소울라 할머니, 엘리엇 아저씨, 릭 아저씨에게 줄 과자를 쌌다. 그러고는 내 선물을 쌌던 리본을 잘라 종이 가방 입구를 묶었다. 내가 마지막 리본의 매듭을 꽉 잡아당기려는 때 엄마가 컴퓨터를 껐다. 엄마는 선명한 파란색 화면에서 빠져나와 고개를 들었다.

"전화기 좀 줄래? 드와이트더러 크리스마스에서 새해까지 널 데리고 있으라고 할 거야."

야호! 또 다른 크리스마스 선물이다!

나는 크리스마스까지 며칠이나 남았는지 계속 세고 있었다. 그런 나 자신 때문에 기분이 나빴다. 나는 크리스마스가 어서 오기를, 그리고 지나가 버리기를 바랐다. 12월 26일이 되면 나는 조지 호수로 향하는 버스에 올라 있을 거다. 드와이트 아저씨, 한나 아줌마 그리고 꼬맹이들과 함께 보낼 시간이 진짜 크리스마스가 될 거라는 생각을 떨칠 수가 없었다. '모두 함께 집에'를 하게 된다.

올해 엄마는 크리스마스에 그다지 관심이 없어 보였다. 23일이 되도록 우리는 크리스마스트리조차 없었다.

나는 한쪽 팔 밑에 플라스틱 빨래 바구니를 끼고 머리와 장미 빨래방에서 터덜터덜 걸어왔다. 트레일러 문고리와 씨름하는 동안 바구니의 찢어진 망이 내 옆구리를 쿡쿡 찔렀다. 엄마가 안에서 문을 확 열어 주었다. 엄마는 가운을 걸치고 한 손가락으로 샤워 모자를 뱅글뱅글 돌리고 있었다.

"맙소사, 애디! 빨래를 몇 망이나 돌린 거야?"

"셋요."

탁자 위에 바구니를 쿵 내려놓았다. 한숨이 나왔다.

"빨리 여기서 벗어나고 싶어서 아주 안달이로구나?"

엄마가 입술을 일그러뜨렸다.

나는 대답하지 않았다. 빨래를 갤 수 있도록 탁자 위를 치워 공간을 만들기 시작했다. 사무용품 상자들이 아직도 여기저기 널려 있었다. 사실 이전보다 더 많아졌다. 상자 대부분은 아예 건드리지도 않은 것들이었다. 나는 상자를 쌓아서 거실로 옮기고 다시 상자를 가지러 왔다. 조개 모양 초콜릿이 든 작고 네모난 상자가 눈에 띄었다. 초콜릿을 받았다는 사실을 잊어버리고 있었다. 입에 침이 고였다. 상자 뚜껑을 젖히고 속 포장을 열었다. 하나 빼고 모든 조개 모양 구멍이 텅 비어 있었다. 나는 마지막 초콜릿을 손바닥 위에 올려놓고 한번 뒤집어 보았다.

엄마 잇자국은 재미있게 생겼다. 말 그대로 독특하다. 엄마는 윗니가 아주 가지런했다. 하지만 아랫니 하나가 앞으로 툭 튀어나와 있었다. 지금 내가 쳐다보고 있는 게 그거다. 내 마지막 초콜릿에 독특한 잇자국이 나 있었다.

"엄마, 내 초콜릿 다 먹은 거예요?"

나는 초콜릿 상자를 흔들어 보였다.

"글쎄? 모르겠는데. 몇 조각 먹기는 했을 텐데."

"모조리, 전부 다 먹었다고요. 이거 딱 하나 빼고요."

나는 잇자국이 난 초콜릿을 들었다.

"아유, 애디야, 뭐 그것 가지고 그래."

엄마는 개켜 놓은 내 빨래 무더기에서 수건을 집어 들더니 머리에 둘렀다.

"뜨거운 물로 느긋하게 샤워 좀 해야겠어."

나는 화가 나서 불평을 했다.

"한 입 깨물었으면 차라리 다 먹지 그랬어요!"

엄마가 다가오더니 내 손가락에서 초콜릿을 빼서 입에 쏙 털어 넣었다.

"됐지?"

"엄마!"

"크리스마스 선물 고마워!"

엄마는 깔깔거리다 초콜릿을 입에서 떨어뜨릴 뻔했다.

"엄마, 하나도 안 웃겨요!"

엄마는 욕실 문을 쾅 닫았다가 다시 머리를 쑥 내밀었다.

"그나저나 왜 그렇게 드와이트네 집에 가고 싶어 안달인 거야? 그 집에 뭐가 그렇게 대단한 게 있는데? 넌 도대체 뭘 쫓아다니는 거니?"

나는 가만히 서서 생각했다. 시간이 꽤 흘렀다. 엄마는 다시 욕실 안으로 들어가 버렸다. 샤워기를 트는 소리가 들렸다.

나는 혼자 중얼거렸다.

"아무것도 쫓아다니지 않아요. 난 기다리고 있어요. 정상적인 걸 기다리고 있다고요."

나는 종이 가방을 털어 열고서 여행 짐을 싸기 시작했다.

34. 징글 벨

트레일러에서 맞이한 크리스마스는 정상적인 게 하나도 없었다. 일단 엄마가 크리스마스 전날 저녁 5시에 "그냥 한잔하러."라며 피트 아저씨를 만나러 가 버렸다. 그 뒤로 크리스마스 아침 9시까지 엄마를 보지 못했다.

"징글 벨, 징글 벨!"

엄마가 소리 높여 노래를 불렀다.

"일단, 방에 잠깐 들어갔다 올게."

엄마는 외투를 입은 채 방으로 들어갔다. 문이 반쯤 닫혀 있기는 했지만 엄마가 옷장을 뒤지는 소리가 들렸다. 이어서 서둘러 포장지로 무언가를 싸는 소리와 접착용 테이프를 찍찍 끊는 소리가 났다.

나는 코코아에 뜨거운 물을 부었다.

"엄마, 아침 먹었어요?"

"피트네 집에서 머핀 먹었어."

"그럴 줄 알았어요."

나는 웅얼거렸다.

"응? 뭐라고 했니?"

"아니에요."

텔레비전에서는 크리스마스 퍼레이드가 중계되고 있었다. 나는 가스레인지 앞에 서서 물이 끓기를 기다리고, 엄마를 기다리고, 빨간 옷을 입은 덩치 큰 남자를 실은 퍼레이드 썰매를 기다렸다. 바로 그거다. 나는 '기다리는' 크리스마스를 보내고 있었다.

"됐다! 짜잔!"

돌아서자 엄마가 급하게 포장한 작은 선물 꾸러미 몇 개를 들고 있었다. 나는 억지로 미소를 지었다.

"나도 엄마한테 선물 줄 거 있어요."

"너부터! 너부터 풀어 봐!"

엄마가 내 품에 선물을 안겼다.

포장지 안에는 새 스웨터가 들어 있었다. 나는 잠시 감탄하며 스웨터를 바라보았다. 엄마는 다음 선물을 들이밀었다.

"열어 봐! 어서!"

엄마가 신 나서 소리를 질렀다.

"알았어요, 알았다고요! 아유, 좀 천천히 풀어 보면 안 돼요?"

이번에는 새 공책과 연녹색 잉크가 가득 든 펜이 나왔다.

엄마가 말했다.

"새 단어장이야. 지난번 공책은 다 썼을 거 아니야."

"거의 다 썼어요."

"그럴 줄 알았어. 여기. 다음 선물."

나는 순간 얼어붙었다. 엄마를 쳐다보았다.

"엄마, 다시 나갈 거죠, 그렇죠? 외투도 안 벗었잖아요."

"애디! 아니야."

엄마는 시선을 돌렸다가 다시 나를 쳐다보았다. 외투를 벗더니 바닥에 털썩 떨어지게 두었다.

"아니면 왜 그렇게 서두르는데요?"

"크리스마스잖아! 흥겨운 날이라고! 어서, 애디! 너도 좀 흥겨워할 수 없어?"

"알았어요."

다음 선물은 조개 모양 초콜릿이 든 상자였다. 6번 소방서 아저씨들이 준 것보다 더 컸다.

엄마가 약속했다.

"한 개도 안 먹을게."

엄마는 담배에 불을 붙이고 허공에 동그라미 모양 연기를 뿜었다.

"자, 네 선물은 어디 있어?"

엄마가 한 손을 쭉 내밀더니 꼼지락거렸다.

"그냥 작은 거예요."

나는 선물 상자를 내밀었다.

"어머나!"

엄마는 선물 포장을 찢으면서 소리를 질렀다.

"어머, 어머! 이게 뭘까?"

엄마는 행복에 겨워 활짝 웃었다.

"종이 갓이에요. 우리 집 전등갓 없는 전구가 악명이 높잖아요."

나는 부엌 한가운데를 가리켰다. 전선 끝에 전구가 대롱대롱 매달려 있었다.

"노트 거리에 있는 티베트 가게에서 샀어요."

"와, 생각 잘했는데!"

엄마가 소리를 질렀다. 엄마는 종이 갓을 높이 들고서 손가락으로 조그마한 종이 술을 튕겨 보았다.

"늘 저 거지 같은 전구가 꼴 보기 싫었어, 꼭 전기 통닭구이용 전구 같잖아!"

엄마가 키득키득 웃었다.

나도 웃었다.

엄마는 텔레비전을 힐끗 쳐다보았다. 크리스마스 퍼레이드는 끝났다. 엄마는 리모컨을 집어 들더니 번호를 이것저것 눌렀다.

"죄다 교회 예배랑 합창단밖에 안 보여 주네."

엄마는 으르렁거리더니 남자 같은 목소리로 노래를 불렀다.

"고요한 밤! 거룩한 밤! 아, 드와이트가 케이블 방송도 달아 주면 좋겠다. 하! 그런 일은 절대 없겠지. 그 인간은 하여간⋯⋯."

엄마는 듣기 민망한 소리를 냈다. 그러고는 다시 리모컨을 집어 들고 텔레비전을 끄려고 했다.

"그냥 둬요. 보기 좋은데요."

사실 나는 트레일러 안이 아늑하게 느껴졌고 합창단 노랫소리를 들으니 더 크리스마스 기분이 났다.(엄마는 결국 크리스마스트리는 넘어가기로 했다.)

엄마는 근엄한 얼굴을 하더니 합창단과 입 모양을 맞추었다. 꼭 하품하는 것처럼 보였다. 엄마는 완전히 미친 사람처럼 보일 때까지 눈꺼풀을 정신없이 깜박였다.

"엄마, 그만해요! 제발요."

나는 웃음을 터뜨렸다.

"우리 오늘 뭐 할까요? 같이 근사한 저녁 식사 준비할까요?"

"글쎄다, 안 그래도······."

엄마는 부엌으로 가더니 찬장을 열어젖혔다.

"네가 먹을 게 뭐가 있나 확인하려던 참이야."

"나 먹을 거요?"

"그래."

엄마는 태평스럽게 대답했다.

"엄마 어디 가는 거죠, 그렇죠?"

"뭐, 너도 마찬가지잖아!"

엄마가 엉덩이에 손을 얹었다.

"너도 드와이트네 집에 가잖아."

"전 내일까지 아무 데도 안 가요. 믿을 수가 없어요. 어떻게 크리스마스에 나갈 수가 있어요! 드와이트 아저씨한테 크리스마스에 브리나랑 케이티 데려오지 말라고 한 이유가 이거였어요? 엄마가 여기 없을 거니까?"

"아니야! 애디야, 사람을 왜 이렇게 들볶니? 피트랑 난 오늘 썰매 타러 사라토가에 가야 해. '징글 벨, 징글 벨' 하러 가는 거야!"

엄마는 고삐를 잡는 시늉을 했다. 내가 아무 대답도 하지 않자 엄마는 축 늘어져서 내게 다가왔다.

"후, 애디야. 피트가 특별히 계획을 세운 거란 말이야. 내가 뭐라고 말해야겠니?"

"이런 말은 어때요? '난 열세 살짜리 딸이 있어요. 그 애를 데리고 가도 될까요?'"

엄마가 깔깔거렸다. 그러더니 갑자기 웃음을 멈추었다.

"애디슨, 그냥 받아 주면 안 되겠니? 문제는 피트가 가정적인 남자가 아니라는 거야. 애들이라면 질겁하는 사람이야."

엄마는 잠시 말을 멈추었다.

"하지만 가정적인 남자가 될 거야."

엄마 얼굴에 커다란 웃음이 걸렸다.

"내가 어떻게 그걸 아는지 궁금하지 않니?"

나는 엄마가 양손으로 하트 모양을 만드는 걸 보았다. 엄마는 손을 아래로 내리더니 배 앞에서 딱 멈추었다. 엄마는 〈잘 자라 우리 아가〉 한 소절을 흥얼거렸다. 그리고 속삭이듯 말했다.

"이걸로 그렇게 될 거야."

머리끝이 송두리째 쭈뼛 섰다. 목이 뜨거워지더니 다시 얼음장 같이 식었다.

"오, 엄마! 안 돼요!"

나는 고개를 흔들었다.

"아, 이런 말을 해서 미안해요. 하지만 엄마, 이럴 수는 없어요!"

"이럴 수 있어."

엄마가 딱 잘라 말했다. 엄마는 코트를 걸치고 탁자 위에서 장갑을 집어 들었다.

"멋진 일이 될 거야. 오랫동안 집에 아기가 없었잖아."

"우린 아기가 필요 없어요!"

나는 급기야 소리를 지르고 있었다.

"엄마……. 엄마, 이러면 안 되는 거예요! 지금 막 피트란 아저씨는 가정적인 사람이 아니라고 했잖아요. 누가 아기를……."

"네 일이나 신경 써!"

엄마가 고래고래 고함을 질렀다.

"너한테 말하는 게 아닌데. 드와이트든 누구든 이 일에 대해서 어떤 것도 알아서는 안 돼."

엄마가 경고했다. 엄마는 내 모자를 집어서 머리에 둘러썼다. 그러고는 문을 홱 열고 한 발짝 내딛다가 다시 말했다.

"그냥 나 좀 도와주면 안 되니?"

나는 아무 대답도 하지 않았다.

엄마가 씩씩거리며 말했다.

"어이구, 그래. 아주 빌어먹을 크리스마스다!"

쾅!

35. 또 한 가지 빌린 것

조지 호수로 가는 버스를 타려고 혼자서 언덕을 올랐다. 엄마는 밤늦게 집에 돌아와서 아직 자고 있었다. 엄마에게 피콜로를 돌봐 달라는 쪽지를 남겼지만, 만약을 대비해서 먹이통과 물통을 가득 채워 두었다. 나는 우리 문 근처에 얼굴을 대고 속삭였다.

"안녕, 피콜로. 내 작고 귀여운 친구. 며칠 뒤에 보자."

피콜로의 수염이 나를 향해 씰룩거렸다.

버스가 노스웨이 고속도로를 윙윙거리며 달려가는 동안 나는 엄마와 엄마 배 속의 아기에 대해 생각했다. 차라리 몰랐으면 좋았을 텐데. 나는 엄마가 케이티와 브리나와 나를 어떻게 떠나 버렸는지를 떠올렸다. 어디에선가 갓난아기 혼자서 엄마를 기다리고 있을 모습이 그려졌다. 가슴이 찢어지는 것 같았다. 엄마가 아기를 갖는 일을 얼마나 좋아하는지는 상관없었다. 나는 이 아기가 생긴 것을 기뻐할 수 없었다. 도무지 그럴 수가 없었다.

조지 호수에서 버스를 내릴 때쯤 되자 기분이 비참했다. 심지어 속이 약간 메슥거리기까지 했다. 멀미 때문인지도 몰랐다. 하지만 버스 정류장에는 드와이트 아저씨와 한나 아줌마가 얼굴 한가득 미소를 띠고 서 있었다. 나는 신선한 공기를 들이마시고서 웃는 표정을 지었다. 꼬맹이들은 강아지처럼 깡충깡충 뛰며 내게 달라붙

었다. 종이 여행 가방이 찢어져 짐이 쏟아지는 바람에 우리는 한
나 아줌마의 차까지 짐을 하나씩 손에 들고 가야 했다.

브리나가 음흉하게 말했다.

"이래서 그 선물이 좋다니까. 뭘 말하는지 알죠?"

브리나는 나만 빼고 모두에게 말했다. 브리나의 눈이 반짝였다.

케이티가 끼어들었다.

"아, 언니가 말하는 거 그거……."

"쉿! 케이티, 말하지 마!"

케이티가 나를 향해 고개를 주억거리며 말했다.

"오디 언니, 깜딱 해 줄 거야."

브리나가 말했다.

"깜짝 놀라게 해 준다는 소리야."

"그래, 우리가 그거 하나는 제대로 한 것 같구나."

드와이트 아저씨가 이렇게 말하고는 한나 아줌마에게 윙크를 찡
긋 했다.

모두들 나 때문에 크리스마스를 미루었다. 말 그대로 크리스마
스 쇠는 것 자체를 미뤄 두었다. 선물들이 여전히 포장된 채로 크
리스마스트리 밑에 놓여 있었다.

케이티가 진지한 표정으로 말했다.

"양말만 좀 봐떠. 오디 언니 꺼만 빼고. 언니 양말은 안 봐떠."

케이티는 고개를 절레절레 흔들었다.

"그건 언니 꺼야."

웃음이 터져 나왔다. 케이티가 얼마나 재미있는 아이인지 거의 잊어버리고 있었다.

"너희들이 최고야! 그리고 여기 정말 예쁘다!"

방 전체에 종이로 만든 눈송이가 가느다란 실에 매달려 달랑였다. 대충 봐도 쉰 개는 되는 것 같았다. 오븐에서 닭을 굽는 냄새가 났다. 틀림없이 닭이었다. 방문에는 소나무 가지가 장식되어 있었다.

"펄펄! 펄펄!"

케이티가 하늘을 향해 잡지를 흔들자 눈송이들이 흔들렸다.

"멋있다."

내가 말했다.

부엌이 많이 바뀌었다. 한쪽 벽에 수납장이 들어서 있었다. 드와이트 아저씨와 한나 아주머니가 깔깔거리며 설명해 준 바로는 두 사람이 생각해 낸, 서로에게 가장 낭만적인 크리스마스 선물이었다고 한다.

한나 아줌마가 드와이트 아저씨에게 기대며 말했다.

"우린 한심한 커플이라니까!"

드디어 크리스마스야, 라는 생각이 들었다.

케이티가 나무 밑으로 뛰어가더니 선물을 끄집어내어 나에게 건네주었다.

"내가 먼저야?"

내가 묻자 브리나가 활짝 웃으며 말했다.

"응. 왜냐하면 언니는 그게 필요하니까. 진짜, 진짜 필요해."

"그럼 너희들이 날 도와줘! 어서!"

우리는 내 선물 포장을 박박 찢어 열었다. 굉장히 날렵하게 생긴 여행 가방이었다. 강렬한 파란색 바탕에 검은색 끈이 달려 있었다.

"와, 진짜 완벽한데!"

나는 깔깔 웃었다. 이제야 브리나의 말이 이해되었다.

브리나가 달려가 내 늘어진 옷가지들을 가져오더니 가방 안에 담기 시작했다. 나는 브리나가 무엇을 어디에 넣으면 좋을지 결정하는 모습을 지켜보았다. 청바지는 세 번 접어 가방 바닥에 놓았다. 새 팬티는 돌돌 말아 옆 주머니에 넣었다. 땀 냄새 억제제와 머리빗은 가장 바깥쪽 호주머니에 딱 들어맞았다. 브리나는 시간을 들여 진지하게 움직였다. 브리나에게는 학구열이 있어서 그럴 거라는 생각이 들었다.

"근사한데. 브리나, 고마워."

다 같이 선물을 열어 본 다음, 크리스마스 저녁으로 구운 닭을 먹었다. 드와이트 아저씨와 나는 함께 설거지를 했다.

"아저씨, 브리나는 정말 똑똑한 것 같아요."

"그래, 똑똑하지. 그런데 갑자기 왜 그런 말을 하니?"

드와이트 아저씨의 목소리는 부드러웠고 궁금해하는 눈치였다.

"그냥 눈에 보여서요."

나는 어깨를 으쓱했다.

"작은 것들에서 그게 보여요. 아래층에 있는 한나 아줌마의 상품 목록 번호를 전부 다 알고 있다든가, 좀 전에 제 새 가방에 짐 싸는 모습만 봐도요."

드와이트 아저씨는 잠시 생각을 하다가 말했다.

"흠, 브리나는 뭐든지 딱딱 들어맞는 걸 좋아하는 편이지."

아저씨가 웃었다. 그러더니 눈썹을 찌푸렸다.

"있잖아, 브리나는 힘겨운 시간을 보내는 중이야. 상담도 받아 봤어."

나는 깜짝 놀랐지만 잠자코 아저씨 이야기를 들었다.

"브리나는 엄마와 헤어지고서 혼란스러워했어. 그 애는 케이티보다 더 많은 걸 기억하고 있으니까. 내 말이 무슨 뜻인지 알겠니?"

아저씨가 접시를 넘겨주면 나는 물에 헹구었다.

"브리나는 너처럼 탄력적이지 않은 것 같아."

"탄력요?"

"그래, 누르면 다시 튕겨 나오는 거 말이야."

드와이트 아저씨는 자기가 한 설명에 웃었다. 나는 새 단어장에 그 말을 써야겠다고 머릿속에 잘 새겨 두었다. 새 단어장의 첫 번째 단어로 안성맞춤일 것이다.

"제 생각에도 전 튕겨 내는 편인 거 같아요. 하지만 제 말은, 브리나는 늘 생각하고 있다는 거예요. 브리나는 너무, 너무……."

드와이트 아저씨가 말을 거들었다.

"철두철미하다고?"

웹스터 사전에서 찾아볼 말이 또 하나 생겼다.

"애디 네 말이 맞아. 브리나는 철두철미하지."

드와이트 아저씨는 고개를 끄덕였다. 그리고 수세미에서 거품을 짜서 설거지대 안에 놓인 접시 위에 뿌렸다.

"하지만 그 철두철미함이 그 애에게 상처를 입히는 것 같아요. 아마 난 '무식하면 용감하다.'는 쪽이라서 튕겨 내는지도 몰라요. 내가 좀 더 똑똑했더라면……."

나는 문득 드와이트 아저씨가 가만히 서서 나를 바라보고 있다는 걸 깨달았다.

"애디, 얘야, 넌 아무런 이상이 없어. 오히려 아주 똑똑해. 너도 알잖니?"

나는 고개를 가로저었다.

"아니요. 난 학교에서 뭘 배우는 게 너무 힘들어요. 아저씨도 알잖아요."

"물론 알고 있단다. 네 학교에서 하는 학부모 면담을 빠지지 않고 전부 다녀왔잖아. 넌 난독증이 있는 거야."

"그거에 이름도 있어요? 내가 뭐라고요?"

"난독증. 학습 장애의 일종이란다."

"내 공간 지각 문제 말이에요? 읽고 쓰기가 힘든 거요?"

"그래. 그것도 일종의 난독증이라고 해. 하지만 난독증은 네가 어떻게 배우느냐에 대한 문제지, 네가 얼마나 똑똑하냐의 문제가 아니란다. 넌 남들보다 더 열심히 노력해야 하고 남들과는 다른 방식으로 공부해야 해. 하지만 넌 해내고 있잖아. 성적도 좋고, 악기 연주도……."

나는 아저씨의 말을 가로막았다.

"내 생각엔 선생님들이 그냥 봐주는 거예요. 선생님들은 그냥, 나한테 점수를 후하게 줘요."

"누가 그런 소리를 해?"

드와이트 아저씨는 몸을 돌려 나를 마주하고 섰다.

"가르치는 일이 대충 애들 사정 봐주는 거라니? 이게 무슨 소리야? 엄마가 그렇게 말하던?"

'엄마.'

드와이트 아저씨의 눈을 들여다보고 있자니 아저씨에게 엄마의 남자 친구와 외박, 그리고 새 아기에 대해서 다 말해 버리고 싶었다. 하지만 금세 마음을 고쳐먹었다. 결국 나는 집으로 돌아가야 했다. 이곳에서 보내는 시간은 그저 방학이고 파티일 뿐이었다. 내가 실제로 속한 생활에서는 엄마가 내가 가진 전부였다.

"애디야, 너 괜찮니?"

나는 눈을 깜박이고 마른침을 삼켰다.

"엄마는 내가 학구열이 없다는 것만 알아요."

"학구열? 뭐야, 그러는 자기는 뭘 제대로 알긴 아나?"

드와이트 아저씨가 껄껄 웃었다.

"미안하다. 농담이야."

아저씨는 예의바르게 굴려는 사람처럼 똑바로 섰다.

"애디야, 너도 다른 사람들만큼 충분히 학구열이 있어. 아무도 너한테 똑똑하지 않네, 뭘 잘 못 하네, 하는 소리를 하게 해서는 안 된다. 알았지?"

"알았어요."

드와이트 아저씨와 나눈 대화 때문이라고 생각하지는 않는다. 거기 있는 동안 특별히 무슨 일이 있었던 것도 아니다. 하지만 여관에서 머무는 동안 나는 점점 스스로가 투씨 사탕*처럼 느껴지기 시작했다. 겉으로는 알록달록 빛나는 멋진 시간을 보내고 있지만 내 안에서는 질겅질겅하고 끈적끈적한 알맹이가 질척대고 있었다.

날마다 우리는 즐거운 놀이를 했다. 여관 언덕에서 썰매를 타기도 하고, 눈사람을 만들어 당근 코와 순무 입을 달아 주기도 했다.

---

* 막대 사탕. 동그란 사탕 안에 초콜릿이나 과일 맛이 나는 젤리가 들어 있다.

음악을 들으며 아직 완성되지 않은 여관의 커다란 거실에서 춤도 추었다. 거실의 새 벽난로에서 처음으로 불이 활활 타올랐다. 드와이트 아저씨가 음악에 맞추어 나를 빙빙 돌리는 동안 나는 아저씨의 힘센 팔에 꼭 매달려 있었다. 아저씨는 내가 양말을 신은 채 새 마루 위를 스케이트 타듯이 쭉 미끄러질 수 있게 밀어 주었다. 나는 케이티에게 책을 하루에 백 권쯤은 읽어 주었다. 브리나는 옆에 앉아 입 모양으로 책을 따라 읽었다. 브리나는 책을 통째로 외우고 있었다. 밤이 되면 나는 낡은 안락의자에 앉아 한나 아줌마를 내 무릎 사이 바닥에 앉히고 아줌마의 머리를 땋았다. 하지만 하루가 끝날 때마다 늘 이상한 기분이 들었다. 나는 슬펐다. 그렇게 너무도 빨리 약속된 날들이 지나가 버렸다.

마지막 날 밤, 우리는 함께 저녁 식사를 차렸다. 나는 케이티가 냅킨을 접고 브리나가 식기를 나르는 모습을 지켜보았다. 한나 아줌마가 오븐 장갑을 끼고 찜 그릇을 빠르게 날랐다. 드와이트 아저씨는 성냥으로 촛불을 켰다. 나는 그 장면을 머릿속에 새겼다. 이것으로 끝이었다. 이 모든 것이 내 것이었지만 잠깐 동안일 뿐이었다. 빌린 거다. 플루트처럼. 내일이면 돌려줘야 한다. 그 순간 그곳에서 나는 이런 시간을 영원히 반복할 수는 없다는 걸 깨달았다. 무언가 바뀌어야만 했다.

36. 눈 더미

1월이 되자 눈보라가 몰려왔다. 눈보라는 한 번에 70~80센티미터가 쌓일 정도의 눈을 토해 냈다. 학교 친구들끼리 이틀에 한 번 꼴로 휴교한다고 농담을 할 정도였다. 하지만 빈 에이커에 하얀 새 담요가 덮이자 그 어느 때보다 보기에 좋았다. 도시에서 끊임없이 트럭 한가득 더러운 눈을 실어 와 그곳에 들이붓기 시작하기 전까지는 좋았다. 사람들 말로는 눈 때문에 차도가 위험할 정도로 좁아졌다고 했다. 눈 더미가 너무 높이 쌓여 주변이 보이지 않았다. 그래서 며칠 동안 프리맨스 다리 길과 노트 거리가 만나는 모퉁이에 사는 사람들은 트럭들이 빈 에이커를 이용하려고 부릉부릉 오가는 소리를 들었다.

우리 중 누구도 경치가 크게 바뀌는 데 그다지 신경을 쓰지 않았다. 하지만 도시 사람들이 더러운 것들을 한 트럭 가득 실어 와 사실상 소울라 할머니 집 위에 들이붓다시피 한 날은 사정이 달랐다. 나는 옆구리가 터진 빨래 바구니에 엉덩이를 찔리면서 머리와 장미 빨래방에서 돌아오고 있었다. 그때 엘리엇 아저씨가 고래고래 고함을 지르는 소리가 들렸다. 아저씨는 셔츠 바람으로 밖에 나와 있었다.

"서쪽 모퉁이부터 들이부을 수 없어요? 이봐요. 지금 당신이 그 쓰레기 더미를 사실상 내 친구 집 위에 들이부은 거라고요!"

아저씨는 팔을 크게 휘저었다.

"그 양반은 안 그래도 지금 골칫거리가 많아요! 햇살 한 줌조차 남겨줄 수 없어요?"

트럭 운전사는 엘리엇 아저씨에게 손을 흔들더니 어깨를 으쓱했다. 트럭이 움직이기 시작하자 엘리엇 아저씨가 막아섰다.

트럭 엔진의 소음 사이로 아저씨가 되풀이해서 말했다.

"제발요. 구멍이라도 내 줘요."

하지만 트럭 운전사는 차 앞에 제설기가 없다는 시늉을 했다. 그리고 우르릉대는 엔진 소리 너머로 외쳤다.

"미안합니다. 나야 그저 돈 받고 시키는 대로 할 뿐이에요."

트럭이 노트 거리 사이를 빠져나가 멀어져 갔다. 아마 눈을 더 가지러 가는 것 같았다.

엘리엇 아저씨가 악담을 했다. 아저씨는 맨손으로 눈을 집더니 똘똘 뭉쳐서 트럭이 떠난 언덕을 향해 던졌다. 나는 바구니를 트레일러 계단에 내려놓고 길을 건너갔다.

"엘리엇 아저씨!"

"어, 애디야, 안녕."

"무슨 일이에요?"

아저씨가 어깨를 으쓱했다.

"응, 그게, 보다시피 열 좀 식히고 있다."

아저씨는 희미하게 웃었다.

"안에서 보면 어느 정도로 나빠요? 눈 더미 말이에요."

아저씨가 우울하게 대답했다.

"구질구질한 언덕이 떡하니 서 있어. 그것도 할머니네 창문 코 앞에 말이야."

우리는 같이 편의점 안으로 들어가 온실로 향했다. 온실 창밖을 내다보니 아저씨 말이 맞았다. 소울라 할머니는 따뜻한 코코아를 한 잔 들고 둥근 접시 모양 의자에 앉아 있었다. 할머니는 나를 보자 미소를 지으며 윙크를 했다.

"트럭 앞에서 엘리엇 아저씨를 강제로 끌어내야 했니?"

할머니는 턱으로 엘리엇 아저씨 쪽을 가리키며 물었다.

"저 양반 고집이 아주 황소고집이지?"

엘리엇 아저씨가 할머니를 향해 고개를 주억거리며 말했다.

"아이고, 말씀 참 예쁘게도 하셔. 다 할머니 좋으라고 그런 거라고요."

"자네는 내 영웅이지. 하지만 엘리엇, 시를 상대로 싸울 수는 없어. 여기를 좀 봐. 내 평생 가져 본 적이 없는 걸 받게 되었잖아."

할머니는 창문과 그 너머의 눈 더미를 향해 손짓을 했다.

"여기는 소울라 할멈네 눈사태 현장입니다."

나는 할머니 말에 깔깔 웃었다.

엘리엇 아저씨가 말했다.

"아이고, 순진하시기는! 할머니가 무슨 알프스 소녀 하이디예요? 누가 들으면 세상 사람들 다 자기 집 앞마당에 저런 게 쏟아지기를 바라는 줄 알겠어요!"

"어라, 이 양반 좀 보게? 엘리엇, 자네 지금 질투하는 게야? 저 눈사태는 내 거야. 그런데 자네가 갖고 싶은 게야?"

할머니가 아저씨를 살살 약 올렸다.

엘리엇 아저씨는 입을 떡 벌리고 눈을 뱅글뱅글 굴렸다.

"아저씨, 어쩌면 저걸 팔 수 있을지도 몰라요."

나도 농담을 던졌다.

"어어, 너까지 그러지 마."

엘리엇 아저씨가 내게 손가락을 까딱까딱했다.

"어디 저게 다 녹을 때까지 한번 기다려 봐요! 그때까지 할머니 눈사태를 갖고 싶다고 나서는 사람이 있는지 한번 보자고요!"

"아저씨, 그래도 장난삼아 해 볼 수는 있잖아요. 한번 팔아 봐요. 표지판이라도 걸어 봐요. 재미있을 거예요."

결국 엘리엇 아저씨는 골판지 상자 한쪽을 잘라 기다란 자에 못으로 박았다. 소울라 할머니가 내게 분홍색 립스틱을 건네주었다. 나는 '눈사태 팝니다.'라고 커다랗게 썼다. 그러고 나서 밖으로 나가 눈 더미를 기어올라 눈 위에 표지판을 꽂았다.

흔히 뉴욕 주 북부 지역 사람들이라면 겨울 날씨쯤은 거뜬히 날 거라고 생각한다. 하지만 계속 거기서 살아온 내가 보기에 눈은 언제나 모든 것을 멈추게 한다. 적어도 잠시나마 모든 것이 멈춰 선다. 학교가 휴교한 날, 트레일러와 편의점 사이를 오가는 것 말고는 마땅히 할 일이 없었다. 그래서 나는 그 사이를 수도 없이 오갔다. 새로 눈이 내릴 때마다 나는 밖으로 나가 발자국을 남겼다. 그리고 돌아올 때면 항상 그 발자국을 다시 꼭꼭 밟았다.

우리 동네에는 제설차가 뜨문뜨문 왔다. 가끔 빨래방 아저씨가 바람으로 눈을 날려 버리는 제설기를 들고 나와서 빨래방 앞 주차 공간을 치웠다. 하지만 트레일러 앞 쪽마당은 눈에서 완전히 벗어날 길이 없었다. 나는 소울라 할머니와 엘리엇 아저씨에게 눈 때문에 엄마가 차를 트레일러 앞에 거의 대지 않는 거라고, 눈에 파묻혀 꼼짝을 못 하게 될까 봐 그렇다고 말했다. 또 때로는 내가 편의점에 너무 자주 들러서 할머니와 아저씨를 귀찮게 하지는 않았는지 걱정이 되기도 하였다. 그래서 어느 날 정말 괜찮은지 물어보았다.

"왜 우리가 네게 부츠를 선물했다고 생각하니?"

소울라 할머니가 빙그레 웃었다. 할머니 말을 있는 그대로 받아들이는 게 나을 것 같았다. 어딘가 시간을 보낼 곳이 있기를 바란다면 더욱 그랬다.

그날 나는 새로운 스포츠를 발견했다. 바로 골판지 보드 타기였다. 편의점에서 꺼낸 골판지 상자에 서서 소울라 할머니의 눈 더미를 미끄러져 내려오는 것이다. 엘리엇 아저씨는 골판지 보드 타기가 동계 올림픽의 새로운 행사가 될 거라고 장담하며 내 골판지 보드 제작자가 되겠다고 나섰다. 아저씨는 자기가 작업용 칼을 마음대로 다룰 수 있는 전문가라고 했다. 소울라 할머니는 온실 안에 앉아서 내가 미끄러져 내려오는 모습을 내내 지켜보았지만 엘리엇 아저씨는 창가와 가게를 오가며 뛰어다녔다.

엘리엇 아저씨가 유리 사이로 소리를 질렀다.

"손님들 불편이 이만저만이 아니야! 설원에서 쇼를 펼치는 애디슨 슈미터 선수의 우아하고 사랑스러운 모습이 잘 보이지 않잖아!"

"제가 우아하긴 하지요!"

나는 깔깔 웃었다.

"옷 때문에 그러죠?"

나는 눈 더미 위에서 입기에는 너무 짧은 바지를 내려다보았다. 나는 할머니와 아저씨한테 프랑켄슈타인처럼 뚜벅뚜벅 걸어가, 눈을 굴리면서 유리에 코를 갖다 댔다.

소울라 할머니가 내게 소리쳤다.

"스위스 사람들은 고쟁이를 입는다더라! 아가, 넌 멀쩡해 보여!"

할머니는 나더러 또 올라가라며 위쪽을 가리켰다.

할머니와 아저씨는 카드에다 숫자를 써서 점수를 매겼다. 내가 희한하게 넘어질 때마다 엘리엇 아저씨는 최고 점수를 줬다. 데굴데굴 공중제비를 넘으면 10점 만점이었다.

나는 유리에 대고 아저씨에게 물었다.

"날 죽이려고 그러는 거죠?"

소울라 할머니는 우아하게 착지하는 걸 좋아했다. 그래서 나는 눈에 얼굴을 처박았을 때에도 일어나서 팔을 머리 위로 들고 승리의 브이를 그렸다.

"바로 그거야! 계속 그 착지로 밀고 나가!"

할머니가 소리쳤다. 우리는 배를 잡고 웃었다. 너무 심하게 웃어서 바지에 오줌을 지릴까 봐 걱정이 될 지경이었다. 하지만 소울라 할머니가 늘 하던 대로 몸을 구부리고 껄껄거리는 모습을 보는 것만으로도 그럴 가치가 있었다.

마침내 낡은 잡화점 건물 뒤로 해가 넘어갔다. 슬슬 추워졌다. 나는 온실 안으로 들어가 라디에이터에 장갑을 말리면서 따뜻한 코코아를 마셨다.

소울라 할머니가 물었다.

"가서 엘리엇 아저씨한테 닭고기 파이 좀 가져오라고 할래? 그리고 아가, 오늘 저녁은 우리랑 같이 먹자꾸나. 어때? 네 엄마가 괜찮다고 하실까?"

"당연히 괜찮다고 하실 거예요."

그날 밤 나는 이 세상에서 닭고기 파이가 익는 냄새만큼 맛있는 냄새가 없다는 걸 알게 되었다. 또, 파이는 오븐에 오래오래 구워야 한다는 것도 알게 되었다. 소울라 할머니도 그걸 몰랐나 보다.

파이가 익기 전에 할머니는 잠들어 버렸다.

가끔 나는 트레일러에 혼자 앉아 있었다. 먼저 숙제를 했다.(학교가 언제까지나 휴교를 하지는 않았다.) 그리고 나서 텔레비전을 보고, 피콜로가 내 침대칸에서 마음대로 돌아다니도록 놓아 주었다. 나는 한나 아줌마가 준 아일랜드 노래 시디를 듣거나 라디오를 틀어 놓았다. 내 나름대로 할 일도 있었다. 부엌 선반에 무엇이 있는지 계속 확인하는 일이다.

치즈 마카로니 두 상자, 시리얼 거의 반 상자, 소다크래커 한 봉지, 파스타 한 봉지, 브라우니 믹스 한 상자가 있었다. 통조림 칸에는 토마토 수프 두 개, 과일 통조림 하나, 질척거리는 느낌이 꼭 고양이 사료 같은 싸구려 참치 통조림 하나가 있었다. 냉장고에는 달걀 두 개와 당근 네 뿌리가 나란히 있고, 우유 반 통과 거의 반쯤 먹어 치운 땅콩버터 한 통이 있었다. 냉동고 안에는 햄버거 빵 세 개가 있었다. 양이 얼마 되지 않아 보이지만 나는 나름대로 다 계산을 해 두었다. 치즈 마카로니 한 상자로 두 끼를 먹을 수 있다. 토마토 수프 통조림 하나는 300그램의 순수한 가능성 덩어리였다. 익힌 파스타 면과 고양이 먹이 같은 참치에 섞어 먹을 수도 있고, 토스트기에 구운 햄버거 빵 위에 부어 먹을 수도 있다. 아니면, 통조림 딱지에 쓰여 있는 대로 수프로 만들어도 된다. 하지만 뭘 해 먹든지 식료품이 떨어지지 않게 주의해야 했다. 엄마는 엿새째 집을 비웠다.

첫날에는 엄마가 밤에 전화를 했다. 엄마는 순전히 눈 때문에 집에 올 수가 없다고 했다. 폭설이 막 쏟아진 후에는 도심을 통과하기 어려웠다. 하지만 마음만 있다면 눈보라가 잠시 뜸할 때를 틈타 얼마든지 집에 돌아올 수 있었다. 나도 그 정도 눈치는 있었다. 여전히, 눈은 그다지 나쁘지 않은 핑곗거리였고, 드와이트 아저씨가 전화해서 또 언제 조지 호수에 오고 싶은지 물어보았을 때 나도 똑같은 핑계를 댔다.

"아, 어떻게 해요. 이놈의 눈 때문에 지금 노트 거리에는 아예 버스가 들어오지도 않을걸요. 아주 난리법석이에요. 아저씨도 우리 집 뒤에 쌓인 둔덕을 봐야 하는데. 모자를 썼을 때 내 키보다 더 높아요. 거기도 눈 많이 오지 않아요?"

"어, 그래. 여러 가지로 어렵단다. 트럭도 제대로 안 움직여. 그렇지 않으면 지금쯤 트레일러에 별다른 문제가 없는지 보러 갔을 텐데 말이다."

나는 잠자코 있었다.

"애디야, 버스가 안 다닌다고 했잖아. 어떻게 그럴 수가 있지?"

드와이트 아저씨가 물었다. 아저씨가 머리를 긁적이는 모습이 눈에 선했다.

"그야, 둔덕이 너무 높아져서요."

"아니, 내 말은 어떻게 버스가 그냥 그렇게 뚝 끊길 수 있느냐는 거야. 네가 잘못 알고 있는 거 같다. 지난번 눈보라 이후에 확인해 봤니? 내가 버스 회사에 전화해 볼까?"

"아니요. 내가 알아볼게요."

나는 가까스로 태연하게 대답했다.

"애디야, 서둘러 줘. 우리 모두 네가 보고 싶단다."

"알았어요."

"데니즈랑 이야기 좀 할 수 있을까? 집에 있어?"

나는 얼른 머리를 굴렸다.

"어, 드와이트 아저씨? 아저씨?"

나는 목소리를 크게 키웠다.

"전화 연결이 잘 안 되나 봐요."

"난 들리는데. 내 말 들리니?"

"드와이트 아저씨? 뭐라고 하셨어요? 이런, 아무래도 끊어야 할 것 같아요. 아저씨, 안녕히 계세요. 제 말이 들리는지 모르겠지만, 안녕히 계세요!"

나는 수화기를 내려놓고 전화기를 물끄러미 바라보았다. 눈물이 치솟으면서 눈이 시렸다. 전화기가 흐릿하게 보였다.

"벨아, 울리지 마. 울리지 마."

전화벨이 따르릉 울렸다. 나는 전화기가 울고, 울고, 또 울게 내 버려 두었다.

37. 그란디오 할아버지의 방문

드와이트 아저씨가 준 포인세티아 화분에 물을 부었다. 엄마가 버린 담배꽁초가 떠올랐다가 다시 아래로 가라앉는 모습을 지켜보았다. 포인세티아는 아직도 싱싱했다. 담배꽁초를 치워 줘야 하는 걸 알고 있었지만 꽁초를 만지고 싶지 않았다.

전망 창에 뭔가 파란색이 번득였다. 창으로 다가가자 엄마가 눈 위에 내려서더니 내가 만들어 놓은 발자국을 밟고 오는 모습이 보였다. 엄마가 문을 벌컥 열고 들어섰다.

"그 양반들 날이 갈수록 더 맛이 가는 것 같아."

엄마는 엄지로 편의점을 가리켰다.

"이제는 이 한겨울에 눈을 팔겠다잖아!"

"아, 눈사태 말이에요? 그거 농담이에요. 제가 쓴 거예요. 벌써 며칠이나 꽂혀 있었어요."

"그래, 그래서 무슨 말을 하고 싶은 건데?"

"엄마가 며칠이나 집을 비웠다는 거요."

"아유, 그런 말도 안 되는 소리 하지 마!"

엄마는 트레일러 안을 휘휘 둘러보고서 손을 번쩍 들었다.

"내가 나가 있는 동안 이 깡통에서 뭐가 떨어져 나갔어? 수도관이 터지기라도 했어? 먹을 게 없던?"

"아니요."

"그럼 됐잖아!"

엄마는 머리를 쓸어 넘기고는 우편물을 뒤지기 시작했다.

"드와이트가 돈 보냈어?"

"네, 거기 있어요. 일찍 보내 줬어요."

"어디?"

엄마는 뭔가 짜증이 난 것 같았다. 나는 손을 뻗어 광고 우편물 더미 사이에서 봉투를 끄집어냈다. 그리고 엄마 쪽으로 밀었다.

"아유, 다행이다!"

엄마는 한숨을 쉬더니 봉투를 찢어서 열었다.

"먹을 것을 사러 가야 해요. 집에 있는 건 모조리 다 떨어졌어요. 피콜로 사료도 필요해요. 여태 시리얼이랑 당근만 줬어요. 피콜로 똥이 점점 지저분해지고 있단 말이에요."

"그럼 목록을 만들어 봐."

엄마가 내게 손을 내저으며 말을 이었다.

"하지만, 정말로 필요한 것만 사야 해."

"그게 무슨 뜻이에요?"

"그러니까……."

엄마 목소리는 앙칼진 데다 왠지 급하게 들렸다.

"우리가 좀 위기 상황이거든. 하지만 잠깐 동안만이야. 곧 만회할 거야."

"엄마……."

"지난 달 신용 카드 고지서를 보고 피트가 화가 좀 났어. 내가 피트랑 얘기해서 다 해결 봤어. 대신 우리 이번 달에 현금이 좀 부족할 거야."

"얼마나 부족해요?"

"애디슨, 네 일이나 신경 써."

엄마는 드와이트 아저씨가 보내 준 수표를 처음으로 꼼꼼히 들여다보았다. 잠깐 침묵이 흐르나 싶더니 엄마가 욕을 하기 시작했다. 엄마는 주먹으로 탁자를 쾅쾅 내리쳤다.

내가 물었다.

"왜 그래요! 뭐가 잘못됐어요?"

"결제 날짜를 미뤄 써 났잖아! 이러면 다음 달 1일까지 현금으로 바꿀 수가 없단 말이야!"

"하지만 원래 그 날짜에 보내 주잖아요."

"그래. 그런데 이왕 일찍 보내 줄 거면 그냥 날짜 좀 당겨 써 주면 안 돼? 현금으로 바꿀 수 있는 게, 대체 언제야?"

엄마가 달력을 쳐다보았다.

"목요일이잖아!"

엄마는 다시 탁자를 내려쳤다.

"드와이트 그 인간, 일부러 이러는 거야! 내가 일이 안 풀리면 아주 좋아 죽는 거지! 내 애들을 뺏어 간 것도 모자라 그 인간이 내 삶을 송두리째 흔들고 있다고. 아, 피트한테 뭐라고 하지?"

엄마는 얼굴을 손에 묻었다.

엄마가 집에 없을 때는 엄마에게 화를 내기가 쉬웠다. 하지만 이 제 엄마가 집에 있고 이렇게 속상해하며 우니까 다시 마음이 아팠 다. 머리는 헝클어지고, 마스카라는 번져 있었다.

하지만 나는 스스로에게 다시 일렀다.

'엄마는 늘 이런 식이야.'

"애디, 애디야."

엄마가 코를 훌쩍이고는 다시 미소를 짓기 시작했다.

"네가 가서 편의점에 있는 덩치 큰 친구에게 이 수표를 현금으 로 바꿔 달라고 부탁해 봐. 그 할머니는 목요일까지 기다리기만 하면 되잖아."

엄마는 사정 좀 봐 달라는 웃음을 지었다.

"어, 글쎄요."

엄마에게 돈 문제가 있다는 걸 소울라 할머니에게 알리고 싶지 않았다.

"애디야."

엄마가 나를 향해 몸을 숙였다.

"너 밥 안 먹고 싶니? 저기 저 쪼그만 털북숭이는 어쩌고?"

엄마는 피콜로의 우리를 가리켰다.

"그리고 나는 어떡하니? 제발. 너한테 중요한 게 뭐야?"

"알았어요. 부탁해 볼게요."

"그래야지, 어서 가 봐! 가, 가, 가! 여기 이 수표를 가지고 가서 보여 줘. 할머니한테 드와이트는 확실하다고 그래. 지금껏 수표가 부도난 적이 없었어. 바꿔 주겠다고 하면, 다시 가져와. 내가 수표에 서명할 테니까."

당연히 소울라 할머니는 그렇게 해 주겠다고 했다. 엄마는 편의점 앞으로 수표에 서명을 했고 우리는 현금을 받았다. 하지만 나는 새로운 문제가 언제 또 터질지 궁금했다. 아니나 다를까 엄마는 내가 적어 준 식료품 목록에서 반 정도만 사 들고 집에 돌아왔다.

하지만 어쨌거나 집에 음식이 있어서 다행이었다. 주말에 그란디오 할아버지가 잠시 들렀기 때문이다. 엄마가 집에 있었다면 고래고래 소리를 질러 할아버지가 트레일러에 발도 들이지 못하게 했을 터였다. 하지만 엄마는 집에 없었다.

"드와이트가 나더러 한번 들러 보라고 하더구나."

그란디오 할아버지가 특유의 걸걸한 목소리로 말하며 거침없이 집 안으로 들어왔다.

"트럭만 아니었으면 드와이트가 직접 와 봤을 거다. 애기들한테 열이 있어서 한나를 차도 없이 혼자 두고 올 수 없는 모양이야. 넌 별일 없는 게냐?"

그란디오 할아버지는 집 안을 대충 둘러보았다.

"브리나랑 케이티가 아파요?"

"그냥 감기인가 보더라. 전화는 되니?"

할아버지는 수화기를 들고 귀에 갖다 대어 보았다.

"네, 돼요. 저도 아주 잘 지내고 있고요."

나는 미소를 지었지만 할아버지는 나를 보고 있지 않았다.

"그래, 자동 응답기는 어떻게 된 거냐? 드와이트가 메시지를 남겼는데 너나 네 어미가 전화를 주지 않았다고 하던데."

그란디오 할아버지가 엄한 눈으로 나를 쳐다보았다. 나는 숨을 멈추고 어깨를 으쓱해 보였다. 할아버지는 냉장고 안을 들여다보고, 선반을 열어 통조림과 상자들을 쿡쿡 쑤셨다.

"음, 얘야, 뭐 필요한 건 없니?"

"없사옵니다."

"그럼 됐다. 드와이트한테 전화해서 아무 탈 없다고 알리마."

"할아버지, 들러 줘서 고마워요."

나는 그란디오 할아버지가 차로 돌아가는 모습을 오도카니 바라보았다. 할아버지가 차를 하도 거세게 모는 바람에 차가 눈이 얼어붙은 쪽마당에서 옆으로 주르륵 미끄러졌다. 나는 차를 밀려고 외투를 입고 나갔다.(그날 아침에는 엄마 차를 밀었다.) 할아버지는 들어가라며 손짓을 했다.

"됐다, 됐어! 안에 들어가!"

"정 그러시면 어쩔 수 없지요."

나는 웅얼거리며 할아버지 말을 따랐다. 나는 문가에 서서 할아버지 차가 흔들리며 바퀴가 헛돌아가는 소리를 들었다. 한숨이 푹 나왔다. 그란디오 할아버지는 뭐든지 혼자 해결하는 걸 좋아한다는 말을 드와이트 아저씨한테 자주 들었다. 엄마는 그란디오 할아버지를 완전 똥고집이라고 했다. 둘 다 맞는 말 같다. 바퀴가 잠깐 동안 다시 끽끽 새된 목소리로 노래를 불렀다. 그렇게 그란디오 할아버지가 떠나갔다. 내 깊은 한숨 소리가 울렸다.

나는 피콜로에게 말을 걸었다.

"우선은 보냈어. 하지만 이봐 친구, 이제 너랑 나랑 관심 좀 끌게 생겼어."

드와이트 아저씨는 직접 오지 못하면 언제고 다시 그란디오 할아버지를 보낼 게 분명했다.

38. 밸런타인데이!

밸런타인데이에 헬레나와 함께 학교를 나서다 교문 앞에서 드와이트 아저씨를 발견했다. 아저씨는 트럭에 기대서 있었다. 나를 보고 아저씨는 활짝 웃으며 일어섰다.

내가 투덜거렸다.

"이런, 내 새아버지야."

나는 헬레나에게 우리 가족의 처지에 대해 그다지 이야기한 적이 없었다. 더 이상 조지 호수에서 시간을 보내지 않기로 마음먹었다는 사실은 말할 것도 없었다.

헬레나가 말했다.

"어머나, 이번에는 저 아저씨가 직접 찾아왔나 보네."

"그런 거 같아."

"저 아저씨랑 이야기하는 동안 내가 옆에 있어 줄까?"

헬레나의 제안에 살짝 소름이 끼쳤다. 아무래도 내가 헬레나에게 이상한 생각을 심어 준 모양이었다. 드와이트 아저씨를 나 혼자 만나서는 안 되는 위험한 괴짜로 생각하다니!

"아니야. 괜찮아. 내일 만나."

헬레나는 노트 거리를 향해 걸어갔다. 나는 잠깐 헬레나의 뒷모습을 바라보다가 드와이트 아저씨에게 갔다.

드와이트 아저씨가 소리쳤다.

"애디야, 안녕!"

"안녕하세요."

아저씨는 윗도리 주머니에서 건축용 판지로 만든 꼬깃꼬깃한 밸런타인 카드 두 장을 꺼냈다.

"큐피드 한 쌍이 날 여기로 보냈단다. 꼬맹이들이 주는 거야."

나는 아무런 대답도 하지 않았다.

"어, 그리고 너한테 줄 게 있단다."

아저씨는 바지 뒷주머니에서 점심 식권 한 꾸러미를 꺼내 내밀었다.

"뭐 한 거예요? 학교에 들어가서 이걸 산 거예요?"

"그래. 그리고 교장 선생님하고 이야기도 잠깐 나누었단다."

"왜요? 다 잘 돌아가는데요."

나는 코를 찡그렸다. 아저씨가 지금 내 학교 문제에 관여하는 게 우습게 느껴졌다. 한때는 아저씨가 학부모 간담회에 일일이 다 참석했더라도 말이다.

"혹시 선생님들한테 뭔가 근심거리라도 있나 싶어서."

"그런 게 있대요? 그렇다면 엄마가 알았을 텐데요."

"아니. 선생님들이 널 정말 좋아하더구나. 나한테 말한 바로는 그래."

드와이트 아저씨는 잠시 아무 말 없이 손가락으로 트럭 차체를 두드렸다.

"물론 나한테 그다지 많이 이야기하지는 않겠지, 난……, 뭐 너도 알잖아. 그나저나, 나한테 플루트 문제를 이야기하지 그랬니?"

나는 발을 빙빙 돌렸다.

"아저씨도 어쩔 수 없었을 거예요."

나는 어깨를 으쓱해 보였다.

"그냥 제가 해결하고 싶었어요. 이제 끝났어요. 그래서 기뻐요."

아저씨는 고개를 끄덕였다. 내 말을 듣고도 그다지 놀라지 않는 것 같았다.

"좀 걸을까? 유니언 거리 쪽으로 한 구역 정도. 시간 있니?"

나는 후, 하고 불평 어린 한숨을 크게 내쉬었다.

"그런 거 같아요."

걸어가면서 드와이트 아저씨는 작은 플라스틱 카드를 내밀었다.

"현금 인출 카드야. 돈이 꼭 필요할 때를 대비해서 어떻게 쓰는지 보여 주고 싶구나."

"그런 거 조금도 필요하지 않아요."

내가 대답했다. 하지만 드와이트 아저씨는 아랑곳하지 않고 카드를 들이밀었다.

"13, 7, 4야. 기억하기 쉬울 거야. 네 나이, 그 다음에 브리나 나이, 케이티 나이야."

웃음이 터질 뻔했다. 아저씨는 우리도 세월 따라 나이를 먹어 간다는 걸 잊은 모양이었다. 아저씨와 나는 유니언 은행의 현금 인출기로 걸어갔다. 카드를 쓰는 방법은 꽤 쉬웠다. 인출기가 무얼 어떻게 해야 할지 다 일러 주었다.

드와이트 아저씨가 설명했다.

"이 계좌에 이삼백 달러 정도 넣어 뒀단다. 하지만 한 번에 이십이나 사십 달러 정도 뽑는 게 가장 안전할 거야, 알았지? 그리고 밤에는 절대로 인출기에서 돈을 뽑지 마. 꼭 낮에만 사용해야 해. 그 편이 더 안전하단다."

"알았어요. 하지만 쓸 일은 없을 거예요."

드와이트 아저씨는 내 대답을 못 들은 척했다.

"이제 가장 어려운 부분인데."

아저씨는 턱을 쓰다듬으며 말을 이었다.

"난 지금 옳은 일을 하기 위해서 나쁜 사람이 되어야 할 처지란다. 내 말을 이해하겠니?"

"무슨 말인지 모르겠어요."

"그 카드를 비밀로 해 주면 좋겠구나. 엄마한테는 카드 이야기 하지 말고 절대로 비밀번호도 알려 주지 마. 이건 널 위한 거야. 그리고 비상사태를 대비한 거고."

"알겠어요."

드와이트 아저씨가 미소를 지었다.

"그래. 그럼 아이스크림이나 먹으면서 그간 어떻게 지냈는지 이야기 좀 나눌까?"

나는 고개를 가로저어 싫다고 했다. 턱이 떨리지 않도록 이를 악물었다.

'아저씨, 그냥 집으로 돌아가요.'

"곧 봄방학이잖아. 그때는 버스가 다니지 않을까? 엄마가 조지 호수에 가는 걸 허락할 것 같니? 아니면 내가 와서 널 태우고 가도 돼."

나는 대답하지 않았다. 그저 인도 곁에 꽁꽁 얼어붙은 얼음덩어리를 툭툭 걷어차기만 했다.

드와이트 아저씨가 물었다.

"좋아, 애디. 도대체 무슨 일이야? 왜 안 오려고 하는 거니?"

내가 얼음덩어리를 더 세게 차자 얼음이 잘게 부서지더니 아이스하키 퍽*처럼 옆으로 싹 미끄러져 갔다.

"가고 싶지 않은 게 아니에요."

"그래, 그럼 무슨 일이야? 영문을 모르겠구나. 크리스마스 때 즐겁지 않았니? 내가 뭘 잘못 본 건가?"

아저씨가 잘못 본 게 아니라 내가 잘 못 보는 게 문제였다. 나는 모두가 너무나 보고 싶어 견딜 수가 없을 지경이었다.

"아니요. 아무도 잘못한 사람 없어요."

---

* 아이스하키에서 쓰는 작은 원반 모양으로 생긴 공.

나는 깊이 숨을 들이쉬었다. 차가운 공기가 가슴 속을 따갑게 헤집고 들어왔다.

"그저 계속해서 거기 갈 수 없을 뿐이에요. 그렇게, 그렇게 좋은 시간을 계속해서 보낼 수는 없어요. 그건 현실이 아니에요. 아저씨 말이 맞아요. 크리스마스 때 즐겁기는 했었죠. 정말 그랬어요."

아저씨는 잠시 생각에 빠졌다. 나는 아저씨와 눈을 마주치지 않으려 애썼다.

"하지만 그런 좋은 시간은 끝이 있기 마련이고, 그러면 집으로 돌아와야 한다는 사실이 속상하다는 거니?"

아저씨의 질문에 나는 아무런 대답을 할 수가 없었다.

"네가 언제 오는지 브리나와 케이티가 계속 물어본단다. 그 애들은 널 봐야만 해. 그리고 내 생각엔 너도 그 애들을 만나야만 하고."

"전화로 이야기하면 돼요."

"아니, 그거로는 충분하지 않아. 우린 가족이야."

아저씨가 단호하게 말했다.

"어떻게 보느냐에 따라서 달라요."

내 대답이 얼마나 못되게 들릴지 뻔히 알면서 그렇게 말해 버렸다. 드와이트 아저씨는 내 어깨를 부여잡더니 얼굴을 가까이 들이댔다. 아저씨가 나지막한 목소리로 물었다.

"애디야, 도대체 무슨 일이니?"

아저씨의 눈시울이 붉어지기에 나는 고개를 돌려 버렸다.

"아무 일도 없어요."

숨이 멎을 것 같았다.

"그냥 더는, 아무렇지도 않은 척 못 하겠어요."

나는 고개를 흔들었다.

"난 아무렇지도 않은 척하기에는 너무 커 버렸어요. 난, 난, 탄력적이지 않아요. 드와이트 아저씨, 정말 아니에요."

"오, 애디야."

드와이트 아저씨가 외투 자락을 놓고 나를 안으려 팔을 뻗었다. 하지만 나는 재빨리 몸을 뒤로 빼고 고개를 더 세차게 흔들었다. 그리고 빽 소리를 질렀다.

"하지 마세요!"

"그래, 그래."

아저씨가 가만가만 말했다.

한참 침묵이 흘렀다. 아니, 완전한 침묵은 아니었다. 도시는 우리 주변에서 여전히 움직이고 있었다. 사람들이 스쳐 지나갔다. 차들이 유니언 거리를 오갔다. 나는 가쁜 숨을 몰아쉬며 가슴 속으로 힘겹게 공기를 밀어 넣었다. 우리가 거기에 서 있는 걸 사람들이 이상하게 여길지 궁금했다. 다 큰 어른과 어린 여자아이가 길에 서서 티격태격하는 것처럼 보이는 이유를 궁금해할까? 드와이트 아저씨는 손으로 입을 가렸다가 턱을 쓰다듬었다. 콧숨으로 계속 푸푸 한숨을 쉬었다.

"가야 하지 않아요?"

내가 겨우 입을 뗐다.

"잊지 마세요. 오늘은 밸런타인데이예요."

아저씨가 천천히 고개를 끄덕였다.

"가야지. 하지만 애디야, 이걸로 우리 사이가 끝난 건 아니야."

"글쎄요. 내 생각엔 끝났어요. 끝내야만 해요."

나는 웅얼웅얼 대답하고서 뒤로 돌아 유니언 거리로 향했다. 드와이트 아저씨가 내 뒤를 따라왔다. 아저씨가 트레일러까지 태워주었다. 다행스럽게도 아저씨는 안에 들어가려고 하지 않고, 뒤로 돌아가 전기선만 확인했다. 나는 어떻게든 아저씨가 안으로 들어오지 못하게 하려고 아저씨 뒤를 따라다녔다. 아저씨는 전기선이 연결된 곳은 눈을 치워 두는 게 좋다고 알려 주었다. 나는 엄마에게 말해 두겠다고 했다. 그러고 나서 나는 아저씨에게 작별 인사를 했다. 한번 안아 드리지도 않았다. 지독한 짓이었다. 하지만 그렇게 하는 게 옳았다.

트레일러 안에서 나는 아저씨가 준 현금 인출 카드를 파란색 여행 가방 주머니 한쪽에 집어넣었다. 그런 다음 여행 가방을 최대한 작게 둘둘 말아 옷장 깊숙이 쑤셔 넣었다.

"어때, 피콜로, 완벽하지 않아? 두 가지 다 절대로 쓸 일이 없는 물건이니까 한곳에 두는 게 좋을 거야."

드와이트 아저씨가 식권을 사는 모습을, 또 내가 잘 지내는지 확인하려고 스케넥터디까지 먼 길을 달려오는 모습을 떠올려 보았다. 또 내가 얼마나 못되게 굴었는지도 생각했다. 나는 다시 피콜로를 쳐다보며 말했다.

"하지만 못되게 굴어야만 했다고."

나는 침대칸에 벌러덩 드러누웠다. 발을 들고 발가락이 천정에 닿도록 발끝을 쭉쭉 뻗었다. 마음속에 여관 모습이 계속 떠올랐다. 눈 쌓인 언덕 위에 동생들이 서 있는 모습, 한나 아줌마가 현관문에 서서 땋은 머리를 뒤로 넘기는 모습, 드와이트 아저씨가 아침에 일하러 가느라 공구 벨트를 두르는 모습이 스쳐 지나갔다. 저녁이 차려진 식탁이 그려졌다.

"그 식구들 식탁이야. 내 것이 아냐."

나는 눈물을 삼켰다.

"좋아. 이렇게 됐다고 약해 빠진 울보가 되지는 않을 거야."

나는 손가락으로 피콜로의 우리를 부드럽게 톡톡 쳤다.

"알겠지, 피콜로?"

나는 소매로 콧물을 닦았다.

"게다가, 우린 잘 지낼 거야. 집도 있고, 엄마도 늘 음식이 떨어지기 전에는 돌아오니까."

나는 부엌으로 들어갔다. 뭐가 있는지 이미 정확히 알고 있었지

만 다시 한 번 선반을 확인했다. 나는 피콜로가 들을 수 있게 큰
소리로 외쳤다.

"치즈 마카로니 한 상자, 브라우니 믹스 하나, 과자 한 봉지. 빈
시리얼 상자 하나."(빈 상자는 그냥 전시용으로 두었다.)

통조림으로 넘어갔다.

"토마토 수프 두 개, 닭고기 국수 수프 하나."

냉장고를 열었다.

"버터 한 덩어리. 다이어트 소다 한 캔, 피클 한 병. 이제 햄스터
식품 저장고를 살펴볼 차례야."

나는 돌아서서 옷장으로 갔다.

"새 모이 반 자루랑 자주개자리 씨앗 거의 한 상자 가득. 흠, 피
콜로, 너랑 나의 덩치를 고려해 볼 때, 음식이 재산이라면 넌 오
늘 여왕님 수준인걸. 하지만 그란디오 할아버지가 오면 우리 둘
다 골치 아파질 거야."

그란디오 할아버지가 상자들을 손가락으로 쿡쿡 찔러 보던 게
기억났다.

"저 빈 시리얼 상자가 문제야."

나는 침대칸에서 폴짝 뛰어내렸다. 선반에서 상자를 꺼낸 다음,
트레일러를 뒤졌다. 결국 돌돌 만 잡지를 상자에 쑤셔 넣었다. 잡
지가 들어가자 상자에 다시 시리얼이 가득 찬 것처럼 보였다. 그
러자 새로운 아이디어가 떠올랐다. 나는 종이 쓰레기 더미를 뒤졌

다. 평평하게 펴 놓은 치즈 마카로니 상자 두 개가 나왔다. 나는 엄마 사무용품 가운데서 풀을 찾아내 상자를 원래 모습으로 만들었다. 그러고 나서 엄마가 뚜껑 한 번 열지 않은 압정들로 상자를 가득 채웠다. 상자를 흔들어 보았다.

"헤, 헤, 헤, 피콜로! 어때? 진짜 마카로니 소리처럼 들리지!"

나는 다시 상자를 흔들며 차차차 춤을 슬쩍 추었다. 하루 종일 나를 옭아매고 있던 기분이 한결 나아졌다. 나는 윗도리 주머니에서 동생들이 보낸 꼬깃꼬깃해진 밸런타인 카드를 꺼냈다. 카드를 잘 편 다음 잠깐 동안 뚫어져라 쳐다보았다. 카드는 사랑스럽게 잘 장식되어 있었다. 나는 엄마에게 크리스마스 선물로 준 종이 갓에 카드를 붙였다. 그러고 나서 오래된 신문으로 하트 모양 사슬을 오려 전등갓 위에 걸쳐 놓았다.

밸런타인데이 저녁 식사로 토마토 수프 통조림을 데웠다. 보기에도 좋고 맛도 더 진하도록 버터를 조그맣게 잘라 수프 위에 띄웠다.(엘리엇 아저씨가 가르쳐 준 방법이다.) 피콜로 사료는 침대보 위에 바로 부었다. 그러고 나서 피콜로를 우리에서 꺼내 내 곁에 앉혔다. 나는 수프를 먹고, 피콜로는 씨앗을 볼 한가득 집어넣었다. 피콜로의 얼굴이 오동통한 밸런타인 하트처럼 보였다.

39. 배 속이 꾸르륵

봄방학 문제에 대한 내 걱정은 다 쓸데없는 것이었다. 드와이트 아저씨가 밤에 전화를 했을 때, 마침 엄마가 집에 있었다. 엄마는 나를 데려가고 싶다는 아저씨의 제안을 단박에 거절했다. 물론 엄마는 단지 아저씨를 괴롭히려고 그랬지만, 그 문제로 티격태격 싸움이 일어나지는 않기에 나는 마음이 놓였다. 그런데 싸움이 없었다는 것은, 드와이트 아저씨가 두 번 다시 물어보지 않을 거라는 뜻일까? 배 속이 꾸르륵거리며 뒤틀리는 것 같았다. 하지만 나는 그 느낌을 무시했다. 엄마와 나는 장 본 것을 정리했다. 나는 정리를 하면서 몇 끼니를 먹을 수 있는지 세었다.

'사과 소스 한 단지랑 익힌 콩 통조림 두 개면 네 끼를 먹을 수 있어. 빵 한 덩어리는 끄트머리 갈색 부분까지 합치면 열여덟 조각이니까⋯⋯.'

"애! 너 그간 뚱뚱보 가게 친구들에게 빌붙었나 보구나."

엄마가 팔꿈치로 나를 쿡 찌르며 킥킥거렸다.

"여기 아직 마카로니가 잔뜩 있잖아."

엄마가 상자를 흔들었다.

"아니에요. 그거 가짜예요. 선반이 가득 차 보이게 하려고 그랬어요. 그란디오 할아버지가 다시 올 때를 대비해서요."

"잭? 그 영감이 여기 왔었어? 집 안에 들어온 거야? 그 영감이 무슨 일로 내 집에 발을 들여!"

엄마는 성을 내며 우겼다.

"그 영감에게 들어오지 말라고 해도 돼. 알았어?"

"엄마, 그란디오 할아버지라고요. 도끼 살인마가 아니에요."

"그나저나 그 영감, 뭣 때문에 온 거야?"

엄마가 물었다.

"글쎄요. 드와이트 아저씨가 우리 걱정이 돼서 할아버지를 보냈대요."

"그래, 그러시겠지. 드와이트 아저씨께서 우리가 너무 걱정돼서 애당초부터 이런 쓰레기 같은 깡통집에 우리를 밀어 넣으셨지. 그 인간이 죄책감 때문에 괴롭다면 그래도 싸!"

엄마는 계속 부글부글 화가 끓어오르는 모양이었다. 한참 지난 뒤, 엄마는 다이어트 소다를 들고 의자에 앉아 담배에 불을 붙였다.

내가 엄마한테 물었다.

"담배는 아기한테 나쁘지 않아요?"

"뭐라고? 나더러 아기를 가지면 안 된다던 사람이 무슨 상관이야?"

나는 어깨를 으쓱했다. 엄마는 담배를 한 모금 빨았다.

"끊을 거야. 지금은, 그냥 좀 불안해서 그래."

"집에 있을 거예요?"

"오늘 밤은 여기 있을 거야. 네가 저녁 좀 만들래? 발이 아파 죽겠어."

엄마는 발을 하나씩 의자 위에 툭 올리더니 코로 담배 연기를 푹 내뿜었다.

"임신하면 몸이 얼마나 축나는지 잊어버리고 있었지 뭐야."

"알았어요. 내가 저녁 만들게요."

40. 잔칫날

소울라 할머니는 계속 기운을 차리지 못했다. 피부도 어쩐지 누르께해 보였다. 계속 분을 발랐지만 언제나 얼굴에 누런 빛이 비쳤다. 지난번 화학 치료 때문인지 궁금했다.

우리는 거의 날마다 저녁을 같이 먹게 되었다. 소울라 할머니가 나더러 저녁을 만들도록 허락해 주었을 때 나는 정말 기뻤다. 할머니가 베풀어 주는 친절에 조금이라도 보답하는 것 같았기 때문이다. 게다가 할머니는 내 토스트 만찬을 좋아했다. 할머니가 꼬마였을 때 먹던 음식이 생각난다고 했다.

어느 날 저녁 토마토 수프를 얹은 내 특제 토스트를 한 입 베어 물면서 할머니가 말했다.

"젊다는 게 어떤 건지 다시 기억나게 해 주는구나. 이런 늙은이에게 그런 생각이 들게 하는 게 이제 이 지구상에는 얼마 남아 있지 않단다. 아가, 넌 내 영웅이야."

가끔 엘리엇 아저씨도 남아서 저녁을 같이 먹었다. 그때마다 엘리엇 아저씨와 소울라 할머니는 샐러드 전쟁을 벌였다. 아저씨는 샐러드를 만들고, 할머니는 샐러드를 먹지 않으려고 했다.

"초록색이 진할수록 비타민 C가 많다고요."

엘리엇 아저씨가 이렇게 말하며 할머니 코앞에 샐러드 그릇을 들이밀면 할머니는 아저씨를 찰싹 때렸다.

"이런 멍청이, 그 그릇 저리 치워!"

할머니는 이렇게 말하고 고개를 돌려 버렸다.

"우리 조상님들이 먹이 사슬 꼭대기에 올라서려고 얼마나 힘겹게 싸웠는데, 내가 푸성귀나 먹고 있으면 뭐라고 하시겠어!"

"이런 고집쟁이 할망구. 행여 건강해지기라도 할까 봐 무서운 거예요?"

엘리엇 아저씨가 할머니를 향해 샐러드 집게를 흔들었다. 그러자 할머니가 톡 쏘아붙였다.

"날 좀 봐, 엘리엇! 내가 이제라도 건강해질 사람으로 보여?"

아저씨도 버럭 소리를 질렀다.

"노력은 해 봐야죠!"

두 분이 싸워도 나는 계속 저녁을 먹었다. 이렇게 싸우고도 괜찮을지 궁금했다. 불쌍한 엘리엇 아저씨. 아저씨는 삼십 분 동안이나 얼굴이 시뻘게져 있었다. 그다지 먹지도 않았다. 접시 위 음식을 헤집기만 했다. 나는 신경 써서 샐러드를 잔뜩 먹었다.

나중에 아저씨는 가게에서 스펀지케이크를 가져와 할머니에게 건네며 미안하다고 했다.

"먹고 싶은 거 아무거나 드세요."

소울라 할머니는 못미더운 듯 아저씨를 쳐다보았다.

"마지막 치료 끝나면 확실히 파티 열어 주는 거지?"

할머니는 슬리퍼를 신은 발을 앞으로 쭉 뻗고서 바닥을 톡톡 쳤다. 입술도 삐죽이 내밀었다.

엘리엇 아저씨가 대답했다.

"물론이에요."

할머니가 애원하는 목소리로 물었다.

"집채만 한 초콜릿 케이크도 있는 거지?"

엘리엇 아저씨가 말했다.

"어유, 생각만 해도 토할 것 같아요."

아저씨는 내 쪽을 보고 씩 웃으며 눈을 굴렸다.

가스레인지 위 프라이팬에서 반으로 접힌 옥수수 토르티야가 지글지글 구워지고 있었다. 기름기 섞인 연기가 트레일러 안에 가득했다. 칠리 가루를 섞은 고기와 콩 냄새가 났다.

내가 트레일러에 들어서자 엄마가 환호성을 질렀다.

"배고프지!"

"벌써 저녁 먹었어요. 엄마가 와 있는 줄 몰랐어요."

엄마는 활짝 웃으며 손바닥을 크게 짝 마주쳤다.

"그럼 또 먹으면 되지! 오늘은 잔칫날이야!"

엄마는 검지로 허공에 커다란 동그라미를 빙글빙글 그렸다. 그러고는 포크로 토르티야를 찍어 뒤집더니 칼을 들어 피망을 반으로 갈랐다. 엄마 팔꿈치 근처에 놓인 양푼들에는 각각 다진 양파

와 강판에 간 치즈가 수북이 쌓여 있었다.

"그 여물 통 좀 저어."

"오늘 무슨 특별한 날이에요?"

나는 이렇게 묻고는 고기와 콩이 든 냄비 속에 숟가락을 넣고 저었다.

"꼭 무슨 날이어야 하니? 그냥 잔치를 벌이는 거야!"

엄마는 같은 말을 되풀이했다.

나는 숟가락에 묻은 음식을 떨어내려고 숟가락을 냄비 귀퉁이에 탕탕 쳤다.

엄마가 말을 이었다.

"먹을 게 남아돌아서 문제일 리는 없잖아."

뭐, 그건 맞는 말이란 생각이 들었다. 나는 숟가락을 빙빙 돌렸다. 이걸로 냉장고 안이 꽉 들어차게 될 거다. 아마 엄마가 다시 돌아올 날까지 그렇겠지. 죽기 아니면 살기. 그게 엄마였다.

"냉장고에서 양상추 좀 꺼내 줄래?"

나는 엄마가 시키는 대로 움직였다. 양상추를 건네주자 엄마는 랩을 벗기지도 않은 채 그대로 칼날을 쑤셔 넣더니 잠깐 양상추를 쳐다보았다. 그러더니 그제야 랩을 벗겨 냈다.

"오! 오! 오랜만에 보는 내 사랑!"

엄마는 연녹색 양상추 머리통에 말을 걸었다. 입술을 오므리고 쪽쪽 입 맞추는 소리를 냈다.

"어떻게 그렇게 오랫동안 떠나 있을 수 있어요? 난 당신이, 쪽! 돌아오기만을 기다리고 또 기다렸어요!"

쪽! 쪽! 엄마는 계속해서 떠들었다. 왜 내가 웃지 않았는지 나도 모르겠다. 웃음이 날 만큼 충분히 재미있는 광경이었다. 나는 웃는 대신 수세미를 집어 들었다.

"어이, 시큰둥이 애디."

엄마는 양상추 꼭두각시를 탁자 위에 내려놓았다.

"너 도대체 뭣 때문에 그래?"

나는 고개를 흔들었다.

"뭣 때문이냐니까?"

"엄마 때문에요."

내가 대답했다. 나는 설거지대 앞에 서서 이유도 없이 수세미 위에 물을 틀었다가 잠그기를 되풀이했다.

"엄마가 지금 뭘 하는지 알아요. '트레일러 채우기'를 하고 있잖아요."

"트레일러 채우기?"

"여기를 음식으로 가득 채우려고 그러잖아요."

나는 수세미로 조리대 귀퉁이를 박박 문질렀다.

"또 떠나려는 거예요."

엄마가 순간 얼어붙었다.

"아니, 여기 늘 처박혀 있을 수는 없잖아! 난 직업이 있다고. 안 그래? 정말 나한테 화내는 거야? 참 나, 믿을 수가 없네!"

"엄마는 항상 외출 중이잖아요."

나는 고기 포장용 접시를 쓰레기통에 쑤셔 넣고 두 번 세게 눌렀다.

나는 웅얼웅얼 말을 뱉었다.

"이러다 다시 걸리고 말 거예요."

"걸린다고? 아니, 아니야. 안 걸려."

엄마는 숨을 깊이 들이쉬었다.

"이건, 이건 지난번이랑은 달라. 게다가 넌 이제 열세 살이잖아! 널 좀 보라고! 내 말 좀 들어 봐. 내가 지금 이렇게 요리하느라 애쓰는데 넌 잔치를 망치고만 있잖아. 자, 애디슨, 행복하게 즐겨!"

엄마는 계속해서 재료를 썰고 음식을 볶았다. 그러다가 나를 쳐다보지는 않은 채 말했다.

"내가 여기 없는 동안, 넌 그저……. 그저, 스스로 아주 잘 챙기면 되는 거야. 나한테 시간을 조금만 더 줘. 다 잘될 거야."

나는 한동안 말없이 있다가 물었다.

"피트 아저씨한테 말했어요?"

엄마가 딱 잘라 대답했다.

"아기 이야기도 그 사람이 알아야 할 때가 되면 할 거야."

"내 말은 그게 아니에요. 그 아저씨에게 내 이야기를 했는지 묻는 거예요."

엄마는 아무 대답도 하지 않았다.

나는 타코 하나를 겨우 먹었다. 엄마는 세 개를 먹었다. 엄마가 다이어트 소다를 들고 텔레비전 앞에 자리를 잡는 동안 나는 부엌을 치웠다. 치우는 데 시간이 영원히 걸릴 것 같았다. 사방에 기름이 튀어 있었다. 엄마는 고기와 콩으로 범벅이 된 숟가락을 조리대 위 각각 다른 곳에 열 번쯤 내려놓았다. 음식 찌꺼기 웅덩이가 사방에 있었다. 치우면 치울수록 더 화가 치밀었다. 엄마는 〈명판사 저넷〉에 딱 붙어 앉아 있었다. 차라리 나 혼자 지낼 때가 낫다는 생각이 들기 시작했다. 그때는 어쨌거나 내가 어지른 것만 치우면 됐다. 나는 냄비에서 고기와 콩을 긁어서 플라스틱 그릇에 모아 냉장고에 보관했다. 그러고는 냄비를 설거지대 안에서 박박 문질러 씻은 후 손을 닦았다.

"겨우 끝났네."

돌아서자 가스레인지 위에 놓인 토르티야 팬이 보였다. 그리고 아까 미처 보지 못한 양파 양푼이 눈에 들어왔다. 이 사이로 작게 으르렁거리는 소리가 절로 흘러나왔다.

엄마가 소리쳤다.

"애디야, 나머지는 내가 할게."

"아, 정말요? 그럼 그렇게 해요. 나는 숙제할게요."

아침에 일어나니 엄마는 텔레비전 앞에 잠들어 있었다. 어젯밤 엄마는 한 발자국도 움직이지 않았다. 나머지 설거지도 하지 않았다. 나는 엄마에게 다가가 어깨를 잡고 흔들었다.

"곧 일하러 가야 하지 않아요?"

엄마는 툴툴거리며 내게서 몸을 돌렸다.

"엄마, 부엌 마저 치워야 해요, 알았죠?"

나는 샤워를 하고 학교에 갔다.

41. 약간의 변화

"안녕하세요, 엘리엇 아저씨."

나는 편의점에 들어서며 인사를 했다. 문이 닫히는 중에 책가방이 끼어 나는 뒤로 질질 끌려갔다.

엘리엇 아저씨가 웃으며 손을 들었다.

"애디야, 안녕."

야외용 의자가 비어 있었다. 학교에서 돌아올 때면 소울라 할머니는 늘 같은 자리에 앉아 있었다.

"할머니 어디 갔어요?"

"낮잠 주무셔. 좀 힘든 하루였거든."

엘리엇 아저씨가 입술을 비죽였다.

"아, 소울라 할머니, 너무 불쌍해요."

"그래. 하지만 할머니 듣는 데서는 절대로 그런 말 하지 마."

아저씨가 주의를 주었다. 아저씨는 입술에 손가락을 갖다 댔다.

"동정하기 없기다."

"알았어요. 참, 엘리엇 아저씨, 할머니, 마지막 치료 받을 때 되지 않았어요?"

나는 목소리를 낮추어 물었다.

아저씨가 고개를 끄덕였다.

"지났지. 훨씬 전에 지났어. 하지만 병원에서 미루고 있어. 할머니에겐 지금 휴식이 필요해."

"아, 잘됐네요!"

나는 빗자루를 쥐고서 우유 상자 사이를 지나가며 바닥을 쓸기 시작했다.

"소울라 할머니도 쉬고 싶을 거예요. 할머니 말로는 화학 치료는 약이지만 그 약이 도리어 사람 잡는데요."

"사실일 거야."

엘리엇 아저씨가 말했다.

나는 한동안 편의점에서 서성였다. 과자 상자 하나를 열어 정리하고 일회용 컵을 채웠다. 엘리엇 아저씨는 사탕 진열대에서 재고를 확인한 다음, 클립보드에 꽂아 둔 주문서에 표시를 했다.

나는 아저씨에게 물었다.

"이번 주 우승자는 어떤 거예요?"

아저씨가 대답했다.

"허쉬 초콜릿 플레인."

늘 똑같았다.

"여기는 그다지 바뀌는 게 없어."

아저씨는 한숨을 크게 푹 내쉬더니 짧은 머리를 쓸어 넘겼다.

"하지만 어쩌면 그게 좋은 일일지도 몰라."

솔직히 말하면, 난 아저씨가 약간 호들갑스럽게 행동한다고 생각했다.

"아유, 아저씨. 겨우 초콜릿 가지고 왜 그래요. 아저씨, 우리 뭔가 좀 변화를 줘 볼까요? 라디오 채널을 바꿔 봐요!"

아저씨가 헤벌쭉 웃었다. 나는 의자 위에 올라서서 라디오 다이얼을 이리저리 돌렸다. 컨트리 음악 방송이 잡혔다. 우리는 일회용 카메라가 놓인 판지 진열대를 뒤로 밀고 춤출 수 있는 공간을 만들었다. 엘리엇 아저씨가 어찌나 춤을 잘 이끌어 주는지 나 같은 몸치도 프로 춤꾼처럼 보였다. 내가 지치고 땀에 절어서 우유 상자에 주저앉자 아저씨는 빗자루를 들고 춤을 추었다. 빗자루와 추는데도 여전히 매끄러운 솜씨였다. 나는 우유 상자에 올라서서 얼음 주걱 마이크를 들고 콧소리를 흥흥 내어 가며 노래를 불렀다.

"잠깐 동안은 그대가 모든 역경을 물리쳤지만, 다음 순간엔 역경들이 그대를 후려친다네!"

그날 오후 소울라 할머니는 모습을 보이지 않았다. 나는 할머니에게 메모를 남겼다. 인사말과 함께 할머니가 나를 보고 싶다면 내일 들르겠다고 썼다. 나는 가방을 둘러메고 편의점을 나섰다.

"어이, 꼬맹이."

엘리엇 아저씨가 나를 불렀다. 내가 닫히는 문에 끼어 찌부러지는 척을 하자 아저씨는 껄껄 웃었다.

"와 줘서 고맙다."

"천만에요!"

나는 문을 비집고 빠져나가 반대편에 서서 팔로 커다란 원을 그렸다.

길을 가로질러 도랑이 흐르고 있었다. 소울라 할머니의 눈사태가 녹아내리면서 생긴 도랑이었다. 나는 도랑을 깡충 뛰어넘었다. 공기 냄새를 맡아 보았다. 우리 동네는 오후 5시가 되면 차가 오가느라 매캐한 연기 냄새 같은 게 났다. 너도나도 기름을 채우려하는 통에 엘리엇 아저씨도 이제부터 계산대에 붙박이로 붙어 있어야 했다. 지난 몇 달에 비해 날씨가 많이 포근해졌다. 3월이 찾아왔다. 봄이 오고 있었다. 눈이 녹아 진창이 가득한 자리에서 아스팔트가 녹아 거품이 솟아오르기까지 시간이 얼마나 걸릴지 궁금했다. 지난 9월 케이티, 브리나와 같이 아스팔트 거품 터뜨리기놀이를 했던 기억이 났다. 나는 서글픈 한숨을 가슴 깊이 들이쉬었다. 마침 지나가던 대형 트럭이 구름처럼 배기가스를 내뿜었다.
나는 트레일러로 돌아가는 내내 기침을 했다. 그리고 서둘러 문을 닫았다.
"푸! 피콜로, 넌 네 작은 폐에 저런 악취를 채우면 안 돼!"
지난 나흘 동안 그랬던 것처럼 나는 가스레인지를 살펴보았다. 엄마는 여전히 돌아오지 않았거나, 아니면 돌아왔더라도 엄마가 하기로 한 뒤처리를 하지 않았다. 타코를 만들었던 프라이팬은 여전히 가스레인지 위에 있었다. 나는 그 프라이팬은 그대로 내버려 두었다. 내가 닭고기 국수 수프를 끓였던 냄비(나흘 동안 꼬박 같은 걸 먹었더니 콩이라면 물렸다.)와 토스트에 땅콩버터를 바르느라 썼던 버터나이프를 박박 문질러 씻었다. 그릇에서 거품을 헹궈 낸 뒤, 나는 기름이 그득한 프라이팬을 쳐다보았다. 그냥 씻어 버릴까 하는 생각이 들었다.

"아니, 안 할 거야."

나는 프라이팬만 빼고 가스레인지 주변을 다 닦았다. 그러고 나서 라디오를 켜고서 엘리엇 아저씨와 즐겁게 들었던 방송을 찾은 다음, 편하게 쉬었다.

"피콜로, 이제부터 난 너랑 내 뒤치다꺼리만 할 거야. 내 인생을 바꿀 거라고!"

나는 고개를 젖히고 쩌렁쩌렁한 소리로 노래를 따라 불렀다.

42. 내 잘못

다음 날 아침 자명종이 울리기 전에 눈이 떠졌다. 간밤에 엄마가 들어오는 소리를 틀림없이 들었다고 생각했는데 막상 확인해 보니 엄마 방은 비어 있었다. 시계를 보았다. 새벽 5시가 조금 넘었다. 학교에 갈 때까지 아직 몇 시간이나 남아 있었다. 나는 선반을 뒤져 코코아 믹스 한 봉지를 꺼냈다. 마지막 봉지였다.

"피콜로야, 코코아는 딸랑 하나 남았는데 마실 시간은 펑펑 남아도는걸."

나는 여전히 콧노래를 흥얼거렸다. 주전자에 물을 끓이려고 가스레인지를 켠 다음 얼른 샤워를 하러 들어갔다.

몇 분 후 목욕 가운만 걸치고 맨발로 살짝 걸어 나왔을 때 이상한 소리가 들렸다. 치직거리는 소리와 바람이 윙윙거리는 소리가 뒤섞여 나고 있었다. 무언가 이상했다. 타코가 타는 냄새가 났다. 뒤를 홱 돌아보니 가스레인지 위 프라이팬에서 검은 연기가 뭉게뭉게 피어오르고 있었다. 갑자기 펑 하는 소리가 나는가 싶더니 불길이 치솟았다. 나는 프라이팬 손잡이를 잡았다. 앗, 뜨거워! 팬을 떨어뜨리고 말았다. 불꽃이 쏟아지더니 활활 번지기 시작했다. 나는 소화기를 집어 들었다. 드와이트 아저씨가 뭐라고 했더라? 핀을 뽑고 불길을 겨냥했다. 물보라가 불꽃에 닿았다.

거품이 없어! 거품이 나야 하는데!

불길은 뒤편 벽을 타고 올라 천장으로 천천히 퍼져 나갔다. 손에서 소화기가 힘없이 떨어졌다.

나는 침대칸으로 뛰어가 피콜로의 우리를 집어 들었다. 그리고 트레일러 문을 열었다. 잠깐 뒤를 돌아보자, 불길이 티베트 전등갓과 밸런타인 카드를 삼키고 있었다. 전등이 산산조각 났다. 나는 문을 쾅 닫았다.

피콜로의 우리를 어딘가에 내려놓았던 것 같다. 그 부분은 통 기억이 없다. 어떻게 불타는 트레일러에서 뛰쳐나올 정신은 있어도 거기서 멀리 떨어질 생각은 못 했는지 모르겠다. 그저 계단 위에 서서 욕을 하며, 사나운 열기에 손바닥이 쓰라릴 때까지 철문을 두드려 댄 것만 기억난다.

커다랗고 부드러운 팔이 내 가슴을 둘렀다.

"아가, 여기서 나가야 해."

소울라 할머니가 숨을 헉헉 몰아쉬고 있었다.

"어서! 빨리!"

할머니는 나를 계단에서 잡아끌었다.

"너희 엄마 집에 있어? 없지?"

"없어요. 잠깐만요! 피콜로!"

나는 비명을 질렀다.

"피콜로는 어디 있어요?"

"여기 있어!"

소울라 할머니는 손잡이를 들어서 피콜로 우리를 보여 주었다.

"어서, 빨리 가자!"

프리맨스 다리 길을 건널 즈음 할머니는 나를 이끄는 게 아니라 내게 기대어 있었다. 피콜로 우리가 할머니의 커다란 옆구리에 쿵쿵 부딪혔다. 할머니는 무거운 몸을 들썩이며 주차장으로 들어섰다.

"오, 소울라 할머니!"

숨이 막혔다. 나는 어깨 너머로 트레일러를 바라보았다.

"다 내 잘못이에요! 내가 너무 바보 같았어요!"

"아니다, 아냐. 아가, 다친 데는 없니?"

나는 손을 들여다보았다. 손바닥이 빨갰다.

"없어요."

나는 그렇게 대답했다.

유리창이 와장창 깨지는 소리가 났다. 돌아보니 불길이 앞 전망 창에서 널름거리고 있었다. 잠시 후 내 침대칸이 있는 쪽 유리가 산산조각 났다. 트레일러 벽이 시커멓게 변하더니 우그러들기 시작했다. 침대칸의 작은 네모 창이 붉게 번득였다.

노트 거리에서 사이렌 소리가 들렸다. 6번 소방서야, 나는 멍하니 생각했다. 소울라 할머니는 아직도 숨을 쉴 때마다 가슴이 크게 들썩였다. 눈은 휘둥그레져 있었다. 할머니는 햄스터 우리를 앞에

쿵 내려놓고서 몸을 기댔다. 할머니 몸무게 때문에 철사가 휘어졌다. 할머니가 가게에서, 늘 앉아 있는 자리에서 그렇게 멀리 나와 있는 모습은 한 번도 본 적이 없었다.

"할머니! 여기서 기다리세요!"

나는 이렇게 외치고 앞으로 달려가 편의점으로 뛰어들었다. 그리고 할머니의 야외용 의자를 끌고 왔다. 할머니는 의자에 쓰러지듯 주저앉았다.

"소울라 할머니, 죄송해요!"

나는 곁에 쪼그리고 앉아 할머니 팔을 쓰다듬었다.

"할머니, 괜찮아요?"

"잠깐 숨 돌릴 틈이 필요한 것뿐이야. 아가, 네가 무사해서 다행이다. 너랑 네 귀여운 햄스터가 무사하구나."

할머니는 숨을 고르다 멈추고는 말했다.

"엘리엇이 달아 준 그 잘난 전화기. 아이고, 맙소사!"

소울라 할머니는 한숨을 뱉었다.

"연기를 봤을 때 버튼 하나만 누르면 됐는데."

할머니는 눈을 감더니 의자에 등을 기대고서 미소를 지었다. 나는 할머니 곁에 몸을 숙이고 할머니의 커다란 팔에 뺨을 기댔다. 그리고 소방차가 언덕을 내려오는 걸 지켜보았다.

소방차 두 대가 트레일러 바로 앞에 끼익 섰다. 다른 한 대는 편의점 옆 빈 에이커에 섰다. 순식간에 소방관들이 트레일러의 문을 부수었다. 마스크를 쓴 소방관 두 사람이 안으로 뛰어 들어갔다.

"안에 아무도 없어요!"

나는 고래고래 소리를 질렀다.

"괜찮아, 아가. 저 사람들은 자기 할 일을 하는 거야."

소울라 할머니가 나를 달랬다.

"오, 소울라 할머니. 저 아저씨들 중 누구라도 다치면 어떻게 해요? 다, 다 나 때문이에요."

"아가, 그런 생각 하지 마라. 금방 다 밖으로 나올 게야."

소울라 할머니 말이 맞았다. 연기 사이로 두 사람이 다시 나타나자 어찌나 마음이 놓이던지. 소방관들은 다른 사람들에게 안에 아무도 없다는 신호를 보냈다.

소방관들이 트레일러가 타도록 내버려 두는 걸 바라보고 있으니 기분이 묘했다. 물론 소방관들은 트레일러를 향해 호스를 겨누고 물을 쏟아 부었다. 하지만 이제 무언가를 구해 내려고 애쓰지는 않았다. 그때 문득 떠오르는 게 있었다. 나는 벌떡 일어섰다.

"아가, 왜 그러니?"

소울라 할머니가 뒤에서 나를 불렀다. 나는 대답하지 않았다. 그대로 물이 철철 넘치는 길을 달려 편의점 옆에 댄 소방차로 갔다.

"아저씨!"

내가 운전석을 향해 소리쳤다. 나는 크롬 손잡이를 잡고 창문 앞으로 몸을 들이밀었다.

"아저씨! 제 말 좀 들어 보세요. 제발요!"

"지금은 임무 수행 중이야!"

소방관 아저씨가 엄하게 말했다.

"전기선요! 저 트레일러는 옆집 빨래방에 전기가 연결되어 있어요. 전선을 뺐는지 확인해야 해요!"

소방관 아저씨가 문을 홱 열자 나는 트럭에서 말 그대로 나가떨어졌다. 아저씨는 커다란 부츠를 신은 채로 쿵쾅거리며 달려갔다. 그리고 사방에 물을 튀기며 프리맨스 다리 길을 건너가서는 트레일러 뒤로 사라졌다. 잠시 후 아저씨가 다시 모습을 드러냈다. 아저씨는 미소를 지으며 커다란 장갑을 낀 손으로 양손 엄지를 추켜올렸다. 그날 본 것 가운데 그 모습이 가장 좋았다. 머리와 장미 빨래방은 무사했다.

"꼬마야, 네가 다른 건물에 전기가 연결되어 있다는 걸 알려 줘서 아주 도움이 됐단다. 굉장히 똑똑하구나."

한 소방관 아저씨가 내 머리를 쓰다듬어 주었다.

"맞아요, 전 정말 천재예요."

나는 웅얼거렸다. 내 머릿속에는 타코 프라이팬과 내가 그걸 며칠을 내버려 두었는지에 대한 생각뿐이었다.

소방관 아저씨가 말했다.

"부엌에서 불이 난 것 같은데."

"네. 가스레인지 위에 기름이 묻은 프라이팬이 있었어요. 코코아를 만들려고 했는데, 아마 다른 가스 구멍에 불을 켰나 봐요. 그것도 가장 센 불로요."

불을 냈으니 체포되어서 소년원 같은 곳으로 끌려가는 게 아닐까 싶었다. 하지만 아직까지는 내게 화를 내는 사람이 없어 보였다. 나는 피콜로의 우리에 손가락을 밀어 넣었다. 피콜로는 앞발로 내 손을 잡더니 냄새를 맡았다.

'어휴, 오늘 나한테서 골칫덩이 냄새 한번 제대로 날 거야.'

소방관 아저씨가 머리와 장미 빨래방을 다시 한 번 쳐다보며 덧붙였다.

"일이 두 배로 커질 뻔했는데, 네가 막았구나."

그러더니 아저씨는 하늘을 올려다보고서 씩 웃었다.

"아아, 때마침 오는구나. 비가 오면 도움이 될 거야."

빗방울이 떨어지기 시작하자 나는 눈을 깜박였다.

43. 창문에 쓴 글씨!

엘리엇 아저씨가 도착했다. 아저씨는 곧바로 소방관 아저씨들에게 커피를 대접했다. 그리고 소울라 할머니와 피콜로를 안으로 데려갔다. 나는 그 자리에 꼼짝없이 굳어 버린 기분이었다. 모두가 나를 안으로 데려가려고 애썼다. 사람들은 목욕 가운만 걸친 채 맨발에 다리까지 다 드러내고(게다가 목욕 가운 안에는 아무것도 입지 않았다.) 밖에 서 있으면 안 된다고 했다. 하지만 난 정말 아무것도 느낄 수가 없었다. 소방관들이 연기가 피어오르는 검은 트레일러 시체를 줄에 묶어서 머리와 장미 빨래방에서 떼어 놓는 모습을 잠자코 지켜보았다. 엘리엇 아저씨가 소울라 할머니의 슬리퍼 한 켤레를 가져왔다. 한 소방관 아저씨는 내게 고무 외투를 둘러 주었고, 구급 요원은 잠깐 동안 손에 얼음을 들고 있으라고 했다. 나는 내가 땅 아래로 가라앉는 것처럼 느껴졌다.

로즈 씨 부부가 빨래방이 무사한지 보러 왔다. 겨울 외투 아래로 격자무늬 잠옷 바지가 삐죽이 보였다. 로즈 씨 부부는 손으로 입을 가리고서 새까맣게 타 버린 트레일러의 잔해를 바라보았다. 지독한 악취 때문에 어지간히 비위가 좋은 사람이라도 구토가 났을 거다.

이른 아침이면 늘 이 동네에 들르는 단골손님들이 차를 세우고 그 광경을 쳐다보았다. 몇몇 사람들은 아예 편의점 앞에 차를 댔다. 어떤 아주머니가 회색 차를 대더니 차에 앉은 채 휴대 전화로 통화를 했다. 운전대 위에 클립보드가 놓여 있었다. 아주머니는 이야기를 하면서 나를 한 번씩 바라보았지만 죽어 버린 트레일러는 한 번도 쳐다보지 않았다.

나는 속으로 물었다.

'여기 불 난 거 안 보여요?'

나는 비가 퍼붓는 하늘을 향해 한숨을 내쉬었다.

잠시 후 그란디오 할아버지가 하얀색 차를 타고 들이닥쳤다. 타이어가 내 발 바로 앞에서 끼익 멎었다.

"얘, 애디야! 괜찮은 게냐?"

할아버지는 비가 들이치는 걸 막느라 손을 눈썹 위에 대고 있었다.

나는 고개를 주억거렸다.

"어떻게 아셨어요? 누가 전화했어요?"

"내가 전화했단다."

회색 차에 있던 아주머니가 다가왔다.

"애디야, 난 케이시 선생님이라고 해. 아동복지과에서 나왔단다."

나는 휙 돌아서서 편의점 안을 바라보았다. 앞쪽 창에 소울라 할머니가 의자에 앉아 있는 모습이 비쳤다. 나와 눈이 마주치자 소울라 할머니는 무릎 쪽으로 시선을 내렸다.

케이시 선생님이 다시 말했다.

"애디야, 엄마가 집을 비운 지 얼마나 된 거니?"

나는 소울라 할머니가 내 이야기를 일러바쳤다는 것을 깨달았다. 할머니는 엄마가 집을 너무 많이 비웠다는 걸 알고 있었다. 이제 뉴욕 주도 그 사실을 알게 되었다. 그리고 내 사건에 케이시 선생님이 따라 붙게 되었다.

"영원토록요. 엄마는 영원히 집에 없었어요."

나는 그란디오 할아버지 쪽으로 돌아서서 한숨을 쉬었다. 이제 가장 가까운 친척 집으로 가게 되리라는 걸 나는 알고 있었다.

"잠시 피콜로 좀 맡아 줄 수 있어요?"

나는 소울라 할머니 곁에 피콜로 우리를 내려놓았다.

"그란디오 할아버지가 법석을 떨 거예요. 지금도 잔뜩 화가 나셨고요."

나는 창밖을 내다보았다.

"아가, 그러마. 내가 당연히 맡아 줄 거라는 거 너도 알잖니."

소울라 할머니는 울기 시작했다. 할머니는 피콜로 우리의 움푹 꺼진 부분을 만지작거렸다. 다시 편편하게 하려는 것 같았다.

"저건, 미안하게 됐구나."

할머니는 케이시 선생님의 차를 힐끗 쳐다보았다.

"아가, 달리 방법을 모르겠더구나. 사실, 벌써 오래전에 전화를 해야 했어."

나는 웅얼거려 대답했다.

"알아요."

할머니를 안고서, 다 괜찮다고 말했어야 했다. 하지만 나는 그저 이렇게밖에 말하지 못했다.

"피콜로를 맡아 줘서 고마워요. 곧 다니러 올게요."

나는 문을 뛰쳐나와 그란디오 할아버지의 차에 올랐다.

할아버지가 소방관들과 이야기를 나누는 동안 나는 차에 앉아 있었다. 여전히 손바닥이 쓰라렸다. 열 때문인지 얼음 때문인지 알 수가 없었다. 젖은 머리에서 연기 냄새가 났다. 축축한 목욕 가운이 차갑게 느껴지기 시작했다. 속마음은 온통 녹은 눈처럼 질척였다.

'불쌍한 소울라 할머니.'

아픈 것만으로도 모자라 나 때문에 요 몇 달 동안 곤란한 입장에 놓여 있었다. 이제 할머니는 말할 수 없이 속상해했고 나도 그랬다.

드디어 그란디오 할아버지가 차에 올랐다.

"어이쿠 이런. 얘야, 차창에 온통 김이 서렸구나! 온풍기를 틀지 그랬니?"

할아버지는 손으로 앞 유리를 닦더니 시동을 걸었다. 차가 천천히 앞으로 굴러갔다. 나는 돌아서서 편의점을 쳐다보았다. 창에 김이 서려서 잘 보이지 않았다. 하지만 소울라 할머니가 피콜로의 우리를 안고 유리문 앞에 서서 내가 떠나는 모습을 지켜보고 있을 게 분명했다.

나는 온 마음을 모아서 차창에 커다랗게 두 글자를 썼다. 거꾸로 쓰려고 조심조심했다.

영웅.

나는 소울라 할머니가 그 글자를 볼 수 있기를 바랐다.

44. 허물처럼 떨어져 나간 하루

"드와이트 아저씨?"

나는 목을 가다듬고 대답을 기다렸다. 그란디오 할아버지가 곁에 서서 수화기를 건네받으려고 기다리고 있었다.

"애디? 애디니?"

"네. 너무 일찍 전화해서 죄송해요."

그란디오 할아버지가 나를 쿡 찔렀다.

"별일 없니?"

"드와이트 아저씨, 내가 아저씨 트레일러에 불을 냈어요."

"이런, 하느님 맙소사. 다친 데는 없니?"

"전 괜찮아요."

"데니즈도 괜찮고?"

"엄마는 거기 없었어요."

그란디오 할아버지가 씩씩대며 웅얼거렸다.

"그래, 거기 없었지, 없었고말고!"

나는 귀를 막고 할아버지의 말소리를 떨쳐 버리려 했다.

드와이트 아저씨가 물었다.

"이런, 도대체 무슨 일이 있었던 거니?"

"내가 완전히 멍청하게 굴었어요. 정말 죄송해요. 내가 고집을 피웠어요. 가스레인지 위에 프라이팬이 있었는데 내가……."

그란디오 할아버지가 수화기를 잡아챘다.

"드와이트, 나 잭이야. 그래, 그 사람들 말로는……."

그란디오 할아버지가 드와이트 아저씨에게 모든 걸 이야기하는 동안 나는 축축한 목욕 가운을 걸친 채 낡은 농장 탁자 앞에 앉아 있었다. 결국 나는 할아버지가 하는 말을 한 귀로 듣고 한 귀로 흘려버렸다. 그리고 케이시 선생님이 준 쇼핑 가방에 든 물건들을 하나씩 꺼내 보았다.(케이시 선생님은 모든 준비를 갖춰 화재 현장에 왔다.) 티셔츠, 운동복 상의, 청바지 한 벌씩, 팬티 세 장 묶음, 양말 몇 켤레와 스포츠 브라가 들어 있었다. 불에 탄 트레일러와 함께 사라져 버린 물건들이 떠올랐다. 현금 인출 카드, 녹아 버렸을 거야. 강렬한 파란색 여행 가방, 소각되어 버렸겠지. 단어장, 아마도 재가 됐을 거고.

"애디야."

그란디오 할아버지가 내게 전화기를 내밀었다.

"드와이트가 널 돌려 달라는구나."

"날 돌려 달라고 한다고요? 아!"

나는 전화기를 받았다.

"애디야, 이것만은 분명히 알아 두렴. 트레일러는 아무것도 아니야. 아무 상관없어. 나한테 중요한 건 네가 무사하다는 거야. 알겠니?"

"알았어요."

목이 메어 왔다.

"그래. 이따가 저녁에 그리로 가마. 우리 모두 다 갈 거야."

나는 수화기를 내려놓았다.

"자, 애디, 샤워를 하면서 몸을 좀 데우는 게 좋겠구나."

"네, 그럴게요. 하루에 샤워를 두 번이나 하네요."

그날 밤, 모두들 기분이 아주 좋은 것 같았다. 그란디오 할아버지는 저녁을 대접할 사람들이 잔뜩 있다는 사실을 즐거워했다. 게다가 할아버지는 한나 아줌마한테 꼼짝 못했다. 아줌마는 그란디오 할아버지를 도와 부엌일을 했다. 나는 꼬맹이들에게 둘러싸여 있었다. 꼬맹이들은 화재에 대해서 물어보더니 나를 꼼꼼히 살폈다. 그런 일이 생기고 나면 뭔가 내 겉모습에도 바뀐 것이 있을 거라 여기는 모양이었다. 드와이트 아저씨가 농담을 던졌다.

"트레일러는 상관없어. 하지만 모닥불을 피울 셈이었다면 우리도 초대해 주지 그랬니. 소시지랑 마시멜로를 구워 먹을 수 있었을 텐데 말이야!"

웃음소리를 들으니 긴장이 풀렸다. 미친 하루가 금세 허물처럼 벗겨져 나가기 시작했다. 나는 피곤하다는 느낌밖에 들지 않았다. 나는 소파에 꺼져 들어갔다. 드와이트 아저씨는 거의 내 곁을 떠나지 않았다. 졸려서 나도 모르게 아저씨에게 기댔다. 또 아저씨의 팔을 찾고 있었다. 나는 늘 그런 식이었다.

"죄송해요."

나는 자세를 똑바로 고쳐 앉았다. 아저씨는 말없이 나를 다시 끌어당기더니 떠날 때까지 손가락으로 내 머리카락 한 가닥을 빙글빙글 돌리며 앉아 있었다.

불이 나고 사흘 후 헬레나와 헬레나 엄마가 커다란 상자에 헌 옷을 담아 그란디오 할아버지네 농장으로 차를 몰고 왔다. 옛날 학교의 학부모 모임에서 안 입는 옷을 모아 주었다. 옛날 학교라고 하는 이유는 그란디오 할아버지와 같이 살게 되면서 다시 보든 초등학교에 다니게 되었기 때문이다. 옛날 학교가 새 학교가 되고, 새 학교가 옛날 학교로 바뀌었다.

헬레나가 내 쪽으로 몸을 숙이고서 귓속말을 했다.

"상자 안에 있는 옷 몇 벌은 진짜 못 봐 줄 지경이야. 하지만 괜찮은 것도 있어. 로버트 누나가 몇 벌을 보내 줬는데, 그 언니, 좋은 옷 입고 다니거든. 내 생각에는 너한테 잘 맞을 것 같아."

헬레나에게 농장을 보여 줄 시간은 사 분 정도밖에 주어지지 않았다. 헬레나 엄마는 그란디오 할아버지랑 현관 계단에 서 있었다. 두 사람 다 내내 발만 이리저리 움직이는 모습이 무슨 말을 해야 할지 생각을 짜내느라 애를 쓰는 것 같았다. 헬레나를 다시 보게 될 거라는 기대는 그다지 하지 않았다. 하지만 우리는 둘 다 다시 만나게 될 듯이 행동했다.

한편 엄마에 대한 소식이 뜨문뜨문 들려왔다. 엄마가 어디에 머물고 있는지 모른다고 대답했을 때 케이시 선생님은 내가 거짓말을 한다고 여긴 게 틀림없었다. 하지만 그 대답은 사실이었다. 젠장, 난 피트 아저씨의 성도 몰랐다. 하지만 아동복지과 사람들이 어떻게 손을 써서 엄마를 찾은 모양이었다. 그란디오 할아버지가 그 사실을 알려 주었다. 그란디오 할아버지는 아동복지과에서 아직 엄마가 나를 만나지 못하게 한다고 설명해 주었다. 어쩌면 엄마가 아주 잠깐이라도 감옥에 가게 될지도 모른다는 생각이 들었다. 하지만 물어보지는 않았다. 법원과 정부 기관에서 모든 것을 결정한다는 사실을 나는 잘 알고 있었다. 내게 물어볼 것이 있으면 케이시 선생님이 들를 것이다.

그날 저녁을 먹고 나서 그란디오 할아버지에게 말을 건넸다.

"피콜로가 무척 보고 싶어요. 그리고, 음, 소울라 할머니 건강이 그다지 좋지 않은데 계속 애완동물을 돌봐 달라고 하는 건 너무 폐인 것 같아요. 그렇죠?"

그란디오 할아버지가 신문을 보다가 눈을 들었다.(할아버지는 무언가를 읽으면서 밥을 먹는 습관이 있었다.)

"쥐를 집 안에 둔단 말이냐?"

"햄스터예요."

나는 식탁에서 일어나 접시를 설거지대에 내려놓았다.

"반드시 내 방에만 둘게요."

나는 단단히 약속했다.

할아버지는 생각에 빠져 나를 쳐다보았다. 나는 케이시 선생님이 준 청바지의 허리띠 고리에 손가락을 끼우고서 대답을 기다렸다.

그란디오 할아버지가 제안했다.

"그런 조그만 쥐들은 야행성이야. 밤새 널 깨울 텐데. 헛간이나 닭장 같은 데 풀어 두면 어떻겠냐? 그 녀석도 지푸라기를 좋아할 거야."

"피콜로는 그런 데 익숙하지 않아요. 밤에 절 귀찮게 하지도 않을 거고요. 트레일러에서도 침대칸에서 같이 지냈어요. 피콜로에겐 뭔가, 익숙한 게 필요해요. 피콜로에겐 제가 필요해요."

할아버지는 잠시 시간을 끌었다.

"그럼, 토요일로 하자. 가서 피콜로를 데려오자꾸나."

나는 겨우 안도의 한숨을 쉬었다.

46. 작별 편지

"엘리엇 아저씨, 안녕하세요!"

나는 유명 인사가 무대에 돌아온 것처럼 떠들썩하게 편의점에 들어섰다.

"피콜로를 데리러 왔어요. 그란디오 할아버지는 볼일을 보고 계세요. 사십오 분 정도 시간을 주신댔어요. 소울라 할머니는 어디 계세요?"

엘리엇 아저씨는 담담하고 어찌 보면 무표정한 얼굴을 하고 있었다. 아저씨는 희미하게 웃어 보이더니 속삭였다.

"애디야, 하늘로 갔어."

나는 몸을 앞으로 쑥 들이밀었다.

"피콜로가 죽었어요?"

"아니, 소울라 할머니 말이야. 하늘로 올라갔단다."

"네? 엘리엇 아저씨, 지금 농담하는 거죠?"

나는 말이 더듬더듬 나왔다.

"아니, 어, 소울라 할머니처럼 덩치 큰 사람이 어떻게 하늘로 올라가요?"

"애디야, 미안하구나. 할머니는 돌아가셨어."

비명을 지른 사람은 아마도 나였을 것이다. 목구멍 안에서 비명이 느껴졌다. 나는 서둘러 온실로 달려갔다. 그곳에 가면 접시 모양 의자에 앉아 어깨를 들썩이며 웃고 있는 소울라 할머니를 틀림없이 만날 수 있을 거라고 확신했다. 하지만 내가 찾은 거라고는 의자밖에 없었다. 의자는 새 둥지처럼 비어 있었다. 할머니의 물건들, 요란스럽고 알록달록한 스카프며, 풍성한 옷가지들은 옷걸이에 그대로 걸려 있었다. 할머니의 매니큐어 병들―밝은 분홍색과 체리 빛깔 빨간색―도 여전히 화장대 위에 작은 장난감처럼 놓여 있었다. 엘리엇 아저씨가 뒤따라 들어왔다. 내가 돌아서자 아저씨가 안아 주었다.

"나 때문이에요? 불난 것 때문이에요? 그날 돌아가신 거예요?"

"아니야, 절대 아니야. 그저 너무 아파서 돌아가신 거란다."

"오, 엘리엇 아저씨, 믿을 수가 없어요. 돌아와서 할머니를 꼭 안아 드리려고 했단 말이에요. 그리고……."

"알아. 애디야, 그냥 틀어 버려. 눈물 수도꼭지 말이야. 그럼 훨씬 낫단다."

아, 그 말에 눈물 댐이 터져 버렸다. 엘리엇 아저씨는 작은 화장지 상자 하나를 뜯었다.

"여기 있어."

아저씨가 화장지를 건네주었다.

"나 혼자서 화장지를 열 상자는 썼을 거야. 하지만 아직 다 못 울었어. 할머니가 이 불쌍한 가슴에 커다란 구멍을 남겨 버렸다니까."

아저씨는 가슴을 쿵쿵 쳤다.

그날 나는 모든 것에 대해서 울었던 것 같다. 소울라 할머니, 화재, 마음이 아플 엘리엇 아저씨를 생각하며 울었다. 드와이트 아저씨에게 못되게 굴었던 일이 생각나서, 아저씨랑 내 동생들이랑 함께 살 수 없어서 눈물이 났다. 그리고 엄마를 생각하며, 우리 모두에게 앞으로 어떤 일이 닥칠지 모른다는 사실 때문에 흐느꼈다.

한참 후 엘리엇 아저씨가 뜨거운 코코아를 끓여 주고서 피콜로를 데리고 왔다. 나는 발 사이에 피콜로의 우리를 두고 우유 상자 위에 앉았다. 엘리엇 아저씨는 소울라 할머니의 낡고 부서진 야외 의자에 앉았다. 우리는 길 건너 검게 그을린 빈 땅을 바라보았다. 한때 트레일러가 서 있던 자리였다. 잡초가 무성한 둔덕이 철로까지 이어지는 모습이 훤히 보였다. 둔덕은 봄이 다가오자 마치 스스로를 수리하기라도 하는 양 점점 초록빛이 진해졌다.

내가 아저씨에게 물었다.

"일곱 끝났고 하나 남은 건 어떻게 된 거예요?"

"마지막 치료는 끝끝내 받지 못했단다. 솔직히 말하자면, 이 전투는 오래전에 이미 승부가 나 있었어. 하지만 우리 둘 다 그걸 인정하려고 하지 않았어."

나는 코를 팽 풀고 다른 화장지를 꺼냈다.

"엘리엇 아저씨, 혹시 저 재개발 지역 때문일까요? 저것 때문에 할머니가 암에 걸린 걸까요? 아니면 휘발유 탱크 때문일까요?"

"알 수 없는 일이지."

아저씨는 고개를 절레절레 흔들었다.

"누구도 확신할 수 없어. 애야, 살다 보면 수수께끼 같은 일들이 생기기도 한단다. 어떤 일은 아주 고약하지. 하지만 이걸 알아 두렴. 때가 되었을 때 소울라 할머니는 정말로 떠나야 했어. 할머니는 떠나고 싶어 했단다. 아, 그리고 할머니가 너한테 남긴 게 있어!"

아저씨는 펄쩍 뛰어 계산대로 가더니 서랍에서 두툼한 봉투를 꺼내서 내게 주었다. 나는 망설였다.

"지금 열어 봐도 돼요?"

"그럼."

봉투가 두툼했던 이유는 돈 때문이었다. 녹색 지폐가 두둑이 들어 있었다. 소울라 할머니가 분홍색 매니큐어를 바른 손으로 봉투 안에 돈을 넣는 모습이 눈에 선했다. 그 생각을 하니 어지러웠다. 돈은 세어 보지도 않았다. 돈을 둘둘 싼 종이는 손으로 쓴 편지였다. 그 편지에만 눈길이 갔다. 나는 편지를 열었다.

아가,

이곳을 떠나려니 몇 가지 후회되는 일이 있단다.

그중 가장 내 자신에게 화가 나는 일은 너한테 플루트를
연주해 달라고 부탁한 적이 없다는 거야.
애디 슈미터가 편의점에서 데뷔할 기회는 언제든지 있다고
생각했거든. 그런데 어느 날 네 플루트가 사라졌더구나.
그럴 만한 이유가 있었으리라 생각한다.
비싼 새 악기를 사기에는 돈이 충분하지 않을 거야.
하지만 혹시 중고를 구할 수 있을지도 모르겠구나.
아니면 네 꿈을 다시 찾는 데 도움이 되는 무언가를 살
수도 있겠지. 네가 정하렴.
끝으로, 아가, 만약 너와 네 행복에 대해서 내가 실수를
저질렀다면 미안하구나.
이 영웅 사업에는 설명서가 딸려 있지 않아서 말이다.
그저 본능을 따를 수밖에 없단다.
네 영웅 가운데 하나가 되어서 기뻤단다. 그리고 네가
이 동네에 와서 또 다른 내 영웅이 되어 줘서 기뻤어.
부디 다리를 건너와서 가게 문에 코를 들이밀어 주렴.
아가, 세상은 참으로, 참으로 크단다.

사랑을 담아,
소울라 할머니

"우아, 할머니 작별 편지 정말 잘 쓰시네요."

"그래, 참 잘 쓰시지."

엘리엇 아저씨가 웃었다.

"우리 말하는 것 좀 들어 봐! 할머니가 살아 계신 것처럼 말하잖아. 할머니한테 걸려든 거야."

순간적으로 할머니가 아직 여기 있는 것 같은 느낌이 들었다.

엘리엇 아저씨는 악기 가게에 데려가 주겠다고 약속했다.

"내 생각에는 300달러 정도 든 것 같아."

아저씨가 내 손에 든 봉투를 가리켰다.

"세상에 나만큼 물건 값 흥정을 잘하는 사람은 없단다. 꼬마야, 넌 반드시 플루트를 가지게 될 거야. 만약 그게 네가 원하는 거라면 말이야."

나는 우리에서 피콜로를 꺼내 내 운동복 소매 사이로 기어들어 가게 두었다. 피콜로는 팔꿈치쯤에서 돌아서더니 다시 손으로 나왔다. 심장이 고동치는 조그마한 몸을 들고 있으니 기분이 좋아졌다. 피콜로가 조금이라도 공간을 차지하고 있는 느낌이 좋았다. 피콜로는 나를 쳐다보며 눈을 깜박였다. 소울라 할머니가 곱게 화장한 눈으로 찡긋 윙크를 하는 모습이 떠올랐다.

47. 정상이란 말뜻

그란디오 할아버지는 슬픈 이야기에 시간을 그리 쏟지 않았다. 집에 도착하자마자 할아버지는 내 앞에 아이스크림을 수북이 담아 주었다. 하지만 누군가를 잃는다는 것이나 죽음, 또는 죽어 가는 것에 대해 위로가 되는 말을 해 주지는 않았다. 하지만 나는 할아버지를 그다지 원망하지 않았다. 이야기하기에 너무 힘든 일이란 것도 있으니까.

그란디오 할아버지는 피콜로의 이사를 너그럽게 받아 주었다. 피콜로를 이층으로 데려가게도 해 주었다. 나는 피콜로가 어디에 있는지 끊임없이 확인했다. 이제 더 이상 무언가를 잃어버린다는 건 생각만 해도 견딜 수가 없었다.

할아버지는 내 밥 챙기는 문제를 아주 심각하게 받아들였다. 정부 기관에서 지명한 후견인으로서 해야 할 일이라고 했다. 하지만 그란디오 할아버지는 부엌에서 일하는 동안 늘 길고 무겁게 한숨 섞인 소리를 냈다. 내가 요리를 하겠다고 해도 허락해 주지 않았다. 식탁을 차리는 것 말고 뭐라도 해 보려고 하면 "아냐, 아냐. 얘야, 앉아라. 내가 식사를 내오마. 내가 할게."라고 하면서 못 하게 했다. 할아버지가 만들어 준 음식은 맛있었다. 하지만 나는 가끔 내가 만든 토스트 만찬이 무척 먹고 싶었다.

그란디오 할아버지는 날마다 내 점심 도시락을 싸 주었다. 빵에 겨자를 듬뿍 바르고 빵 사이에 얇게 썬 볼로냐소시지 두 장을 넣은 샌드위치였다. 나는 겨자가 싫었다. 그 말을 하려고 했지만 그란디오 할아버지는 볼로냐소시지는 겨자랑 먹어야 제맛이라고 여기는 것 같았다. 하지만 날마다 학교 버스를 타러 나갈 때 문 옆 벤치에 도시락이 놓여 있는 건 멋진 일이었다. 뭔가 믿을 수 있었다. 얼마 후 나는 겨자에 익숙해졌다.

하지만 그란디오 할아버지가 엄마에 대해 하는 말만큼은 익숙해지지 않았다. 할아버지는 예전의 '아동 방임 혐의' 이야기를 불쑥불쑥 꺼내곤 했다. 그러다가 엄마가 '아동 학대'*라는 새로운 죄로 고발되었다는 말을 흘렸다.

"도대체 어떤 사람이 집에 와서 자기 자식들 돌보는 걸 잊어 먹는단 말이냐?"

그란디오 할아버지는 종종 그렇게 말했다. 그리고 이런 말도 덧붙였다.

"마당에 가득한 새대가리들도—닭을 가리키는 말이다.—그보다는 똑똑하겠구먼."

그란디오 할아버지는 고개를 절레절레 흔들었다.

---

* 원서에서는 아동을 위험한 상황에 처하게 했을 때 적용하는 '아동 위협(child endanger -ment)' 죄를 언급하고 있으나, 우리나라에서는 별도로 구분하지 않으므로 '아동 학대' 라고 옮겼다.

"죄목이 '학대'든 뭐든 부르고 싶은 대로 부르라지. 그 여편네는 범죄자야."

'범죄자.'

나는 힘겹게 마른침을 삼켰다.

엄마와 관련된 일이 어떻게 풀릴 거라고 기대했는지는 잘 모르겠다. 하지만 적어도 파란 차가 그란디오 할아버지네 농장으로 쿵쾅거리며 들어오는 모습을 보게 되리라는 예상만큼은 절대로 하지 않았다. 하지만 4월 어느 날, 그런 일이 생겼다. 나는 집 앞 사과나무에 걸린 새 모이통을 채우려고 야외용 탁자 위에 올라서 있었다. 엄마가 차에서 내렸다. 하지만 오래 머물지는 않을 거라는 듯이 차 문을 열어 두었다. 엄마는 마지막으로 나를 본 지 오 주가 아니라 이 년이 된 것 같은 얼굴로 쳐다보았다.

"애디, 내 딸내미."

엄마 목소리가 갈라졌다.

"애디야, 도대체 이게 무슨 일이라니?"

엄마는 지저분한 머리에 손을 쑤셔 넣더니 쥐어뜯을 듯이 움켜쥐었다. 엄마의 스웨터가 벌어지자 아기 때문에 배가 동그랗게 나온 걸 알아볼 수 있었다.

"이번에는 정말 거의 다 됐었는데. 사업이 돌아갈 수 있게 시간이 아주 조금만 더 있었더라면……."

엄마는 말을 멈추고서 고개를 가로저었다.

엄마에게 뭐라고 말해야 좋을지 몰랐다. 결국 나는 트레일러에 불을 내서 미안하다는 말을 건넸다. 머리 위 나뭇가지에서 새 모이통이 흔들거리며 끽끽 소리를 냈다. 문득 기차가 지나갈 때마다 트레일러가 흔들리던 일이 떠올랐다.

"아니야. 그 고물단지 때문에 미안해하지 마."

엄마는 울기 시작했다.

"내가 미안해. 그렇게 오래 떠나⋯⋯."

"나가!"

그란디오 할아버지가 호통을 쳤다. 할아버지는 현관 계단에 선 채 한 팔을 지팡이처럼 꼿꼿이 들고서 진입로를 가리키고 있었다. 다른 손에는 전화기가 들려 있었다.

"데니즈, 지금 지시를 어기고 있는 거야. 딱 전화 한 통이면 끝나. 그냥 걸기만 하면 된다고."

"아버님, 그러지 마세요! 어떻게 그럴 수⋯⋯."

엄마는 말을 멈추고 그란디오 할아버지에게 한 발자국 다가갔다. 그러더니 침을 꿀꺽 삼키고 말했다.

"이 어린 것하고 딱 오 분만 얘기하게 해 주세요."

'어린 것?'

그란디오 할아버지는 고개를 세차게 저었다.

"내 눈에 흙이 들어가기 전에는 안 돼."

"아버님, 제발요! 제발, 이러지 마세요! 딱 오 분이면 돼요! 오 분이에요."

엄마가 손을 들었다. 손가락은 애원하듯 쫙 펼쳐져 있었다.

내가 말했다.

"할아버지, 엄마 잠깐만 있다 가게 하면 안 돼요? 법원 결정에 어긋나는 일이란 거 나도 알아요. 하지만 내가 무얼 원하는지는 왜 아무도 물어보지 않아요?"

할아버지는 결국 고개를 끄덕이고 문 뒤로 물러났다.

엄마 목에서 계속 작은 소리가 났다. 엄마는 호들갑스럽게 머리를 매만지더니 손등으로 코를 문질렀다.

"피트 아저씨는 어떻게 지내요?"

엄마는 깜짝 놀라 눈썹을 추켜세웠다.

"피트는, 음, 놀라서 까무러칠 뻔했지."

"그럼 이제 아는 거네요? 아기가 생겼다는 거요."

나는 엄마 배를 슬쩍 바라보았다.

"그래, 이제 알아. 날 도우려 애써 보겠대. 믿기는 좀 어렵지만!"

"믿어요. 그 아저씨 아이잖아요."

엄마는 고개를 주억거렸다.

"피트랑 난 거쳐야 할 일이 많단다. 이제 막 시작한 셈이야. 맙소사, 완전 엉망진창이야! 법원에서 나한테 부모 수업을 받게 할 거래. 이 녀석이 나오는데 내가 아기 하나 돌보지 못할 거라고 여기나 봐."

"남자 애예요?"

엄마는 고개를 끄덕끄덕하고 호주머니에서 지저분한 화장지를 꺼냈다.

"음, 피트 아저씨가 도와주겠죠, 네?"

"그럴 거야."

엄마는 다시 고개를 끄덕이고 눈가에 맺힌 눈물을 찍었다. 나는 잠깐 동안 피트 아저씨가, 그 사람이 누구든 간에, 드와이트 아저씨처럼 정말 좋은 아빠가 되어 주는 모습을 그려 보았다. 정말 그랬으면 하는 마음이 간절했다.

"애디야, 넌 어떠니? 잘 지내니?"

나는 어깨를 으쓱했다.

"그란디오 할아버지가 잘 돌봐 줘요. 나 좋아 보이지 않아요?"

엄마는 웃음을 터뜨렸다. 하지만 눈물이 볼을 타고 흘러내렸다.

"그래! 정말 좋아 보이는구나. 브리나랑 케이티, 내 아가들도 만나 보았니?"

"네. 자주 와요. 부활절에 모두 여기서 지냈어요. 달걀을 물들이느라 브리나는 소매가 보라색이 되어서 집으로 돌아갔어요. 케이티는 토끼 모양 초콜릿의 귀를 베어 먹지 않겠다고 했고요. 귀가 없으면 소리가 들리지 않을 거라나요."

"아, 애들이 너무 보고 싶어!"

엄마는 다시 흐느끼기 시작했다.

"알아요. 나도 그래요."

엄마에게 줄 깨끗한 화장지가 있었으면 했다. 아직 엄마에게는 울일이 잔뜩 남아 있었다. 나는 그게 어떤 기분인지 알고 있었다.

"소울라 할머니 이야기 들었어요?"

"아, 그래. 너무 마음 아프더라. 엄청 힘들었을 거야."

내가 속삭였다.

"할머니가 보고 싶어요. 나한테 정말 잘해 줬어요."

"그래. 그랬지."

엄마는 고개를 끄덕이더니 목을 가다듬었다.

"애디야, 누구도 네가 뭘 원하는지는 물어보지 않는다고 했지. 넌네가 뭘 원하는지 알고 있니?"

"난 그저, 정상적인 걸 원해요."

"정상적인 게 어떤 거야?"

엄마는 눈을 가늘게 뜨고 나를 바라보았다.

"세상은 늘 변하기 마련이야. 내 말은, 자기가 정상인지 아닌지 어떻게 아니?"

나는 잠시 생각해 보았다.

"예전에 그 근처까지 가 본 것 같아요. 정상적인 건, 다음에 무슨 일이 일어날지 아는 거예요. 정확히 무엇인지까지는 알지 못해도요. 그건 아마 누구도 모를 거예요. 하지만 정상적인 건 어떤 일들을 기대할 수 있다는 거예요. 좋은 일들요. 그리고 모두 함께 있어야 해요. 그래야 좋은 일이 일어나니까요."

나는 조그마한 세상을 붙들고 있기라도 한 양 나도 모르게 손으로 둥근 원을 만들고 있었다.

"우리에게 그런 일이 일어나기를 늘 기다리고 있어요."

나는 엄마를 쳐다보았다.

"하지만, 우리는, 우리는 한 번도 정상적으로 살지 못했던 것 같아요."

엄마는 멍하니 나를 쳐다보았다.

"시간 됐어!"

그란디오 할아버지가 문가에 서서 소리쳤다.

엄마는 서둘러 차에 올랐다. 차 문을 닫기 전에 엄마가 말했다.

"애디야, 우리도 언젠가 그렇게 될 거야. 우리에게도 정상적인 날이 올 거야."

엄마 말이 진심이란 걸 나도 알았다. 하지만 차가 그란디오 할아버지네 농장의 긴 진입로를 쿵쿵거리며 멀어지는 모습을 보면서 나는 그다지 희망을 품지 않았다. '죽기 아니면 살기'는 절대로 정상적인 것이 될 수 없었다.

그란디오 할아버지는 그날 오후 내내 큰 소리로 엄마에 대해 기나긴 불평을 늘어놓았다. 오르락내리락 불평 소리는 저녁 식사 때까지 이어졌다. 우리는 저녁으로 미트 로프*를 먹었다.

"확 전화해 버릴 수도 있었어, 정말이야!"

감자를 씹느라 할아버지의 한쪽 볼이 불룩했다.

"딱 일 초면 되는 일이었는데. 그 여편네한테 법 무서운 줄 가르쳐 줬어야……."

"그만하세요!"

내 고함 소리에 나도 놀랐다.

"할아버지가 엄마에 대해 이러쿵저러쿵하는 거 못 견디겠어요! 못 견디겠다고요!"

눈물이 쏟아졌다. 뒤따라온 침묵에 몸이 화끈거리는 것 같았다. 호통을 칠 거라고 생각했는데, 막상 할아버지는 아무 말이 없었다.

마침내 할아버지가 고개를 떨어뜨리더니 중얼거렸다.

"그래, 네 말이 맞다. 그만하자꾸나. 이제 그런 말 하지 않으마."

왠지 나는 그 말이 진심이라는 걸 알 수 있었다.

---

* 다진 고기를 야채와 함께 섞어서 작은 빵 모양으로 만든 뒤 오븐에 구운 음식.

48. 깜짝 놀랄 일

5월 내내 사람들이 찾아왔다. 드와이트 아저씨와 한나 아줌마는 꼬맹이들을 데리고 일주일에 세 번씩이나 나를 만나러 왔다. 하루는 내가 물어보았다.

"여기 너무 자주 오는 거 아니에요? 여관 공사는 어떻게 하고요? 결혼식은요?"

아저씨와 아줌마는 그저 요즘 일정을 좀 달리 짜고 있고 결혼식은 다른 일들이 해결될 때까지 미루기로 했다고만 했다. 처음에는 두 사람이 결혼에 대한 마음을 바꾸기라도 했을까 봐 나는 내심 걱정이 되었다. 하지만 아저씨와 아줌마는 늘 손을 잡고 다녔다. 나는 브리나를 보면 눈치를 챌 수 있다는 걸 알고 있었다. 그래서 브리나만 쳐다보았다. 뭔가 일이 잘못되었으면 브리나는 냅킨을 꼬아 댔을 거다. 하지만 브리나는 그 어느 때보다 행복해 보였다.

나는 조지 호수에 놀러 갈 날을 간절히 기다렸다. 하지만 아동복지과에서 나를 그란디오 할아버지네 집 부근에만 붙들어 두었다. 밖으로 나갈 수 있었지만 멀리는 가지 못하게 했다. 왜 그런지는 물어보지 않았다.

어느 날 밤 엘리엇 아저씨와 릭 아저씨가 나를 쇼핑몰에 데리고 가서 감자튀김이며 탄산음료와 풍선껌을 잔뜩 사 주고, 시디플레이어를 안겨 주었다. 우리는 쇼핑몰에 있는 악기 가게에 들러 대기자 명단에 이름을 올렸다. 가게 사람은 중고 플루트가 들어오면 전화를 해 주는데, 아무래도 시간이 걸릴 거라고 했다. 어쨌거나 나는 소울라 할머니가 준 플루트 자금을 조금 쓰기로 했다. 삼십 분을 꼬박 고민한 후 나는 아일랜드 주석 피리를 샀다.

"기다리는 동안 뭔가 불 수 있는 게 있으면 좋겠거든요. 언젠가 피콜로를 불 수 있을 만큼 실력을 기를 거예요. 그렇게 보면 이 주석 피리는 아주 쉬운 편이에요."

가게에서 나서기 전에 독주를 하기로 했던 〈밤하늘 아래서〉를 조금 불러 보았다.

"우아! 듣기 좋은데. 어떻게 하는 거야?"

릭 아저씨가 물었다.

"애디는 재능이 뛰어나."

엘리엇 아저씨가 말했다.

나는 피리를 문 채 킥킥 웃었다. 피리에서 듣기 싫게 삑삑대는 소리가 났다. 사람들이 쳐다보았다. 우리는 신 나게 웃어 젖히며 쇼핑몰을 나섰다.

케이시 선생님은 정기적으로 농장에 왔다. 선생님과 나는 가족 모두에 대해 이야기를 나누었다. 피가 섞이지는 않았지만 내가 가족으로 여기는 사람들에 대한 이야기도 했다.

"난 동생들이랑 살고 싶어요. 그리고, 드와이트 아저씨하고도 같이요."

그런 일이 일어날 리 없다는 것은 신경 쓰지 않았다. 나를 어떻게 할지 결정하는 일에서 난 거대한 바닷속 조약돌에 불과하다는 사실도 마음에 두지 않았다.

"우리는 한가족이니까요."

나는 고집스럽게 말했다. 심지어 정상적인 것에 대한 내 생각을 설명하려고도 했다.

계속해서 떠들어 대기는 했지만 내심 케이시 선생님이 모두의 시간을 낭비하고 있다는 생각이 들었다. 결국 나는 다시 엄마랑 교외 어느 변두리에서 살게 될 것이다.

하지만 내가 엄마에 대해서 잊고 있는 사실이 있었다. 그건 바로 엄마는 늘 깜짝 놀랄 일을 저지른다는 점이다.

6월 초가 되자 모든 것이 잠잠해졌고, 나를 포함해서 누구도 아무런 기대를 하지 않는 것 같았다. 나는 새로 피어난 수국에 물을 주다가 고개를 들었다. 드와이트 아저씨가 마당을 가로질러 오는 모습이 보였다.

"애디야!"

아저씨가 소리쳤다.

"애디야! 믿을 수 없는 일이 생겼어!"

드와이트 아저씨는 내게서 6미터쯤 떨어진 곳에서 풀썩 무릎을 꿇었다. 아저씨는 뒷주머니로 손을 뻗더니 두툼한 봉투를 높이 꺼내 들었다.

"그게 뭐예요?"

"입양 서류야!"

아저씨의 목소리가 쩌렁쩌렁 울렸다.

"이제 넌 내 자식이야! 내가 네 아빠야!"

"우리가 뭐라고요?"

손에서 호스가 툭 떨어졌다. 나는 드와이트 아저씨에게 한 발짝 다가섰다.

'꿈이 아니게 해 주세요. 꿈이 아니게 해 주세요.'

"정말이에요?"

내가 물었다.

"정말이야!"

아저씨가 대답했다.

나는 아저씨에게 달려갔다. 있는 힘껏, 팔을 활짝 펴고서. 그리고 아저씨에게 쿵 부딪혔다. 우리는 풀밭 위로 쓰러졌다.

잠시 후 그란디오 할아버지가 우리 쪽으로 다가왔다. 아저씨와 나는 서로 팔짱을 끼고서 배를 깔고 누워 있었다. 우리 앞에는 서류가 펼쳐져 있었다. 나는 코를 훌쩍이며 서류 위 동그란 돋을새김 도장을 쓰다듬어 보았다. 모든 서류에 도장이 찍혀 있었다.

'공식적'이라는 표시였다.

그란디오 할아버지가 말했다.

"이게 어찌된 영문이야? 그러다 옷에 벌레들이 잔뜩 들러붙을지도 몰라."

"이제 셋이에요, 잭 할아버지! 이제 전 딸이 셋이라고요!"

드와이트 아저씨가 일어나 할아버지에게 서류를 건넸다.

내가 물었다.

"두 분 다 이 일을 알고 있었어요?"

그란디오 할아버지가 활짝 웃으며 말했다.

"케이시 선생님이랑 같이 준비했단다. 그리고 너도 도왔지. 넌 몰랐겠지만 말이다! 공식 문서가 실제로 도착할 때까지 알리고 싶지 않았단다."

할아버지는 코 위에 안경을 걸치고 서류를 훑어보았다.

"참 나, 데니즈가 좋은 일을 할 때도 있구먼! 서류에 서명도 해 주고, 조건도 달지 않고 말이야!"

"그게 엄마예요."

손으로 얼굴을 훔치며 내가 말했다.

"죽기 아니면 살기."

나는 풀밭에 등을 대고 벌러덩 누워 빙빙 도는 하늘을 쳐다보았다.

49. 모두 함께 집에

여름 방학까지 딱 두 주가 남았다. 우리 모두 내가 보든 초등학교에서 육학년을 마치는 게 가장 좋을 것 같다는 데 뜻을 모았다. 기다리자니 좀이 쑤셨지만, 나한테는 어딘가 새로운 곳으로 이사 간다는 생각에 처음으로 익숙해질 기회이기도 했다.

드와이트 아저씨가 나를 트럭에 싣고 조지 호수에 있는 집으로 데리고 가던 날, 나는 아저씨 옆 조수석에 앉았다. 피콜로 우리는 내 무릎 위에 놓여 있었다. 나는 불이 나던 날 아침, 소울라 할머니의 몸무게를 이기지 못해 철사가 구부러진 곳에 손을 얹었다. 드와이트 아저씨가 손을 뻗어 내 손을 잡았다. 아저씨의 웃는 얼굴에 나도 웃음으로 대답했다.

엄마를 다시 만나게 되리라는 걸 나는 알고 있다. 어쩌면 나중에는 엄마가 허락을 받아 새 아기를 데리고 옛 아기들을 만나러 올지도 모른다. 엄마는 우리를 사랑했다. 그건 사실이었다. 나는 언젠가 때를 봐서 브리나와 케이티에게 그 이야기를 해 주기로 마음 먹었다. 나는 또르르 흘러내리는 눈물을 훔치고서 눈을 감았다. 그리고 엄마 때문에 즐겁게 웃었던 순간들을 떠올려 보았다.

차는 고속도로를 벗어나 오래된 산길을 구불구불 올라가고 있었다. 나는 넘어지지 않으려 버티면서 피콜로의 우리를 좀 더 단

단히 거머쥐었다. 마지막 모퉁이를 돌자 여관으로 가는 곧은길이
나타났다. 생각해 보니 웃음이 났다. 집으로 오기까지 얼마나 꼬
불꼬불 돌아왔는지.

　햇살이 새로 깐 잔디 위를 반짝이며 지나 현관 위에 그림자 조각
을 던지고 있었다. 문이 열리고 브리나와 케이티가 깔깔거리며 뛰
어나왔다. 두 아이는 기다란 현수막을 들고 있었다. 현수막이 꼬
맹이들의 다리를 휘감으며 펄럭였다. 돌돌 말린 종이가 내 눈 앞
에서 서서히 펼쳐졌다. 작은 손바닥 자국이 어지러이 흩어진 사이
로 물감으로 쓴 커다란 글자가 보였다.

　애디 언니, 모두 함께 집에!

　"모두 함께."
　나는 내 자신에게 속삭여 주었다.
　그리고 서둘러 내 동생들을 향해 현관으로 달려갔다.

열세 살 소녀 애디의 삶은 비정상적인 것들로 가득 차 있습니다. 애디는 남들이 캠핑할 때나 쓰는 트레일러에서 살고 있습니다. 그나마 그 깡통집도 푸른 잔디밭이 아니라 재개발 지역 귀퉁이의 아스팔트 위에 놓여 있지요. 애디는 난독증 때문에 글을 쓰거나 읽기가 힘들고, 일부러 그런 건 아니지만 이전 학교에서 훔친 플루트를 연주합니다. 하지만 애디의 삶을 가장 비정상적으로 만드는 원인은 깡통집도 아니고, 난독증도 아니고, 바로 엄마입니다.

애디의 엄마는 기분이 내키면 한여름에 추수 감사절 잔칫상을 차렸다가 우울해지면 딸이 굶거나 말거나 신경을 쓰지 않고, 자기 마음에 든다고 에디에게 어른들이나 입을 파티용 드레스를 사 옵니다. 아이를 집에 혼자 두고 며칠씩 집을 비우기 일쑤이고 뭐든지 죽기 아니면 살기 식인 엄마 때문에 애디의 작은 삶은 자꾸만 꼬불꼬불 돌아가게 됩니다. 하지만 애디는 목구멍에 턱 하니 걸린 슬픔을 억지로 삼키며 엄마가 돌아올 때까지 자기 자리를 지킵니다. 아주 강인한 아이지요.

하지만 거기서 그쳤다면 저는 애디가 안타깝다 못해 부담스러웠을 겁니다. 트레일러에서 보내는 엄마와의 삶이 점점 더 망가져 가고, 멀리 조지 호수에 있는 새아버지와 이부동생들의 삶이 행복 속에 더 튼튼해져 갈 때 애디는 눈물을 흘리며 자기도 너무 힘들다고 말합니다.

혹시 독자 여러분은 삶이 힘겹고 비정상적이라고 느낄 때 '달리 어쩔 도리가 없잖아?' 하면서 그냥 체념하고 있지는 않나요? 때로는 눈물도 필요하고 '힘들어서 견딜 수 없어요.'라고 털어놓기도 해야 한답니다. 그래야 애디처럼 자신이 원하는 것이 무엇인지 알 수 있게 되지요. 애디는 정상적인 것을 바랍니다. 애디가 바라는 정상적인 것이란 다음에 어떤 일이 일어날지 예상할 수 있고 가족이 모두 함께 지내는 안정된 삶입니다. 보통 사람들에게는 평범해 보이기만 하는 이 소망은 거저 이루어지지 않습니다. 애디가 자기 뜻을 정확하게 말할 수 있게 되었을 때 햇살 같은 날이 찾아오게 되지요. 독자 여러분도 이 이야기를 읽고 용기와 희망을 발견할 수 있으면 좋겠습니다.

이 이야기를 번역하면서 저의 눈길을 끌었던 점이 또 한 가지 있습니다. 바로 외로운 애디에게 따뜻한 친구가 되어 준 사람들은 대부분 남다른 조건을 가지고 있다는 것이지요. 몸이 너무나 뚱뚱한 소울라 할머니, 동성애자인 엘리엇과 릭 아저씨, 키가 무척 작은 마리사, 반대로 성장이 너무 빠른 헬레나. 그런데 이런 사람들이 자기 삶에서 사랑과 우정을 조금씩 내어놓자 서로에게 영웅이 됩니다. 이 평범한 영웅들이 없었다면 애디의 삶은 일찌감치 망가지고 말았을 겁니다. 우리도 마찬가지라고 생각합니다. 우리 주변 사람들의 마음을 살피고, 자그마한 온정과 사랑을 베풀 때 우리는 누군가의 삶을 지탱하는 힘이 되고 영웅이 될 수 있습니다.

끝으로 마음에 울림을 주고 삶의 방향을 제시하는 책을 만들기 위해 애쓰시는 생각과느낌에 뜨거운 응원과 고마운 마음을 전합니다.

김정희

13.
나를 찾아가는
징검다리 소설

깡통집

초판 1쇄 ㅣ 2011년 9월 10일
초판 2쇄 ㅣ 2012년 6월 10일

지은이 ㅣ 레슬리 코너
옮긴이 ㅣ 김경희

펴낸이 ㅣ 황호동
편   집 ㅣ 신한샘
디자인 ㅣ 민트플라츠 송지연
펴낸곳 ㅣ (주)생각과느낌
주소 ㅣ 서울시 마포구 창전동 2-43 2층
전화 ㅣ 02-335-7345~6
팩스 ㅣ 02-335-7348
전자우편 ㅣ tfbooks@naver.com
등록 ㅣ 1998.11.06 제22-1447호

ISBN 978-89-92263-15-3 (43840)